Heimatsinfonie

Eine Auswahl der
schönsten Heimatromane

WINFRIED BLACH VERLAG

Doris Christian

Der Zauber der Johannisnacht

Das Geheimnis des Schäfers

Dieses Buch wurde auf chlorfrei gebleichtem
Papier gedruckt – der Umwelt zuliebe

Titelbild: Michael Wolf, München
Vertrieb: Weltbild Verlag GmbH, Augsburg
Im Verkaufspreis ist die gesetzliche Mehrwertsteuer enthalten
Printed in Germany

ISBN 3-89604-105-3

Der Zauber der Johannisnacht

Schon in aller Herrgottsfrühe war es heiß auf dem kleinen Marktplatz von Kartaun. Blendend blau wölbte sich der wolkenlose Himmel über den schroffen weißen Kalkstürzen der Karawanken. Die südliche Sonne tat des Guten fast zu viel. Aber schließlich war morgen Sonnenwende, und wenn es jetzt nicht heiß war im Kärntnerland, wann dann?

Schwitzend und schimpfend fächelten sich die Dörfler Kühlung zu, die in dem Kleinbus saßen, der sie zum Linienbus nach Faak hinunterbringen sollte.

„Was fahrst denn noch net, Wastl, hat doch schon lang sieben von der Kirchen geschlagen", brummte der Tannhoferbauer.

„Ja, gib Gas, damit endlich Luft zum Fenster hereinkommt", pflichtete ihm die Josefa Huber vom Koflerhof bei.

„Seid doch net so ungeduldig, ich fahr' ja gleich", sagte der Wastl, der Chauffeur. „Aber da kommt noch jemand." Er deutete zum Weg hinüber, der aus dem Wald herausführte. So schnell sie konnte ging dort eine Frau mit einem offensichtlich schweren Koffer.

„Was, wegen der da sollen wir warten? Soll sie doch zu Fuß gehen, die da", knurrte der Tannhofer.

„Mit der will doch niemand fahren. Wer weiß, vielleicht verhext die noch dein Fahrzeug, Wastl, und keiner von uns kommt mit dem Leben davon", schimpfte Josefa Huber.

„Ich bitt' dich, Josefa, sei still", bat Christine Kofler leise, die neben Josefa Huber saß. „Wir steigen ja bald aus. Laß die Bichlerin doch in Ruh'."

Als die dunkelhaarige Frau mit ihrem schweren Koffer vor dem Wagen stand, half ihr niemand beim Einsteigen.

„Grüß Gott", sagte Theres Bichler, aber niemand im Wagen antwortete ihr außer Christine Kofler.

„Grüß Gott auch, Bichlerin", sagte sie, doch diese Höflichkeit trug ihr einen Rippenstoß von Josefa Huber ein. Und zugleich hielt die Huberin das schöne braunhaarige Mädchen so eisern fest, daß es nicht aufstehen und der verfemten Kräuterhexe womöglich ihren Platz anbieten konnte.

Therese Bichler reichte dem Fahrer ein Geldstück.

„Bis wohin?" fragte er.

„Villacher Bahnhof, bitte", antwortete die Bichlerin höflich.

Tuschelnd steckten die anderen Fahrgäste die Köpfe zusammen. Was die Hexe wohl vorhatte? Wohin sie fahren mochte? Was sie im Schilde führte?

Therese Bichler hörte das Geraune und Gewisper um sich herum, doch sie legte keinen Wert darauf, es deutlich zu verstehen. Sie wußte ja seit so vielen Jahren, was ihre Nachbarn von ihr dachten, wofür sie sie hielten. Bitter genug hatte sie es all die Jahrzehnte über zu spüren bekommen.

Der Wagen rumpelte über die schlechte Straße

hinunter zum Faakersee. Therese Bichler hatte die Hände um die eiserne Stange neben dem Fahrersitz verkrampft, um nicht den Halt zu verlieren. Sie wußte, daß sich alle diebisch gefreut hätten, sie stürzen zu sehen. Bitter stieg es in ihr auf. Es war furchtbar, so viele Jahre verfemt und verhaßt neben den anderen herleben zu müssen. Aber sie mußte durchhalten, um des einzigen Menschen auf Gottes Erdboden willen, den sie liebte. Niemals durften die Dörfler etwas von der Existenz dieses Menschen erfahren, das hatte sich die Therese in langen verzweifelten Stunden geschworen. Sie sollten mit ihrem unbeugsamen Haß nicht auch noch dieses Leben zerstören, wie sie es immer mit dem ihren versucht hatten.

Die Bichlerin schloß die Augen. Herrgott, laß mich noch erleben, daß sich mein unverdientes Schicksal wendet. Viel Zeit hab' ich ja nimmer, betete sie still. Übermorgen, am Johannistag, wurde sie fünfundsechzig.

Auf halbem Wege zwischen Kartaun und Faak lag auf einer Anhöhe ein stattliches Gehöft, der Koflerhof. Josefa Huber und die junge Christine Kofler standen auf und rüsteten sich zum Aussteigen.

Christine zupfte Therese Bichler am Arm. „Jetzt hast Platz." sagte sie.

Ein scheues Lächeln ging über das einst schöne Gesicht der Bichlerin, in welches das Leben die Zeichen ihrer Not gemeißelt hatte. „Dank schön, Christin", sagte sie leise.

Aber während sie nach rückwärts ging, stellte ihr der Tannhoferbauer ein Bein. Sie wäre gestolpert und mitten in die Schwammerln oder Schwarzbeeren gefallen, wenn deren Besitzerin die arme Theres nicht in letzter Sekunde aufgefangen hätte.

„Du blöder Hammel!" schrie die Beerensammlerin den Tannhofer an. „Meinst, ich plag' mich zwei Tag' lang, damit mir die Bichlerin alles zerquetscht, weil du sie in meine Körb' schmeißt? Ha?" Hochrot lief das Weiberl an, und die schadenfrohen übrigen Fahrgaste bogen sich vor Lachen.

„Für den Spaß hätt' ich dir deine ganzen Schwammerln und Schwarzbeeren aus meiner Tasche gezahlt", brüstete sich der Tannhofer.

„Jetzt seid's ruhig, Leut', sonst könnt ihr nächstens zu Fuß nach Faak 'nunter, verstanden?" rief Wastl.

Und die Theres Bichler wünschte sich nichts sehnlicher, als noch einmal kräftig genug zu sein, um die ganze Tour mit dem Fahrrad machen zu können. Dann wäre sie wenigstens dieser erbarmungslosen Meute nicht so hilflos ausgeliefert gewesen.

Aber sie sagte kein Wort. bis sie endlich in den Linienbus umsteigen konnte, wo sie sich ins hinterste Eckchen verkroch.

★

Christine Kofler stand auf der reichgeschnitzten Altane des Koflerhofes und goß die üppig blühenden Geranien. Petunien und Sommernelken. Sie war ein blitzsauber gewachsenes Mädchen von fünfundzwanzig Jahren. Mit ihren braunen naturgewellten Haaren und den kirschendunklen Augen ließ sie so manches Männerherz höher schlagen. Aber bisher hatte sie wenig von Liebe wissen wollen, wenngleich es einen gab, den sie lieber hatte als alle anderen.

Mit Lorenz Schwaiger war sie von Kindheit an so gut wie versprochen, und sie hatte ihn immer schon gern gehabt. Genauso wie der stattliche Lorenz vom Schwaigerhof in Ober-Kartaun sich gar nicht vorstellen hätte können, jemals eine andere Bäuerin auf seinen Hof zu holen als die Kofler-Christin aus Trattnig.

Aber Liebe, so fragte sich Christine jetzt, während sie die Blumen goß, war das die große Liebe, von der man in den Romanen las, von der man so viel hörte? War es nur ein Wort oder gab es sie wirklich? Sie wußte es nicht.

Christine stellte die Gießkanne ab und beschattete die Augen mit der rechten Hand. Sie seufzte schwer. Eine Sekunde lang grub sich in ihr junges klares Gesicht eine Falte vom Mundwinkel abwärts.

Dort drüben, im flirrenden Dunst des hohen Sommertages nur schwer auszumachen, waren die Julischen Alpen. Sie lagen schon im Italienischen, dicht an der Kärntner Grenze. Christines Eltern und ihr Bruder waren vor zwei Jahren dort droben in einer tückischen Schneelawine umgekommen.

Seit dieser Zeit hatte Christine keine Skier mehr angeschnallt, obwohl sie von Kindesbeinen an eine waghalsige Kletterin und Skiläuferin gewesen war.

Aber jetzt haßte sie die Berge, die sie einst geliebt hatte. Geliebt wie ihre Eltem, wie ihren Bruder, denen die Berge zum weißen Grab geworden waren.

Wieder einmal kam sich Christine uralt und verloren vor, als sie so dastand und hinüberschaute ins dunstige Weiß. Hilflos strich sie sich das Haar aus der Stirn und wandte sich ab.

Aus einem anderen Zimmer war Josefa Huber auf die Altane getreten.

„Was schaust denn wieder in die Berg', Dirndl, nutzt doch alles nix", sagte sie jetzt zu Christine und schaute das Mädl vorwurfsvoll an. „Mußt es schon nehmen, wie es der Hergott wollen hat."

Hitzig drehte sich Christine zu ihr herum. „Heut' sollst nicht vom lieben Herrgott reden, Josefa! In der Früh' sind wir extra zur Messe nach Kartaun gefahren, weil morgen Johannistag ist, und gleich nach dem Beichten hast schon wieder eine Sünd' begangen!"

„Ich? Ich hätte eine Sünd' auf mich geladen?" Josefa schüttelte ungläubig den Kopf.

„Du sollst deinen Nächsten lieben, heißt es doch, Josefa. Und wie bist du zur Bichlerin? Nennt man das vielleicht Nächstenliebe?"

„Die Bichlerin ist eine Hex' das weiß doch jeder!" verteidigte Josefa Huber ihr unchristliches Verhalten.

„Das sind alles Märchen, Josefa. Hexen gibt's gar net."

„Ja, du, du bist ja in der Stadt gewesen, in Klagenfurt, in der Schule, da ist es vielleicht was anderes. Aber unsereiner weiß, was er weiß. Unsere alten Sitten und Bräuche sind schon richtig, glaub mir's nur! Es ist bewiesen, was die Theres damals an der Greiterbäuerin verbrochen hat, und ihre eigene Tochter, die Hemma, hat sie auch auf dem Gewissen!"

„Wenn du den Lorenz liebhast, dann willst du auch ein paar Kinder mit ihm". antwortete die Huberin schlicht.

Inzwischen war es dunkler geworden. Die Berge schienen näher gerückt zu sein. Schwarz zeichneten sie sich gegen den Himmel ab.

Christine befeuchtete ihren Zeigefinger und hielt ihn über die Brüstung der Altane in den aufgekommenen Wind.

„Wird bald Regen geben, aber nicht lange. Ist gut so. Die Wiesen werden schon gelb. Hab' schon gedacht, daß ich die ganzen Tiere hinauf zur Sennerin auf die Hochalm treiben lassen muß, weil es hier bald nix mehr geben wird." Sie wußte über alles in der Landwirtschaft Bescheid, und so mancher Jungbauer oder Bauernsohn hätte was von der tüchtigen Christine Kofler lernen können.

„Morgen abend ist's wieder schön, ich spür's Wetter doch in allen Gliedern", sagte Josefa. „Wär' ja auch schad', wenn das Sonnwendfeuer net zum Brennen käm'. Nachher wachst nix weit und breit, und die Buam finden ihre Dirndln net!" Josefa hielt getreulich am alten Gedanken fest, nach dem die „Sunnawend" den Liebeszauber mit dem Wachstumszauber verbindet.

„Brauchst dich nicht sorgen, Josefa", lächelte Christine. „Was zusammengehört, das findet sich schon. Ob mit oder ohne Sonnwendfeuer! Aber ich gebe dir gern zu, beim Feuer ist es am schönsten und dann soll sie Ja auch ein Leben lang besser halten, die glühende Lieb'."

Bei den letzten Worten hatte sie den Kopf mit dem

schönen haselnußbraunen Haar gesenkt. Die glühende Liebe, dachte Christine Kofler wieder, was ist das?

Josefa riß sie aus ihren Gedanken. „Was ziehst denn morgen an, Christin?"

„Hab' noch nicht darüber nachgedacht. Komm, schauen wir in meiner Kammer, was am besten wär'."

Schlank und langbeinig ging Christine von der Altane in eines der großen Zimmer. Es war ein heller, mehr als dreißig Quadratmeter großer Raum; aber hier wurde er eben, ob klein oder groß, als Kammer bezeichnet.

Alte, einst sehr bunte, jetzt nachgedunkelte Bauernmöbel gaben dem schönen weißgekalkten Raum etwas Wertvoll-Gemütliches. Hinter einem Alkoven aus grobem lindgrünem Leinen stand Christines Bett. In einer Ecke befanden sich gemütliche, mit freundlichem Chintz bezogene Sessel. Die alten, viel zu unbequemen Sitzmöbel hatte sie in eine der Stuben stellen lassen. Dies war ihr privates Reich, und sie wollte es – ohne mit der Tradition zu brechen – so haben, wie es ihr gefiel. Deswegen gab es auch einen Plattenspieler und ein Radio, das Christine jetzt andrehte.

Am auffallendsten aber waren die vielen Bücher, die in einem bis an die Decke reichenden Regal die ganze Wand bedeckten. Von Büchern konnte Christine einfach nicht genug bekommen. Nur schwer hatte die alte Huberin sich mit diesen neumodischen Sachen abgefunden. Die härteste Nuß für die gute Alte hatte es jedoch zu knacken gegeben, als

Christine, noch zu Lebzeiten der Eltern, sich hatte neben ihrer Kammer ein Badezimmer einrichten lassen.

„Wir haben Platz im Überfluß, warum soll ich auf ein Bad verzichten? Wir haben die modernsten Stallungen und landwirtschaftlichen Geräte, sollen da ausgerechnet wir leben wie im vorigen Jahrhundert?"

„Recht hast, Christin", hatte ihr die Mutter zugestimmt. Und hatte sich die Prospekte von ihrer Tochter geben lassen, weil auch sie unten, neben dem ehelichen Schlafgemach, sich hatte eine Badekammer installieren lassen wollen. Aber dazu war es nicht mehr gekommen.

„Ich weiß nicht, was ich morgen zur Sonnwendfeier nehmen soll", sagte sie ratlos .

Leise ging die Huberin hinaus. Nach einer Weile kam sie wieder.

„Das da wirst morgen anziehen", entschied Josefa.

Christines dunkle Augen weiteten sich. „Aber ... aber das ist doch das Gewand, in dem meine Mutter damals mit dem Vater über den Holzstoß gesprungen ist", sagte sie mit belegter Stimme.

„Freilich ist es das", erwiderte Josefa eifrig. „Deswegen sollst du es morgen auch tragen. Die Bäuerin, deine Mutter, die täte sich freuen."

„Ja, ich werde es morgen anziehen. Einmal muß ich mich ja daran gewöhnen und mich abfinden", sagte Christine zweideutig.

Leise ging Josefa Huber hinaus. Drinnen stand das schöne junge Mädchen noch eine Weile reglos. Ihre Gedanken weilten in der Vergangenheit und suchten dann die Zukunft. Wie würde diese für sie wohl werden als Lorenz Schwaigers Frau?

Christine gab sich einen Ruck. Ja, wenn der Lorenz sie morgen dazu aufforderte, dann wollte sie ohne zu zaudern mit ihm über den Holzstoß springen .

„In vierzehn Tagen feiern wir dann den offiziellen Verspruch, und alles hat seine Ordnung. Ein guter Bauer ist der Lorenz schon, er wird mir auch ein guter Ehemann werden. Was will ich dumme Urschl denn mehr?" sagte Christine zu sich selbst.

Resolut schloß die junge Bäuerin dann den Kleiderschrank, der immer noch offenstand, und wandte sich wieder ihrem Tagewerk zu.

★

Lorenz Schwaiger hielt die Hände unter den eiskalten Brunnenstrahl und rieb sich den Schmutz von den kräftigen Fingern. Er hatte die Schweineställe ausgemistet. Das war zwar sonst keine Arbeit für den Jungbauern, aber was blieb ihm schon anderes übrig, wenn der Jungknecht mit gebrochenem Haxen in Villach im Spital lag. Da durfte der Hoferbe nicht zimperlich sein, und schließlich war er die härteste Arbeit von Kindheit auf gewöhnt.

„Bua, wo bleibst denn? Das Essen steht auf dem Tisch!" schallte es vom Haus her.

„Bin schon da, Walburga!" rief Lorenz, sprang mit einem Satz über den hölzernen Brunnen und rannte zur Küchentür. Dort busselte er die rundliche und immer rotwangige Wirtschafterin ab.

„Geh, was machst denn mit mir, Lorenz", murmelte die Walburga und strich dem hochaufgeschossenen feschen Hoferben verstohlen über das blonde Haar. „Wenn du schon so ein altes Weiberl wie mich so abbusselst, was machst du denn dann erst mit der Christin?"

Ein Schatten flog über das helle Gesicht des Burschen. „Gar nix mache ich mit ihr, Walburga. Weißt, die Christin, die ist arg kühl. Die läßt sich net so abbusseln wie andere."

„Sei froh, daß du ein anständiges Madl kriegst, Bub!"

Lorenz Schwaiger nickte. „Das wäre schon recht, Walburga. Aber ich meine halt, die Christin – sie ist mir manchmal arg fremd."

„Laß das bloß net den Bauern hören, Lorenz! Der möchte für dich und später für seinen Hof eine tüchtige Frau."

„Schon gut, Walburga, hast ja recht", murmelte der Hofsohn. „Ich hab' die Christin ja auch sehr gern, das kannst du mir schon glauben. Ist ja ein blitzsauberes Dirndl – und ihr riesiger Hof erst! Dann werden die Grenzen zwischen den Koflerschen Feldern und Wiesen und denen von uns aufgehoben, und wir sind weit und breit die größten. Das ist eine Aufgabe, auf die sich jeder freuen tät'. Und, wie ich schon gesagt hab', mögen tu' ich die Christin schon sehr sogar!"

„Ja dann hör auf, umeinanderzuspinnen", murmelte die Walburga und verschwand in ihrem Küchenreich.

Simon Schwaiger, der Bauer, saß schon bei Tisch

und zerkrümelte einen Brocken Brot. Jetzt stand er auf und sagte mißbilligend:

„Was kommst denn so spät, Lorenz?"

„Hab' die Schweineställe ausgemistet, Vater", antwortete der Bursche kurz.

Simon Schwaiger lachte schallend. „Und jetzt traust dich nicht her zu mir, weil du gar so stinkst, ha?"

Lorenz runzelte die Stirn, aber er gab keine Antwort.

Sie setzten sich auf der Eckbank zurecht, die Tür ging auf, und Mirzl, die Jungmagd, trug die dampfende Suppenschüssel herein. Walburga hatte ihre Kochschürze abgelegt und schritt würdig hinter der jungen Magd her.

Walburga teilte die Suppe aus, die Mirzl vor sie hingestellt hatte. Längst waren die Zeiten vorbei, in denen man gemeinsam sein Stück Brot in die Schüssel tunkte und aß.

Simon Schwaiger faltete die Hände und senkte den kantigen Schädel.

„Gesegnet sei uns Speis' und Trank. Herrgott, dir gilt unser Dank", murmelte er. „Amen", sagten der Sohn und die beiden Mägde und bekreuzigten sich.

Schweigend wurde die gute Schöberlsuppe gelöffelt. Dann brachte Walburga das würzige Selchfleisch mit goldgelben Knödeln .

„Morgen ist Johanni", sagte der Bauer unvermittelt.

„Ja, hoffentlich regnet es net, sonst wär' es aus mit dem Feuer", erwiderte die Mirzl.

„War ja vorhin bloß ein Gewitter, wird schon

schön bleiben", meinte Walburga. „Bin schon neugierig, wer mit wem übers Feuer springen wird in diesem Jahr!"

Simon Schwaiger hob den Kopf und sah seinen Sohn an. „Könnte ja immerhin sein, daß du mit der Kofler-Christin über das Feuer springst, Bub, oder net?"

Lorenz ließ die Gabel fallen. Es klirrte leise. „Ich bin ja net mit der Christin versprochen, Vater! Noch ist nix klar und ausgemacht", sagte er heftig.

„Nein, versprochen bist noch net mit der Christin, das ist richtig", stimmte der Bauer zu. „Aber klar ist es doch seit eh und je, daß der Schwaigerhof und der Koflerhof einmal zusammenkommen!"

Dann verstummte er, bis Walburga und Mirzl das Geschirr abgeräumt hatten und wieder in ihrer Küche verschwunden waren.

„Du bist achtundzwanzig, und die Christine um die fünfundzwanzig. Gerade das rechte Alter zum Heiraten. Bist ein tüchtiger Bauer, Lorenz. Und die Christin versteht auch was von der Sache. Aber sie kann net ständig ohne Bauern wirtschaften, und außerdem werden manche Madln ranzig, wenn sie alte Jungfern werden."

Lorenz mußte lachen. Die schöne Christine konnte er sich wahrhaftig nicht als alte Jungfer vorstellen. Oft genug hatte er gesehen, wie auch die Fremden, die Sommerfrischler, ihr den Hof machten. Und etlichen Bauernsöhnen aus der Umgebung kugelten nur so die Augen aus dem Kopf, wenn die Christine an ihnen vorbeiging. Herb war sie, das gewiß. Und nicht leicht zu haben. Aber vielleicht war ihr halt noch nicht der Richtige begegnet, der sie zum Auftauen brachte?

Der Richtige? Herrgott, das soll ja ich sein, überlegte Lorenz. Er strich sich ratlos über das Haar und runzelte die Stirn.

„Denk net so vor dich hin, Lenz", murmelte der Bauer.

„Das Denken kannst mir net verbieten, Vater", entgegnete Lorenz lachend.

„Ja, ja, ich weiß schon, die vielen Bücher, das neumodische Zeug, das alles ist dir in den Kopf gestiegen. Aber überleg es dir richtig, Bub: Auf dem Koflerhof, da wärst du gleich der Herr, wenn du die Christin heiraten tätst. Hier bei mir, da mußt noch warten, bis ich dir den Hof übergebe. Ich bin noch net abgewirtschaftet, gehör' noch net ins Austragsstüberl, Lorenz!"

„Das könnt' ich mir bei dir auch schlecht vorstellen, Vater!"

„Na ja, so in zehn Jahren, da könntest du auf dem Schwaigerhof Bauer werden, Bua. So lang müßtest noch warten."

„Ich kann überall gute Arbeit finden, Vater, so ist das net!"

„Herr sein ist leichter als Knecht. Denk besser an der Christin ihr vieles Geld, Lorenz!" Der alte Schwaiger kratzte bedächtig sein bärtiges Kinn. Die hellen Augen des Burschen sahen den Alten furchtlos an.

„Gerade das ist es, was mir net paßt, Vater! Ich heirate net nach dem Geld, ich bin ein freier Mann und heirate, wen ich mag!"

„So, du magst die Christin also net?" Lauernd sah der alte Schwaiger seinen störrischen Sohn an.

Lorenz hieb auf den Tisch. „Freilich mag ich sie, aber es ist doch keine solche Eile, daß noch in diesem Jahr geheiratet werden muß! Wer oder was drängt denn, Vater?"

„Die Zeit, Lenz, die Zeit. Die bleibt net stehen, die geht und geht. Na ja, weißt es ja schon selbst. Also, wenn du die Christin magst, wie du grad selbst gesagt hast, dann seh' ich kueinen Grund, noch länger zu warten. Oder weißt du vielleicht einen?"

Lorenz schüttelte den Kopf. Der Alte nickte bedächtig.

„Schließlich kann die Christin nicht von sich aus kommen und den Herrn Lorenz Schwaiger um seine Hand bitten, net wahr?"

Lorenz fuhr sich übers Haar und seufzte tief auf.

„Ja, Vater, hast schon recht. Ich weiß ja selbst net, auf was ich eigentlich warte."

Simon Schwaiger legte in einer kameradschaftlichen Geste seine schwere Hand auf den Arm des Sohnes. „Laß heut' das Fuder draußen, Lenz. Kannst es nach Sonnwend einfahren. Ruh dich heute aus, damit du morgen gut beieinander bist, wenn du die Christin über den Holzstoß lupfen mußt!" Listig zwinkerte der Alte seinem Sohn zu. „Und nimm von meinem Kölnisch Wasser, damit dir die Christin net anmerkt, daß du die Schweineställe hast ausmisten müssen, Bua!"

Lachend ging Simon Schwaiger zur Tür. „Hab' ich recht oder net?"

Lorenz seufzte. „Ja, immer hast du recht, Vater. Wenn ich dich so anschau, dann mein' ich fast, du solltest noch einmal heiraten, so, wie du beieinander bist!"

Des Bauern Miene verdunkelte sich. „Na, Bua, nie mehr. Deine Mutter, die war die richtige Frau. Und jetzt, wen sollte ich denn nehmen? Eine Junge mag mich net, und eine Alte möcht' ich net. Es bleibt schon an dir hängen, Lorenz, das Heiraten. Enttäusch mich net,. Bua!"

Nein, das wollte der Lorenz wirklich nicht. Der Vater war im Grunde genommen ein prächtiger Kerl. Er hatte lang genug darunter gelitten, daß seine beiden Töchter sich mit Städtern verheiratet hatten und Lorenz der einzige Sohn war.

Und auf was soll ich denn wirklich noch warten? fragte sich der Jungbauer vernünftig. Also wird es wirklich am besten sein, ich nehme morgen meinen ganzen Mut zusammen und wage mit Christine Kofler den schicksalsschweren Sprung über das Feuer. Christine ist eine prächtige Person, eine bessere Bäuerin kann ich mir wirklich nicht wünschen. Und ihre Zurückhaltung, na, die wird ihr vielleicht mit der Zeit auch vergehen, wenn sie erst einmal meine Frau ist. Muß ja schließlich nicht jeder und jede aus dem Gefühl der großen Liebe heraus heiraten? Und wer weiß, vielleicht wurde aus der aufrichtigen Freundschaft, die sie miteinander verband, dann doch noch Liebe?

Lorenz Schwaiger ahnte nicht, daß Christine Kofler just um die gleiche Stunde ähnliche Gedanken bewegten.

Als Lorenz wieder gutgelaunt in die Küche kam, hockte Mirzl am Herd und heulte.

„Was hast denn, Mirzl, hat dich die Walburga geschimpft?“ fragte er das junge Mädchen freundlich. Mirzl schüttelte den Kopf mit den dicken roten Zöpfen.

„Was denn sonst?“

Mirzl schnupfte auf und sah Lorenz an. Er war immer nett und gut zu ihr gewesen, sie hatte Vertrauen zu ihm.

„Alle reden von der Sonnwend', und nur ich bin allein und hab' keinen Burschen, der mich mögen tut“, sagte sie und schluchzte schon wieder.

„Das bildest du dir ein, Mirzl. Warum soll dich denn keiner mögen? Bist doch ein braves, nettes Dirndl!“

„Weil ich rothaarig bin, deswegen“, beschied ihm die Jungmagd.

„Hm – mir tät' das nix ausmachen, gewiß net“, sagte Lorenz. „Hast doch schöne rote Haare. Manche färben sie sich so, und du willst sie nicht, wie die Natur sie dir geschenkt hat? Steck sie halt auf. statt Zöpfe zu tragen, das steht dir sicher gut. Und morgen ziehst eines von deinen schönen Dirndlkleidern an, ich nehm' dich mit zum Feuer!“

„Na, ich geh' net, wenn ich keinen Burschen hab'“, blieb die Mirzl stur.

„Wenn du net gehst, wirst auch keinen finden. Sei net dumm und freu' dich drauf, das ist das Gescheiteste.“

„Meinst wirklich, Lorenz? Meinst, mich könnt' einer mögen?“

„Freilich, wenn du aufhörst zu heulen, sonst net!"

„Was für ein Gewand soll ich denn anziehen, morgen?" Mirzl zeigte schon Interesse an seinem Vorschlag und hörte auf zu weinen.

„Das grüne, das paßt gut zu deinem roten Haar", erwiderte Lorenz.

„Na, das net! Rot und grün tragen die Narren in Wien", sagte Mirzl.

„Ja, dann zieh halt das blaue an, Kruzitürken", erboste sich Lorenz.

„Rot und blau trägt eine jede. – Jessas, jetzt fällt mir ein, ich muß ja hinaus in den Saustall, Futter bringen!" rief Mirzl und war wie der Wind durch die Tür.

Sie hat es heute mit den Reimen, schmunzelte Lorenz. War eine lustige Nudel, die Mirzl. Schön war sie ja nun wirklich nicht zu nennen, aber das war schließlich nicht das Wichtigste.

Die Vorauer-Mirzl war nett, fleißig und anständig und hatte viel Humor. Der Bursche, der sie einmal bekam, konnte wahrhaftig zufrieden sein!

★

Der Tannhoferbauer, der neulich im Bus neben der alten Theres Bichler so übel mitspielten hatte wollen, war ein alter Hagestolz. Das heißt, gar so alt war er eigentlich noch nicht. Aber sein mürrisches Wesen, sein ewiger Hader mit vielen seiner Mitmenschen und sein Geiz hatten ihn vorzeitig verbittert und alt werden lassen.

Er hatte keine Frau gefunden, die zu ihm paßte.

Eine war ihm nicht reich genug, die andere zu wenig ansehnlich, und wieder eine andere dünkte ihm nicht gesund genug, um ihm einen Hoferben schenken zu können. In Wirklichkeit war es aber sein Geiz, der ihn allein bleiben ließ. Er hatte Angst um jeden Bissen Brot, den er hätte teilen müssen.

Jetzt, mit dreiundfünfzig Jahren jedoch, litt er unter seinem einschichtigen Leben, das er mit seinem Knecht Schorsch auf dem Tannenhof verbrachte.

Aber plötzlich war ihm nicht mehr wohl in seiner Haut, er wurde geradezu trübsinnig.

Als ein fliegender Händler am Morgen des Johannistages bei ihm vorbeikam, rief ihn der Tannhofer zu sich in die Stube.

„Sie wollen mich wohl wieder mit einem Fußtritt vor die Tür setzen wie voriges Jahr, mein Herr?" fragte der Händler und blieb in respektvoller Entfernung. Er war kein Einheimischer und redete jeden mit „mein Herr" an, was manche Bauern zu größeren Käufen veranlaßte, als sie vorgehabt hatten.

„Nein, kommen Sie nur herein", brummte der Tannhofer. „Mein Knecht Schorsch hat kein sauberes Hemd mehr und möcht' heute doch zum Sonnwendfeuer."

„Wenn man fragen darf, wieso hat Ihr Knecht denn kein Hemd mehr?"

„Hemden hat er schon. Aber alle sind schmutzig oder kaputt. Fehlt halt eine Frau hier am Hof", erklärte der Tannhofer grantig.

„Ah, Sie haben keine Frau, mein Herr?" Das wußte der Händler natürlich, denn er informierte sich über alle seine eventuellen Kunden.

„Brauch auch keine. Nur zum Hemdenwaschen und -bügeln wär' hie und da eine praktisch."

„Und zum Kinderkriegen", lachte der Händler.

„Schmarren, Kinderkriegen", brummte der Bauer.

„Aber was wollen Sie denn einmal mit Ihrem schönen Besitztum anfangen, wenn keine Kinder da sind?" erlaubte sich der Händler zu fragen.

„Nach mir die Sündflut!" sagte der Tannhofer statt Sintflut. „Jetzt ist es eh zu spät dafür", setzte er hinzu und kratzte seinen schmalen Schädel.

„Aber ich bitt' Sie, wieso zu spät? Sie sind doch ein Mann in den besten Jahren!" Der Händler verstand es, den Leuten Honig ums Maul zu schmieren.

„Beste Jahre, daß ich nicht lach'", murmelte der Tannhofer grantig. „Ich bin ..." Er brach ab und kniff den Mund zusammen.

„Was wollten Sie denn sagen, mein Herr?"

Der Tannhofer gab sich einen Ruck. In den besten Jahren, hatte der Händler gesagt, das gefiel ihm nicht schlecht. Vielleicht war da doch noch etwas zu machen. Er ging näher zu dem Mann hin und flüsterte ihm etwas ins Ohr.

„Aber ich bitt' Sie, das ist doch gar kein Problem", sagte er jetzt. „Wozu gibt es denn mich. Habe alles mit, bin immer für alle Fälle gerüstet. Warten Sie, gleich bin ich wieder da." Er ging eilig hinaus zu seinem Wagen.

„So, da ist die Medizin, die Sie brauchen", sagte er, als er mit einer in Silberpapier umwickelten Flasche wiederkam. „Dreimal täglich drei Teelöffel voll einnehmen, möglichst vor dem Essen, das wird Ihnen helfen, mein Herr."

Mißtrauisch drehte der Tannhofer die Flasche zwischen seinen Händen, dann stöpselte er sie auf und roch daran. „Pfui Teifi, wie das stinkt", sagte er empört.

„Gute Medizin stinkt immer. Nur Zeug, das nicht hilft, riecht süß wie Zuckerln", belehrte ihn der Händler. „Da drin sind kostbarste Ingredienzien aus Indien ..."

Der Tannhofer ließ ihn nicht ausreden. „Was gehen mich denn die Grenzen von Indien an?"

„Nein, nein, ich meine ja nicht die Grenzen von Indien, sondern daß Ingre ... daß wichtige und teure Elemente und Faktoren da drin in der Flasche sind! Sie werden sehen, bald fühlen Sie sich bärenstark und voll Saft und Kraft wie ein ganz Junger!"

„Wie teuer sind denn nachher Ihre Elemente?" fragte der Tannhofer argwöhnisch.

„Sie bekommen die Flasche fast geschenkt."

„Mir braucht keiner was zu schenken. Also, sagen Sie schon, was die Flasche da kostet."

Der Händler schluckte, dann nannte er kühn die Summe von fünfhundert Schillingen.

„Fünfhundert Schillinge? Für das bißl Zeug da?"

„Das ist ein Konzentrat. Die Wirkung ist so groß, als würden Sie fünf Flaschen kaufen", sagte der Händler schlagfertig. „Wenn Sie dreimal täglich drei Löffel nehmen ..."

„Das hab' ich schon gehört. Wann wirkt denn das Mittel?" Der Tannhofer wollte es genau wissen.

„Nach der halben Flasche werden Sie schon deutliche Besserung Ihrer Beschwerden spüren."

„Und wenn ich die halbe Flasche bis heute abend austrink', was dann?"

„Das würde ich Ihnen nicht empfehlen, mein Herr. Das Mittel könnte dann die gegenteilige Wirkung haben. Mit diesen kostbaren Elementen muß man sehr vorsichtig umgehen. Wenn Sie was in der Apotheke kaufen, dann schlucken Sie ja auch nicht zwanzig Tabletten auf einmal!"

„Bin ja net deppert", sagte der Tannhofer und klopfte sich mit dem Zeigefinger an die Stirn.

„Na also! Das hab' ich auch nie angenommen. Fangen Sie noch heute an damit, Sie werden sehen, es gibt noch Wunder! Fünfhundert Schillinge, bitte." Er hielt seine Hand auf, und der Tannhofer kratzte sich nachdenklich den Kopf. Sollte er es riskieren? Das war schließlich viel Geld! Dann zog er jedoch seinen ledernen Geldbeutel heraus und kippte ihn um. Hundert Schillinge waren an Münzen darin.

Lächelnd wartete der Händler, bis sich der Bauer bemühte, ins Nebenzimmer zu gehen und von dort die restlichen Scheine zu holen.

Er blätterte sie auf den Tisch. Es waren jedoch achthundert Schillinge.

„Das ist zuviel, mein Herr", sagte der Händler.

„Ich möcht zwei Flaschen", knurrte der Tannhofer.

„Dann ist es zu wenig!"

„Nix ist zu wenig! Entweder zwei Flaschen oder gar keine, und du kannst dein lumpiges Zeug wieder mitnehmen!" brüllte der Bauer.

„Also, ausnahmsweise, weil Sie es sind, mein Herr", sagte der Händler und holte seufzend noch eine Flasche von dem Wunderelexier. Befriedigt nahm es der Tannhofer an sich. Jetzt, wo er den Händler übers Ohr gehauen zu haben glaubte, freute ihn der Kauf doppelt.

„Und was ist mit den Hemden?" fragte der Händler.

„Nix ist heut' mehr, gar nix. Sie machen einen ja ganz bankrott", giftete der Tannhofer.

Der Händler sah ein, daß in dem Punkt nichts mehr zu machen war, und zog sich mitsamt seinen Schachteln zurück. Immerhin hatte er heute ein gutes Geschäft gemacht, anstatt Fußtritte zu beziehen.

Der Bauer verbarg eine Flasche unter seinem Bett, die andere beroch er sorgfältig. Dann ging er in die Küche und holte einen Teelöffel. Er wollte gleich mit der Verjüngungskur anfangen, die aus ihm wieder einen ganzen Mann machen würde. Als er zurück in die Stube kam, wo die offene Flasche stand, war auch Schorsch, sein Knecht, hereingekommen.

„Was stinkt denn da so infernalisch, Bauer?" fragte der Schorsch, ein breitschultriger Hüne mit schwarzen Haaren und buschigen Augenbrauen, die ihm etwas Wildes verliehen.

„Nix stinkt, Schorschl, wenn du net in der Stube bist", grinste der Bauer.

Schorsch Maderer verzog den Mund, aber er ersparte sich eine Antwort. „Wo ist mein neues Hemd?" fragte er statt dessen.

„Dein Hemd? Der hat keins dabeigehabt, waren alle viel zu klein, nur bis Größe neununddreißig, nächstes Mal, Schorschl", schwindelte der Bauer.

„Kruzitürken, so ein Giftkopf", ärgerte sich der

Schorsch, und es blieb dahingestellt, ob er mit diesem Kosenamen den Bauern oder den entschwundenen Händler meinte. „Jetzt muß ich mein bestes Hemd noch waschen und bügeln, sonst kann ich net zum Sonnwendfeuer nach Kartaun hinauf." Dann stellte er sich drohend vor den Bauern hin.

„Bauer, wenn du net eine Magd einstellst, dann geh' ich!"

„Bist doch mit deinen Sachen bis jetzt ganz gut zurechtgekommen", sagte der Bauer. „Deine Walli hat dir doch immer alles in Ordnung gehalten."

„Ja, und jetzt hat sie einen anderen geheiratet. Meinst, da trau' ich mich noch mit meiner schmutzigen Wäsch' hin, damit ich Kopf und Kragen riskier', wenn er mich hinausschmeißt? Na, Bauer, blöd bin ich net! Da kauf' ich mir lieber von meinem eigenen Geld demnächst in Villach ein neues Hemd!"

Wütend verließ der Schorsch die gute Stube, krachend flog die Tür hinter ihm ins Schloß.

Der Bauer jedoch maß sorgsam seine drei Teelöffel ab und schluckte sie mit geschlossenen Augen und zugehaltener Nase hinunter.

★

Die Wetterpropheten hatten recht behalten. Der Johannistag prangte unter einem reingewaschenen Himmel in strahlender Schönheit. Die vorangegangenen Gewitter hatten allen Staub fortgeputzt, und das Land sah bunt und schön aus wie auf einem Bild, das der Herrgott in seiner besten Stunde gemalt hatte.

Den ganzen Tag über wurde, wie es hier Brauch war, von der Jugend des Dorfes das Holz zusammengebettelt. Jedes Jahr mußte ein anderer Bauer sein Fuhrwerk dafür zur Verfügung stellen. Diesmal hatte es den Tannhofer getroffen, der sich schweigend fügen mußte. Aber insgeheim fürchtete er, seinem Roß nach der Strapaze eine Schütte Hafer mehr geben zu müssen als sonst.

Die Dorfjugend hatte sich mit Bändern herausgeputzt, und unter fröhlichem Singen trugen Buben und Mädchen Holz und Reisig zusammen. Mit dem Wagen fuhren sie bis zur Anhöhe, wo sie das Pferd rasten ließen. Dann schafften sie Holz und Reisig auf ein abgeerntetes Hirsefeld. Es lag auf einer Anhöhe, die weiten Umblick gewährte. Von dort konnte man ins Tal sehen und auf die gegenüberliegenden Berge und Höhen, auf denen auch die Sonnwendfeuer entzündet wurden.

Das Abendläuten von der trutzigen alten Wehrkirche in Kartaun rief die ganze Bevölkerung des Dorfes zusammen. Ein eigens dafür mit Strohblumen vom vorigen Jahr aufgeputztes Pferdegespann fuhr von Hof zu Hof, von Anwesen zu Anwesen, um mit einer Glocke auch die zu rufen, die die Kirchenglocken nicht hören konnten.

Bald waren alle Wege und Pfade, die nach Kartaun führten, von festlich gekleideten Menschen bevölkert. Viele kamen in ihren Pferdefuhrwerken, die heute mit Polstern und Decken für die Fahrt ausgestattet worden waren. Manch junger Bursche ritt hoch zu Roß ins Dorf ein; die meisten jedoch zu Fuß. Es gab viele, die kein Fuhrwerk besaßen, und an diesem Tag kamen auch die Kleinhäusler vom Berg aus ihren Hütten herunter nach Kartaun.

Voriges Jahr hatten ein paar ganz junge Burschen es sich einfallen lassen, mit dem Moped zu kommen, das sie sonst für die Fahrt zur Arbeit benutzten. Aber sie waren mit Schimpf und Schande zurückgejagt worden, denn niemand wollte den Lärm und Gestank, der einfach nicht hierhergehörte.

Nur den Fremden wurde es gern gestattet, auf der Zufahrtsstraße vom Tal heraufzufahren. Sie parkten dann direkt hinter dem Unterwirt, und alle sahen sie gern. Oder besser gesagt ihr Geld, das sie daließen, wenn sie einkehrten.

Von Tratting her fuhr ein prächtig geschmückter Einspänner nach Kartaun. Christine Kofler kutschierte selbst, und dem braven Haflinger mit der wilden blonden Mähne schien es ebenso Spaß zu machen wie ihr.

In dem leichten Gefährt saß Josefa Huber, würdig aussehend in ihrem schwarz-seidenen Sonntagsstaat, den nur das bunte Brusttuch auflockerte. Sie saß kerzengerade auf der vordersten Kante, um das gute Gewand nur ja nicht zu zerdrücken. Nur manchmal griff sie mit einer hastigen Bewegung an ihren hohen schwarzen Lesachtaler Hut, wenn der Wind Miene machte, ihn ihr vom Kopf zu wehen.

Als das Gefährt auf dem Kirchplatz in Kartaun hielt, sprang als erster Lorenz Schwaiger hinzu, um seiner ihm vorbestimmten Zukünftigen herunterzuhelfen.

Eine Sekunde lang hielt er Christine um die schmale Taille gefaßt und drückte sie fest an sich, dann stellte er sie auf den Boden und gab ihr die Hand.

„Grüß dich, Christin“, sagte er und sah sie dabei liebevoll an.

Sie nickte ihm zu, in ihren Augen war ein weicher Schimmer, als sie seinen festen Händedruck spürte. In ihrer beider Blick lag die Frage: Werden wir heute den ersten Schritt zu unserem zukünftigen gemeinsamen Leben wagen oder nicht?

Dann drehte sich Christine um und rief in die Runde: „Grüß euch, alle miteinander!“

Auch Josefa schüttelte eine Menge Hände und es gab viel Geraune und Getuschel unter der erwartungsvollen Menge.

„Die Christin hat ja das alte, kostbare Lavanttaler Gewand ihrer Mutter an“, murmelten da und dort die Frauen.

„Ja, und auch die schönen Ohrringe“, setzte die Walburga vom Schwaigerhof hinzu. „Wird wohl was zu bedeuten haben, daß sie sich so herausgeputzt hat!“

Christine Kofler sah wirklich wunderschön aus. Der weite, in hundert ganz enge Falten gepreßte lavendelfarbene Rock bauschte sich um ihre biegsame Taille. Aus dem eng anliegenden, wertvoll bestickten Mieder stiegen die weiten bauschigen Ärmeln in makellosem Weiß, und der feine Spitzenkragen umschloß ihren ebenmäßigen Hals. Das gefranste Brusttuch war lavendelfarben und honiggelb, es vervollkommnete die schöne alte Tracht. Stolz und schlank stand Christine da. Der alte Amethystschmuck, in mattes Gold gefaßt, zierte ihren Ausschnitt, und die

Ohrringe baumelten lang herab. Matt glühten die violetten Steine auf. Christine hatte ihr braunes Haar hochgesteckt, sie sah dadurch fraulicher aus. Ihre würdevolle Haltung zeigte deutlich, wieviel Verantwortung schon auf ihren Schultern lag.

Die Fremden, die schon in Scharen von den Seen im Tal heraufgekommen waren, um der weithin berühmten Sonnwendfeier in Ober-Kartaun beizuwohnen, bewunderten die hübschen Kärntner Mädchen in ihren malerischen Trachten. Und immer wieder war es Christine Kofler, die alle Blicke auf sich zog.

„Was für ein schönes Paar", sagte manche, als Christine an der Seite des hochgewachsenen Lorenz Schwaiger zur Kirchentür schritt. Auch Lorenz war stolz auf Christine. Nur kam sie ihm heute, in ihrem festlichen Trachtengewand, noch unnahbarer vor als sonst.

Simon Schwaiger, der prächtig aussah in seinem Lodenanzug mit den vielen silbernen Talern, begrüßte Christin herzlich.

„Grüß dich, Dirndl", sagte er und umschloß ihre Hände mit seinen gewaltigen Pranken. „Wär' also wieder einmal Sonnwend. Freust dich aufs Feuer, Christin?" Dabei zwinkerte er ihr bedeutungsvoll zu. Christine nickte verwirrt.

„Der Lorenz auch", sagte Simon Schwaiger unmißverständlich. „In zwei Stunden ist es dann soweit."

„Ja, Schwaigerbauer", antwortete Christine zerstreut. Ihr Blick wurde angezogen von einem dunkelhaarigen Fremden, der abseits der anderen stand und versonnen zu ihr herüberschaute. Sie hatte ihn noch nie gesehen. Doch er ließ keinen Blick von ihr, so daß sie auf einmal verwirrt den Kopf senkte und weiterging.

„Schön ist die Kofler-Christin heut', Bauer", sagte Mirzl Vorauer und starrte Christine mit offenem Mund nach. Sie selbst hatte auch das beste aus sich gemacht. Ihr rotes Haar hatte sie aufgesteckt, so, wie es ihr Lorenz gestern geraten hatte. Und nun trug sie doch das grüne Dirndl, welches ihr besonders gut paßte. Auch die Silberohrringe ihrer Mutter hatte sie aus ihrer kleinen Truhe hervorgeholt. Das hatte ihr die bissige Bemerkung von Walburga eingetragen: „Willst dir wohl heut' einen Mann angeln, ha?"

„Kann schon sein, Walburga", hatte Mirzl schnippisch geantwortet. „Muß' ja net jede so lang ohne Mann bleiben wie du!" Rasch hatte sie sich geduckt. denn Walburga war mit einer Ohrfeige rasch zur Hand, das wußte die Mirzl aus Erfahrung.

Aber jetzt war alles eitel Sonnenschein, einträchtig begingen Bauersleute und Gesinde das große Fest der Sonnenwende. Alle waren von nah und fern gekommen, denn an diesem Tag wollte niemand abseits stehen.

Nur Theres Bichler, die am Waldrand in ihrem kleinen Häuschen wohnte, war einsam und traurig daheim geblieben. Sie ging nur unter Menschen wenn es unbedingt nötig war. Freiwillig mischte sie sich nicht unter sie. Seit fünfundzwanzig Jahren hatte sie unter Hohn und Spott, Verdächtigungen und Anwürfen qualvoll leiden müssen. Heute, an ihrem fünfundsechzigsten Geburtstag, der auf den Tag der Sonnenwende fiel, wollte sie sich Niederträchtigkeiten und Bosheiten ersparen. Sie konnte das Getuschel kaum mehr ertragen, das jedesmal, wenn sie sich zeigte, aufkam.

„Die hat den bösen Blick, die verhext uns, die stiftet Unheil mit ihren Kräutern und Tränken!" So hatte es jahraus, jahrein in ihren Ohren gegellt, wenn sie sich unter die anderen Dorfbewohner gemischt hatte.

Therese Bichler setzte sich auf die Bank hinter ihrem Haus, die noch warm von der Sonne war, obwohl diese längst untergegangen war. Sie stellte eine Schale mit Pfefferminztee auf den Tisch und legte ihr Speckbrot daneben. Das war ihr Abendessen. Dann holte sie eine Fotografie aus der Kommode, die eine hübsche, ein wenig verhärmt aussehende junge Frau mit einem etwa zehnjährigen Mädchen zeigte. Scheu strich Theres mit ihren verarbeiteten Händen darüber. Dann legte sie das Bild auf den Tisch. Nachdem sie gegessen hatte, nahm sie den Rosenkranz in ihre Hände und schaute in die Berge.

Neben sich auf der Bank hatte sie eine Schüssel mit Fleischbrocken stehen. Till, der Wolfshund, saß mit glänzenden Augen vor ihr und legte bettelnd seine starke Pfote auf ihr Knie. Theres fütterte ihn mit den Leckerbissen. Es war ihr guter, treuer Gefährte und Beschützer. Der einzige Freund, auf den sie hier zählen konnte.

Wenn Theres Bichler ihr Häuschen verlassen mußte, so paßte Till darauf auf. Er schützte den Hühnerstall vor Dieben und den Gemüsegarten vor gemeinen Verwüstungen, wie sie früher oft vorgekommen waren. Und kein Mensch brachte es fertig, an

Till vorbei in das Haus einzudringen, wenn Theres nicht da war. Er sorgte dafür. daß die Karnickel nicht gestohlen wurden und der Ziege Emma kein Leid aus purer Bosheit von den Dörflern zugefügt wurde.

„Ja, mein Guter", sagte Theres und kraulte ihn, „so feiern wir beide heute meinen Geburtstag und zugleich die Sonnenwende. Bist mein bester Freund und das Liebste auf der Welt, das ich habe, zusammen mit ..."

Ein Böllerschuß zerriß Thereses letztes Wort, Till sträubten sich die Haare, er knurrte. Aber er blieb standhaft sitzen und sah mit unendlich treuen Augen sein Frauchen an. Er verstand jedes Wort wie schon seine Mutter Maxi, die Theres Bichlers menschenleeres Leben vierzehn Jahre lang begleitet hatte.

★

Als die Nacht hereingebrochen war, zogen alle in Scharen hinauf zu dem Feld, auf dem der riesige Holzstoß von der Dorfjugend aufgeschichtet worden war. Ringsum flammten da und dort schon die ersten Sonnwendfeuer auf den Bergen und Höhen auf. Wie Glühwürmchen brachen sie aus dem nächtlichen Dunkel hervor und loderten gegen den samtigdunklen Sommernachtshimmel. Tief unten, auf der spiegelglatten Fläche des Faakersees, schwammen ungezählte Feuer in Blechkanistern, und von Villach aus tanzten sie flußabwärts die Drau hinunter.

Im Strom der anderen gingen auch Christine und Lorenz hinauf zum Hirsefeld. Einmal nahm Lorenz

Christines Hand. Sie überließ sie ihm, aber sie erwiderte seinen Druck nicht. Es war ihr so eigenartig zumute, als stünde sie vor der größten und schwersten Entscheidung ihres Lebens.

Es wäre besser gewesen, die beiden hätten sich ausgesprochen, aber dazu war es jetzt wohl zu spät. Und viele Worte waren hierzulande und in ihren Kreisen auch nicht üblich, wenn eine Sache einmal so gut wie bestimmt war. Trotzdem war ihnen beiden bang zumute. Auch Lorenz Schwaiger, der nichts und niemanden fürchtete, spürte einen eigenartigen Druck in der Brust.

Vom Holzstoß her hörte man schon das Knallen einer Peitsche, das alle herbeirief. Die hohe, mit Strohbändern umwickelte Stange steckte schon im Holzstoß, später würde sie von einer der Fackeln entzündet werden und dann den Stoß in Brand setzen. Feierlich, ein wenig monoton, stiegen Gesänge in die Nacht.

„Schön ist das hier und noch richtig bodenständig feierlich", sagte Peter Fischer, ein junger Ingenieur der Drau-Kraftwerke, zu seinem Freund Karl Schuster.

„Besonders die Mädchen sind schön", zwinkerte Schuster. „Toll, was man da alles zu sehen bekommt!"

„Du hast aber auch nichts anderes im Kopf", seufzte Peter Fischer, ein gutaussehender schwarzhaariger Mann von etwa dreißig Jahren.

„Ich bin doch nicht so dumm wie du, mich nur in die Arbeit zu verkriechen", erwiderte Schuster lachend. „Hat mich ja ein schönes Stück Überredungskunst gekostet, dich überhaupt hierher mitzulotsen. Aber es lohnt sich. Guck doch bloß mal da drüben die Kleine mit den blonden Zöpfen an, die ist doch niedlich. Mal sehen, ob ich mich da heranpirschen kann."

„Denk an Ruth, mach keinen Blödsinn, Karla, mahnte der besonnene Freund.

„Na schön, dann wär' das vielleicht was für dich, du ewig Frauenloser". schlug Karl Schuster vor.

Peter Fischer schüttelte den Kopf. „Nein, die nicht. Aber wenn du es genau wissen willst, da ist ein Mädchen, das würde mir schon gefallen."

„Wahrhaftig? Erlebe ich diesen Tag auch noch?" spöttelte Schuster. „Welche meinst du denn?"

Peter Fischer hob den Kopf und deutete mit dem erhobenen Kinn nach vorn. „Sie geht dort, jetzt kannst du sie nicht sehen, es ist zu dunkel. Ein wunderschönes Mädchen. Wahrscheinlich eine junge Frau. An ihrer Seite ist ein stattlicher blonder Mann."

„Wie sieht sie denn aus?"

„Sie trug ein lavendelfarbenes Trachtengewand, mir ist sie aufgefallen, wie sie vorhin unten am Kirchplatz mit ihrem Einspänner angekommen ist. Eine alte Frau hat sie begleitet."

„Ach, die meinst du? Ja, die ist mir wirklich aufgefallen, ein blitzsauberes Frauenzimmer. Hat eine königliche Haltung. Sie ist sicher eine reiche junge Bäuerin mit vielen Kindern. Schlag dir so was lieber aus dem Kopf, Freundchen, und grase da, wo die Weide saftig und grün für alle ist!"

„Du bist ein unverbesserlicher Draufgänger, Karli. Na schön, du sollst deinen Spaß haben. Aber ich möchte mir jetzt alles in Ruhe ansehen. Vergnüg dich nur. Wir treffen uns um żwölf an unserem Wagen beim Gasthaus unten, einverstanden?"

„Einverstanden, Peter, mach es gut. Wenn du mich nicht finden solltest, schau unter die Tische im Wirtsgarten. Ich habe vor, mir einen tüchtigen Rausch anzutrinken, wenn mir nicht was nettes über den Weg läuft." Karl schob die Hände in die Hosentaschen und ging seiner Wege.

Peter Fischer ging langsam in Gedanken versunken, weiter. Er dachte an die letzte Sonnwendfeier, die er daheim in der Rhön, vor acht Jahren mitgemacht hatte.

Damals hatte er gemeint, das Herz müsse ihm brechen, als sein älterer Bruder den Hof überschrieben bekommen hatte. Er liebte die Landwirtschaft mit Leib und Seele. Aber es war nun einmal so der Brauch, daß der Erstgeborene Vorrang in der Erbfolge hatte.

Peter war ausbezahlt worden und hatte studiert. Die Technik war neben der Landwirtschaft seine zweite Liebe gewesen, und so war es für ihn klar, daß er das Ingenieurstudium erwählte. Er schaffte es in kürzester Zeit und war einer der besten Absolventen der Technischen Hochschule in Darmstadt. Eine kleine Erfindung, die er machte, verschaffte ihm mehr Geld, als er benötigte. Er konnte zufrieden mit seinem Leben sein. Vor allem auch mit seiner Stellung als leitender Ingenieur bei den Drau-Kraftwerken. Er hatte diese Position allen verlockenden Angeboten aus dem fernen Ausland vorgezogen, denn hier in Österreich war er der Natur, die er so liebte, am nächsten. Was hätte er, der die Berge und Höhen, die Wälder und Wiesen so liebte, mit den Reizen exotischer Landschaften anfangen sollen?

Jetzt war er dreißig, und wenn Karl Schuster auch ein loses Mundwerk hatte, so stimmte es doch, daß Peter sich umsehen sollte. Es war Zeit, das Heu in die Scheune zu bringen, wie man im Volksmund sagte.

Böllerschüsse krachten durch die Nacht, die jetzt von Millionen Sternen erhellt war. Alle dreißig, vierzig Meter steckte auf dem Weg, der zum Hirsefeld führte, eine Pechfackel auf einer hohen Stange in der Erde. Mit ihrem zitternden Licht beleuchtete sie den nächtlichen Aufmarsch.

Lorenz Schwaiger wurde von anderen jungen Bauern in die Mitte genommen, zu Christine gesellten sich ein paar Mädchen aus dem Dorf. Unter lebhaftem Schwatz ging es bergauf.

Christine hatte keine besondere Eile, zum Feuer hinaufzukommen, das noch nicht entzündet war. Zuerst sprang ohnedies die Dorfjugend darüber. Je höher, um so besser, denn das bedeutete, daß dann der Flachs in diesem Jahr hoch wachsen würde.

Erwartungsvoll und eilig, um nur ja nichts zu versäumen, strebte hingegen die Jungmagd Mirzl vom Schwaigerhof dem Holzstoß zu.

„Was rennst denn so, wart ein bißl", rief ihr da eine kehlige Stimme nach.

Mirzl drehte sich um, und einen Augenblick strahlte ihr rotbackiges Gesicht, als sie den Rufer sah. Aber dann zogen sich ihre Mundwinkel enttäuscht nach unten. Hatte ja keinen Sinn, auf den zu warten, der war doch schon vergeben!

Der dunkle Mann mit dem wirren Haar, das ihm tief in die Stirn wuchs, kam ihr rasch nach und packte sie am Arm.

„Mirzl, hab' dich lang net gesehen", sagte er.

Mirzl machte sich unwillig los. „Ah, der Herr Maderer-Schorsch", sagte sie spöttisch. „Wennst mich sehn hättest wollen, wär' dem nix im Weg gestanden. Aber dir hat es halt in Wörth drüben besser gefallen. Möcht' bloß wissen, warum du heut' nicht auch dort bist."

„Weil die dort kein Feuer machen, und überhaupt ...", sagte der Schorsch vom Tannenhof und strich sich das widerspenstige Haar zurück. Dann fuhr er mit zwei Fingern in den verflixt engen Hemdenkragen, der ihn drückte. Er hätte es doch lieber bügeln sollen, dann wäre es wahrscheinlich ein wenig weiter geworden, überlegte er.

„Was heißt – und überhaupt?" Mirzl wollte es genau wissen.

„Na ja, überhaupt heißt, daß ich nimmer hingeh' nach Wörth."

„So? Dann hast dich wohl woanders vor den Karren spannen lassen?" Mirzl war nicht auf den Mund gefallen.

„Schmarrn, überhaupt net. Aus ist es mit der Walli. Und was Neues hab' ich net und such' es auch net."

„Warum ist es denn aus?"

„Weil ... Verflixt, wenn du es genau wissen willst, sie hat lieber einen Bauern genommen als einen Knecht. Wär' eh nix Rechtes für mich gewesen, die Walli."

„Warum net?"

„Sie ist viel älter als ich, und meiner Lebtag lang hatt' sie mir vorgeworfen, daß ich bloß ein Knecht bin. Das paßt mir net. Aber praktisch wär es halt schon, drunten in Wörth." Er grinste.

„Praktisch? Wieso denn das?"

„Na ja, das Weiberts war immer bei der Hand, privat, mein' ich, und meine Sachen hat sie mir auch gerichtet."

„Privat nennt man das heutzutag'? Ich weiß schon, was du meinst."

Der Maderer packte sie fester am Arm und lachte. „Dann ist es ja gut, erspart mir die Arbeit, daß ich dir es erklär, Mirzl. Hat ja die Natur schließlich so eingerichtet, daß ein junger Mann eine zum Gernhaben braucht."

„Wie alt bist denn du, Schorsch?" Mirzl sah ihn neugierig an. Er hatte ihr immer schon gefallen mit seinem struppigen schwarzen Haar, der sehnigen Gestalt und den kräftigen Händen, die zuzupacken wußten, wo es nötig war. Einmal, beim Kirchgang, hatte sie mit ihm getanzt, und dann war er auf keiner der dörflichen Festlichkeiten mehr zu sehen gewesen, weil er jede freie Stunde in Wörth verbrachte.

„Ich bin sechsundzwanzig", sagte er.

„Warum bist du damals vor drei Jahren net gekommen, wie du es mir beim Kirchtag versprochen hast?" fragte die Mirzl.

Wieder zerrte er an seinem Hemdkragen. „Ja, hast ja ein Gedächtnis wie ein Elefant", grinste er breit.

Mirzl stampfte auf. „Beleidigen lass ich mich net, von niemanden, schon gar nicht vom Herrn Maderer!"

„Ist ja keine Beleidigung, Mirzl, sondern ein Kompliment. Weil die Elefanten nämlich gescheite Viecher sind mit einem riesigen Verstand und Gedächtnis."

„Ah so, das ist etwas anderes", sagte Mirzl geschmeichelt. „Aber die Antwort bist du mir schuldig geblieben."

Er ging dicht neben ihr, fühlte ihren nackten Arm und roch ihre angenehme Frische. Es gefiel ihm, wie resolut sie ihm erwiderte.

„Mirzl, damals warst ja fast noch ein Kind, spindeldürr und mit abstehenden Zöpfen. Du weißt doch, der Herr Pfarrer macht einen Mordsspektakel, wenn man mit den gar zu jungen Dirndln was anfängt."

„So ein Kind war ich auch wieder net. Sechzehn vorbei."

„So, dann bist also jetzt so um die zwanzig?"

„Stimmt!"

„Das ist ja genau richtig", lachte der Schorsch.

„Für was?"

„Wirst es schon sehen, Mirzl! Komm jetzt, ich glaub', die zünden bald die Stange an, und nachher lodert's Feuer, und ich möcht' Scheiben schlagen. Bleib an meiner Seite, Mirzl. Ich freu' mich, daß ich dich getroffen, hab'! Jetzt wird die Sonnwend schön für mich!" Der Maderer-Schorsch sagte das so einfach und schlicht, wie sein Gemüt war. Aber er meinte es ehrlich, und das freute die rothaarige Mirzl, der seine Gradlinigkeit gefiel.

★

Lorenz Schwaiger hatte sich von seinen Weggefährten abgesondert. Langsam schlenderte er hinauf zum Hirsefeld. Er sah sich nach Christine um, konnte sie aber nicht mehr entdecken. Sie war wohl aufgehalten worden und plauschte mit verschiedenen Leuten. Nun, sie hatten mehr als genug Zeit. Der Holzstoß war noch nicht entzündet, und er würde länger als eine Stunde brennen. Lorenz schlug einen Nebenweg ein, der durch die Wiesen führte. Er hatte das Bedürfnis, allein zu sein und nachzudenken.

Plötzlich schreckte er aus seinen Gedanken, als er eine zuerst energische, dann ängstlicher klingende Frauenstimme hörte.

„Nein, nicht, lassen Sie mich in Ruhe, was fällt Ihnen denn ein, nein, nein!" klang es zu Lorenz herüber.

Mit ein paar gewaltigen Sätzen sprang er näher. Da sah er im Mondlicht, gegen die dunkle Kulisse des Waldes, ein Mädchen, das sich verzweifelt gegen einen Mann wehrte.

„Ein Busserl nur, tu doch nicht so fad", sagte der Mann keuchend. Aber bevor er sich erzwingen konnte, was er sich wünschte, wurde er von Lorenz Schwaiger am Kragen gepackt.

„Scher dich fort, du hundsgemeiner Lump!" rief Lorenz wütend und versetzte dem betrunkenen Angreifer einen Stoß, der ihn über den Wiesenhang beförderte. Dann putzte Lorenz seine Hände an seinem rotkarierten Taschentuch ab, als hätte er sich schmutzig gemacht. Danach erst wandte er sich dem Mädchen zu, das sein Gesicht in den Händen verbarg und zitterte. Langes blondes Haar fiel über die Hände und die Schultern, das Gesicht des Mädchens hatte Lorenz noch gar nicht gesehen.

Die Fremde war mittelgroß und recht zierlich. Sie trug ein helles Kleid in der Farbe zwischen grün und hellem Blau, genau konnte es Lorenz im diffusen Licht nicht erkennen. Er stand unschlüssig, denn er wollte das Mädchen nicht erschrecken. Aber da sie immer noch leise weinte, sorgte er sich um sie und wollte sie nicht allein lassen.

„Hat er Ihnen etwas getan, Fräulein, kann ich Ihnen helfen?" fragte Lorenz behutsam.

Da schüttelte das Mädchen den Kopf, warf das Haar zurück, nahm die Hände vom Gesicht und sah ihren Retter an.

„Nein, soweit kam es nicht. Sie sind gerade zur rechten Zeit gekommen", sagte die Fremde mit einer melodiösen, noch ein wenig beklommenen Stimme. „Ich danke Ihnen vielmals, es war schrecklich. Ich habe mich so gefürchtet und gegraust. Kannten Sie den widerlichen Kerl?"

Sie machte ein paar Schritte auf Lorenz zu und sah zu ihm auf. Sie hatte ein wenig schräggestellte mandelförmige Augen, und Lorenz schien es, als wäre deren Farbe golden. Wie schön das aussah zu dem weizenblonden langen Haar! Jetzt gab sie Lorenz die Hand, und dankbar nickte sie ihm zu.

„Nein, ich habe ihn nicht gekannt. Zu den Festtagen kommen immer eine Menge Leute zu uns herauf, wissen Sie. Die Johannesnacht von Ober-Kartaun ist weithin berühmt. Sie werden sehen, es wird sehr schön werden. Geht es jetzt wieder,

Fräulein?" Besorgt sah Lorenz sie an, und sie nickte.

Merkwürdig, dachte sie, so ein stattlicher, hünenhafter Mann, und dabei ist er so fürsorglich und hat so eine warme Stimme!

Sanft nahm Lorenz das fremde Mädchen am Arm. „Setzen Sie sich noch fünf Minuten auf die Bank da drüben am Wald, bevor Sie zu Ihren Leuten zurück gehen."

Verwundert sah sie ihn an. „Zu meinen Leuten? Ich bin ganz allein hier."

„Ohne Eltern, ohne Mann oder Bräutigam?" Lorenz schüttelte ungläubig den Kopf.

„Ich habe keine Eltem, keinen Mann und keinen Bräutigam", antwortete das Mädchen. Mit leichten Schritten ging sie ihm voran zu der Bank, die sie jetzt am Waldessaum stehen sah.

Zögernd folgte ihr Lorenz. „Ich möchte Sie jetzt nicht gern allein lassen, nach dem, was da vorhin fast passiert wäre", sagte er, fast entschuldigend.

„Ich freue mich, wenn Sie bleiben", erklärte sie einfach und deutete auf den Platz neben sich.

„Fräulein, Sie sollen sich von den anderen nicht so entfernen", mahnte Lorenz.

„Ich heiße Regine. Sie brauchen nicht immer Fräulein zu sagen", lächelte sie ihm zu, und Lorenz wurde es ganz eigen ums Herz.

„Regine – ein schöner Name. Ich bin der Lorenz." Mehr brachte er im Augenblick nicht heraus.

Regine deutete über das Hochtal, das vor ihnen lag, und zeigte zu den Bergen ringsum, auf denen die Feuer glühten. „Ich wollte das allein sehen, abseits von den vielen Menschen, deswegen bin ich vom

Weg weggegangen. Es bedeutet mir so viel, hier zu sein."

„Ja, es ist schön, unser Fleckerl Erde", erwiderte Lorenz, stolz auf seine Heimat. „Sie sind aus der Stadt, von wo denn?"

„Ich lebe in Wien. Aber ich habe mir immer schon gewünscht, eines Tages hierherzukommen."

„Ausgerechnet hierher?" wunderte sich Lorenz.

Das Mädchen nickte. Das goldene Haar fiel wieder über ihre Wangen, mit schlanken, doch kräftigen Fingern strich sie es zurück.

„Ja, ausgerechnet hierher. Das hat seinen Grund." Doch dann verschlossen sich ihre Lippen, ohne mehr zu sagen, und Lorenz grübelte einen Augenblick darüber nach, was das wohl für ein Grund sein könnte.

Mit einem lieben Lächeln legte sie scheu ihre Hand auf seinen Arm. „Ihnen würde ich es gern sagen, aber ich darf nicht. Es ist kein Mißtrauen gegen Sie, Lorenz, aber ich muß mich daran halten. Nicht bös' sein, bitte. Ihnen könnte ich eigentlich alles erzählen, ich weiß selbst nicht, warum."

„Das ist schön, daß Sie das sagen, Fräulein Regine. Ich möchte nur wissen ... hat Ihr Geheimnis mit einem Mann zu tun?" Er spürte die brennenden Stiche der Eifersucht gegen ein Phantom und schalt sich selbst einen Narren, sich solche Gefühle zu erlauben.

Regine lachte silberhell auf. „Nein, bestimmt nicht! Gerade mit dem Gegenteil von einem Mann!"

Da mußte auch Lorenz Schwaiger plötzlich lachen, weil das so ulkig klang, wie sie es ausdrückte. Das Gegenteil von einem Mann! Am liebsten wäre er hier neben der Fremden aus Wien sitzen geblieben, irgend etwas hielt ihn geradezu fest. Aber bald wurde der Holzstoß angezündet, und da durfte der Erbe vom Schwaigerhof nicht fehlen.

„Gleich wird die strohumwickelte Stange angezündet, und dann wird der Holzstoß prasseln, Fräulein Regine. Ich kann nicht fehlen. Und Sie dürfen nicht allein hierbleiben", sagte Lorenz.

Regine stand auf und zog ihren Rock glatt. „Also gehen wir zum Feuer", sagte sie. „Sie müssen ja auch zu Ihren Leuten, Lorenz. Aber vorher möchte ich Ihnen noch danke sagen, daß Sie gekommen sind und mich beschützt haben." Sie stellte sich auf die Zehen, und ehe es sich der verblüffte Lorenz Schwaiger versah, hatte sie ihm einen leichten Kuß auf die Wange gedrückt.

Dann lief sie flink und mit wehenden Haaren fort, bis die Dunkelheit sie verschluckte. Mit wild pochendem Herzen blieb Lorenz stehen und starrte in die Finsternis. Dann schlug er mit den Fäusten gegen seine Schläfen, als könne er den Traum verscheuchen, in den er so unversehens hineingeraten war. Aber es nützte nichts. Die liebe helle Gestalt, das silberhelle Lachen und die warme Stimme blieben bei ihm, so sehr er sich auch dagegen wehrte.

★

Es war, als ob der Tag und die Nacht des sommerlichen Sonnenstillstandes mit seinen uralten Zauberbräuchen nun auch für ein paar Menschen in Kartaun die Schicksalsstunde schlagen ließ.

Denn während Lorenz Schwaiger der zauberhaften blonden Regine begegnete, pochte der Zufall mit launischer Hand justament auch bei Christine Kofler an.

Die anderen drängten weiter; sie war plötzlich zurückgeblieben, als verhielte etwas ihre Schritte, was sie sich nicht so recht erklären konnte. Dann schüttelte sie wieder einmal den Kopf über sich und ihre Gedanken. Eine Locke fiel ihr über die Wange, sie strich sie zurück. Da bemerkte Christine Kofler mit Schrecken, daß sie einen kostbaren alten Goldohrring ihrer Mutter verloren hatte, die sie heute zum erstenmal trug.

Christine bückte sich und suchte verzweifelt in der Dunkelheit, die nur von den entfernten Pechfakkeln erhellt wurde. Auf dem Weg lagen Steine, es wuchs Unkraut, und an den Rändern schoß das Gras in die Höhe. Wie sollte sie das Schmuckstück da nur finden!

„Haben Sie etwas verloren, kann ich Ihnen vielleicht beim Suchen behilflich sein?“ fragte da eine unbekannte Männerstimme neben ihr.

Christine schaute hoch und sah den dunkelhaarigen Fremden betreten an. Es war der Ingenieur Peter Fischer, der sich von seinem Gefährten längst abgesondert hatte. Aber Christine wußte nicht, wer er war.

„Es wird wohl keinen Sinn haben, zu suchen, es war ein Ohrring, der sich irgendwo zwischen die Steine und das Gras verkrochen hat.“

„Nur nicht gleich aufgeben, ich habe eine Taschenlampe, vielleicht finden wir das kostbare Stück doch rasch.“

Peter Fischer leuchtete Christine ins Gesicht, sie sah ihn mit ihren großen dunklen Augen verwirrt an. Der Schein beleuchtete dann ein kantiges, sehr männlich wirkendes Gesicht, das ihr gut gefiel. Die hellen Augen blickten klar und offen.

„Entschuldigen Sie, daß ich Sie so anleuchte, aber ich muß ja schließlich den Zwilling von dem verlorenen guten Stück sehen, damit ich besser suchen kann." Peter Fischer lachte; es fiel ihm schwer, das Licht von Christines schönem Gesicht wieder fort wandern zu lassen. Am liebsten hätte er sie unverwandt angesehen, so sehr berührte sie sein Herz, alle seine Sinne.

Emsig suchten die beiden dann den Weg ab, aber ohne Erfolg.

„Na, sucht ihr zwei da vielleicht einen vierblättrigen Klee?" spottete ein Vorübergehender, der sich verspätet hatte.

„Ich glaube, wir geben es auf", sagte Christine schließlich. „Sie haben schon die Strohstange angezündet, gleich wird das Feuer lodern, und dazu sind Sie ja wohl hergekommen."

„Ja", sagte der junge Ingenieur, „aber das ist nicht so wichtig." Er hielt sich dicht neben dem Mädchen in der schönen Tracht, das ihm schon unten am Kirchplatz aufgefallen war. Am liebsten hätte er die ganze Nacht so an ihrer Seite verbracht.

Dann plötzlich entdeckte er das Schmuckstück. „Hier, da ist der Ausreißer!" rief er. Zugleich mit ihm bückte sich Christine, ihre Hände berührten sich, als sie nach dem Ohrring griffen. Sie zuckte zusammen, als hätte sie ein elektrischer Schlag berührt. Peter

Fischer hielt ihre Hand fest, und Christine schloß eine Sekunde lang die Augen.

Dann richtete sie sich auf und streckte die Hand nach dem Ohrring aus.

„Nein, den befestige ich selbst, damit er auch ja gut sitzt und sich nicht wieder selbständig macht", lachte Peter.

Christine neigte ein wenig den Kopf; er sah die anmutige, stolze Nackenlinie, und am liebsten hätte Peter Fischer, der sonst immer so zurückhaltend und besonnen war, diesen Nacken geküßt. Aber er hütete sich, diesem Wunsch nachzukommen.

Geschickt befestigten seine schmalen sehnigen Finger den Ohrring. Und dann fuhr er Christine ganz zart mit der Hand über die Wange.

„So, jetzt ist wieder alles in Ordnung, Ihr Mann kann nicht schimpfen, weil Sie das kostbare Stück verloren haben."

„Ich bin nicht verheiratet", sagte Christine. Und Peter Fischer hatte das Gefühl, als begännen bei diesen Worten in seinem Inneren die Glocken der Verheißung zu läuten. Sie ist nicht verheiratet, diese schöne junge Kärntnerin, dachte er voll Seligkeit. Aber gebunden war sie doch sicherlich. So ein schönes Geschöpf konnte doch unmöglich allein bleiben. Er wollte es genau wissen.

„Aber der stattliche blonde Mann, der vorhin an ihrer Seite war?"

Christine lächelte verhalten. „Das ist mein bester Freund, von Kindheit an", sagte sie. Habe ich dich jetzt verraten, Lorenz? fragte sie sich dann selbst. Aber es war kein Verrat. Lorenz war nie etwas anderes gewesen als ihr bester Freund. Es war die reine Wahrheit.

„Da oben kommt er Ihnen entgegen", sagte Peter Fischer. Er hatte Lorenz, der sich suchend umsah, unter der letzten Fackel entdeckt.

„Ja, das Feuer brennt, wir müssen uns beeilen", murmelte Christine.

„Ich heiße Peter Fischer", stellte sich der Ingenieur jetzt vor. „Werde ich Sie heute noch einmal sehen?"

„Schon möglich", gab Christine vage zur Antwort. „Bei so einem Fest läuft man sich immer wieder über den Weg."

„Gehen Sie dann hinunter zum Wirtsgarten tanzen?"

Christine zuckte die Schultern. „Ich weiß es nicht", sagte sie leise. Sie wußte es wirklich nicht. Aber sie hätte auf einmal brennend gern gewünscht, mit dem dunkelhaarigen Fremden zu tanzen. Unbeschwert, ohne Gedanken an das Heute und an die Zukunft, losgelöst von allen Problemen.

Lorenz kam zu ihnen. „Christine, wo bleibst denn?" fragte er. „Es geht schon los." Dann nickte er dem Fremden zu. „Ich bin der Lorenz Schwaiger", stellte er sich vor.

„Und ich heiße Peter Fischer. Fräulein Christine hatte ihren Ohrring verloren, aber wir haben ihn wieder gefunden."

„Das freut mich", sagte Lorenz völlig zerstreut. Er dachte an die blonde Regine, die jetzt irgendwo in der Menschenmenge untergetaucht war, die den lodernden Holzstoß umringte.

Sie mischten sich unter die anderen, es gab ein

Geschubse und Gedränge, denn alle wollten dem Feuer nahe sein. Immer wieder wurde Christine Kofler gegen Peter Fischer gedrängt. Beschützend legte er einmal seinen Arm um ihre Schultern und zog sie ein wenig beiseite, als einer gar zu energisch in der Gegend herumboxte, um sich Platz zu verschaffen.

Christine wurde ganz schwach in den Knien, als sie den Arm des fremden jungen Mannes auf ihrer Schulter fühlte. Und Peter ging es genauso, als er ihre warme Haut unter dem sie den alten Stoff spürte und den Duft ihres schönen Haares einatmete.

Die Jugend war schon über das Feuer gesprungen, jetzt kamen die dran, für die der Sprung zum Schicksal werden sollte. Alle schrien und klatschten begeistert, als sich auf diese Weise dies und jenes Pärchen zueinander bekannte.

Unweit von Lorenz, Christine und Peter Fischer standen die Mirzl und der Maderer-Schorsch.

„Mirzl, mir ist es ernst, komm, springen wir", sagte der Schorsch und packte die Mirzl mit kräftigen Händen. Sie schloß die Augen, das Feuer war noch recht hoch, und sie fürchtete sich ein wenig.

Aber ihre Angst verflog, als sie Schorschls kräftige Finger fühlte, die sie eisern festhielten. Sie machten den bisher höchsten Sprung, und alle jubelten ihnen zu. Als sie wieder auf dem festen Boden landeten, busselte der Maderer-Schorsch die rothaarige Mirzl vor allen ab. „So, jetzt gehörst zu mir", sagte er, und dann liefen sie lachend weiter.

„Na, dann werden wir unsere brave Jungmagd

wohl bald hergeben müssen", sagte Lorenz zu Christine.

„So ernst ist das mit dem Sprung ja auch wieder nicht", entgegnete sie ihm. Sie hatte plötzlich Angst, daß er sie jetzt gleich an der Hand nehmen und mit ihr loslaufen würde, um über das Feuer zu setzen.

„Meinst nicht, daß es ernst ist?" fragte Lorenz verdutzt. Christine schüttelte den Kopf, ohne etwas zu erwidern. Und Lorenz war es, als zerspränge ein eisernes Band, das seine Brust umklammert hielt. Ja, wenn die Christine es nicht so ernst nimmt, dann war ja noch die Möglichkeit, alles zu verschieben, dachte er. Seine Blicke wanderten unruhig umher. Sie suchten das blonde Mädchen, konnten es jedoch unter den anderen nicht finden.

Plötzlich fühlte sich Christine Kofler um die Taille gepackt und mitgerissen. Peter Fischer lachte ihr zu, und sie lief mit ihm, sie konnte einfach nicht anders. In schönem, harmonischem Schwung setzten sie über das Feuer, das hell aufzüngelte .

Ein Gemurre ging durch die Dörfler. „Die Christin, Jessas, mit wem ist denn die gesprungen?" Josefa Huber, die getreue Magd und Vertraute, konnte es nicht fassen.

Simon Schwaiger kratzte sich verdutzt den Kopf, er schnaufte, daß die schweren Silbertaler an seinem Janker klirrten. Was sollte denn das bedeuten? Die Christine mit einem Fremden und nicht mit seinem Lorenz! Was waren denn das für neumodische Ideen?

„Ein schönes Paar, das da eben gesprungen ist", sagte da plötzlich eine weiche Stimme neben Lorenz

Schwaiger. Er fuhr herum und sah Regine in die goldbraunen Augen. Sie konnte ja nicht wissen, daß da eben Christine Kofler mit einem Fremden gesprungen war; Christine, die ihm vorbestimmte Frau …

Lorenz mußte lachen, so merkwürdig war das alles, so verworren und durcheinander. Er konnte sich das Gesicht seines Vaters ausmalen, den er unter den anderen nicht ausmachen konnte.

„Wollen wir auch, Regine?" fragte Lorenz. Sie nickte, warf das Haar mit einer anmutigen Geste nach hinten und gab ihm die Hand.

Da überkam Lorenz Schwaiger eine unbändige Freude und eine Kraft, die er sich selbst nicht zugetraut hätte. Hoch hob er die reizende weizenblonde Regine und sprang mit ihr über das Feuer.

Die Dörfler konnten über diesen Unfug nur noch die Köpfe schütteln. Zuerst die Kofler-Christine mit einem „Ausländischen", wie sie alle Fremden bezeichneten, und jetzt gar auch noch der Lorenz vom Schwaigerhof, der sich eine Städterin auserkoren hatte! Wenn das nur gutging und kein Unglück brachte! Man durfte sich nicht gegen die alten Sitten und Gebräuche stellen, das brachte Unheil.

Rasch schüttete Josefa Huber eine Handvoll Farnsamen, Gottesgnadenkraut und Liebstöckl in das Feuer, um so den Bann zu brechen. Sie hatte es, wie viele andere Frauen, in ihrem Beutel mit. Es sollte vor Verhexung und Krankheit schützen.

„Was machst denn da, Sefi?" fragte sie der Schwaigerbauer, als sie sich abwandte und mit dem Rücken zum Feuer stellte.

„Weißt es schon, was ich mach', Bauer", gab sie zur Antwort.

„Ja, die Jungen sind anders als wir, die geben nix mehr auf die guten alten Sitten", brummte er. Er nahm sich vor, seinem Sohn gehörig den Kopf zu waschen. Was war dem Kerl bloß eingefallen, sich erst Christine wegschnappen zu lassen und dann gar noch selbst mit einer „Ausländischen" den schicksalsschweren Sprung zu tun! Wo war er denn bloß, der Lorenz, der verflixte Bua?

Aber der hatte jetzt anderes im Kopf, als sich vor der Strafpredigt des Vaters zu fürchten. Hand in Hand ging er mit Regine dem Waldessaum zu. Sie sprachen nichts, fühlten nur, wie gut es war, beisammen zu sein.

★

Und wie selbstverständlich ging auch Christine Kofler mit Peter Fischer langsam über die Wiesen. Millionen Sterne leuchteten am Firmament, auf den Höhen glimmten immer noch die Feuer. Da und dort rollten brennende Kugeln die Hänge hinab.

„Was ist das?" fragte Peter.

„Die Burschen sind beim Scheibenschlagen", erklärte Christine. „Sie stecken kleine durchlöcherte Scheiben aus Buchenholz auf einen Haselnußstekken und halten ihn ins Feuer. Wenn er brennt, lassen sie ihn hoch über ihrem Kopf ein paarmal waagerecht kreisen, dann werden sie an einem schiefgeneigten Brett abgeschlagen und zu Tal befördert. Meistens singen sie Spottverse dabei. Horchen Sie nur, da drüben treibt es die Dorfjugend ebenso."

Christine ging mit Peter Fischer zu der Stelle, an der Schorsch Maderer jetzt eine gewaltige glühende Scheibe über seinem Kopf kreisen ließ. Mit lauter Stimme sang er dabei:

„Die Scheibe, die Scheibe, die schlag' ich.
Und was wahr ist, das sag' ich.
Der Stangruber-Toni, hat ein Weib
z'haus, hihi,
Der Bauer ist er – aber die Hosen
an hat sie!"

Lautes Gelächter und Gebrüll begleiteten seinen Schimpfspruch. Es war nur ein Glück, daß die spitznasige Stangruberin nicht in der Nähe war. Die Mirzl war schrecklich stolz auf ihren Schorsch.

„Ein hübscher Brauch", sagte Fischer. „So etwas gibt es bei uns nicht in dieser Form."

„Sind Sie auch vom Land?" fragte Christine.

„Ja, aus der Rhön. Es ist schön dort, aber viel herber als hier in Kärnten, wo alles schon den Zauber des Südens hat. Ich glaube, die Menschen hier sind eine wunderbare Mischung, gerade richtig zwischen heiter und ernst."

„Das mag stimmen", nickte Christine. „Sind Sie auf Sommerfrische hier, Herr Fischer?"

„Wir sind zusammen über den Holzstoß gesprungen, so etwas verbindet doch. Ich meine, wir sollten nicht so förmlich miteinander umgehen. Darf ich Christine sagen?"

Sie nickte. „Ja, gern. Wissen Sie, eigentlich hätte ich ja mit einem jungen Hoferben über das Feuer springen sollen, alle haben es erwartet. Und dann ist es ganz anders gekommen."

Er nahm Ihre Hand beim Gehen, sie überließ sie ihm willig und fühlte seinen guten festen Druck.

„Wäre dieser Sprung von Bedeutung gewesen, Christine?"

„Ja. Wir ... wir sollten heiraten, der Lorenz und ich. Aber jetzt ..." Sie brach ab.

Er legte den Arm um ihre Schulter, sie war fast so groß wie er und hob den Kopf zu ihm empor.

„Was aber jetzt, Christine?"

„Nichts. Ich weiß bloß auf einmal überhaupt nichts mehr", erwiderte sie. Dann fragte sie leichthin: „Sie haben mir noch nicht geantwortet, ob Sie auf Sommerfrische hier irgendwo sind, Peter."

„Nein, ich arbeite als Ingenieur in der Nähe von Villach. Ich habe mir diese Stellung ausgesucht, weil ich das Landleben über alles liebe und hier die Arbeit mit der wunderschönen Natur verbinden kann."

Erfreut strahlte Christine ihn an. „Das freut mich aber, daß Sie das sagen! Ich bin auch nur auf dem Land glücklich, und keine zehn Pferde brächten mich von hier fort."

„Das dachte ich früher auch immer", erklärte Peter und wurde ernst. „Aber dann hat mein älterer Bruder den Hof bekommen, und für mich war kein Platz mehr da."

So kamen sie ins Erzählen, und beiden war zumute, als würden sie sich schon lange Zeit kennen. Der junge Ingenieur erfuhr von Christines schwerem Los und daß sie selbst für ihren großen Hof verantwortlich war.

„Ja, da gehört ein Bauer her, das sehe ich schon ein", sagte er nachdenklich. „Aber trotzdem bin ich froh, daß Sie heute mit dem Lorenz nicht über das Feuer gesprungen sind."

„Sie? Weshalb denn?" fragte Christine Kofler mit großen Augen.

Peter Fischer zog sie zärtlich an sich, hob ihren Kopf zu sich hoch und sah in diese wunderschönen Augen, die selbst im diffusen Sternenlicht zu glänzen schienen. Dann preßte er seinen Mund auf ihre weichen Lippen und gab ihr die Antwort auf ihre Frage.

Christine schloß für ein paar Sekunden die Augen; die Zärtlichkeit drang tief in sie, und sie fühlte sich so himmelhochjauchzend und gleichzeitig zu Tode betrübt wie nie zuvor.

Dann machte sie sich sanft los und schüttelte den Kopf. Es konnte, es durfte ja nicht sein! Sie und der Lorenz gehörten doch zusammen, das durfte sie nicht vergessen!

„Das ist das Märchenhafte einer Johannisnacht", sagte sie leichthin. „Da gelten andere Gesetze als sonst. Aber morgen ist eben morgen, und dann ist der Traum vorbei."

„Muß das unbedingt sein?" fragte Peter mit belegter Stimme.

„Ja, es muß wohl sein", erwiderte Christine tapfer. „Wozu soll man sich Kummer machen? Es gibt ohnedies schon genug Sorgen. Die braucht man sich nicht noch künstlich zu schaffen!"

Als sie Lorenz mit dem blondem Mädchen einherkommen sah, mit dem er über das Feuer gesprungen war, runzelte Christine die Stirn. Vielleicht war doch noch nicht alles festgelegt und vorbestimmt, vielleicht gab es auch nach dieser Johannisnacht noch eine traumhafte Zukunft?

Lorenz und Regine schnitten seitwärts ab, sie sahen Christine und ihre Begleiter nicht.

„Kommt Zeit, kommt Rat, Christine, bitte, überleg dir das", bat nun Peter Fischer seine schöne Begleiterin.

Sie sah ihn an, und ihr Herz pochte in einem nie gekannten, wilden Glücksgefühl. Sie wünschte sich sehnlichst, er würde sie noch einmal küssen. Aber gleichzeitig ging sie ein paar Schritte von ihm fort. Sie hatte Angst vor sich selbst und wollte sich nicht in etwas verstricken und verlieren, das hoffnungslos war.

„Komm, Peter, wir gehen hinunter zum Wirtsgarten, da geht es sicher schon hoch her auf dem Tanzboden. Ich kann mich nicht so lange absondern. Meine Josefa wird schon Gift und Galle spucken, daß ich so lange fort bin."

„Christine, ich möchte dich nicht gleich wieder mit den anderen teilen, es ist so schön hier mit dir", wandte Peter bittend ein.

„Ja, und morgen mit einer anderen, Peter", lachte sie gezwungen auf. „Das sind doch alles bloß kleine Flirts, wie man in der Stadt sagt." Damit wollte sie einen Schutzwall gegen ihre eigenen Gefühle bauen, doch sie traf Peter Fischer empfindlich mit ihren Worten.

„Ja – wenn das so bei dir ist, dann kann man nichts machen", entgegnete er.

Es tat ihr schon wieder leid, ihn so vor den Kopf gestoßen zu haben, und sie wußte nicht, wie sie sich verhalten sollte. Sie sah ihn an, und er konnte nicht glauben, daß sie so leichtfertig war, wie sie ihm weismachen wollte.

Noch einmal zog er sie in die Arme. „Christine, so etwas ist mir noch nie im Leben passiert. Ich muß es dir sagen, ich habe dich ganz schrecklich gern!"

Sie barg den Kopf an seiner Schulter, und er fühlte, wie sie bebte.

„Ich mag dich ja auch", gestand sie dann leise, kaum hörbar. Und dann folgte ein abgrundtiefer Seufzer. „Es kann aber nicht sein, Peter. Es gehört einfach nicht in unsere festgefügte Ordnung. Bitte, laß und nicht mehr darüber sprechen, es macht alles nur noch schwerer."

Er hörte das Flehen in ihrer Stimme und fühlte ihren Zwiespalt.

„Christine, ich muß jetzt ein Semester an der Technischen Hochschule in Wien abhalten. Danach komme ich – und wenn du dann noch nicht die Frau vom Lorenz bist, dann ..."

Sie legte ihm rasch die Hand auf den Mund. „Nicht weiterreden, das bringt Unheil in der Johannisnacht", sagte sie. „Und jetzt gehen wir endlich zum Tanzen, schließlich soll man zur Sonnenwende fröhlich sein!" Sie lief ihm voraus, so rasch, als hätte sie Angst, auch nur noch eine einzige Minute allein mit ihm zu sein.

★

Währenddessen saß Lorenz Schwaiger mit Regine im weichen trockenen Gras am Waldessaum. Sie sprachen über vieles, das sie bewegte, und Lorenz erfuhr, daß Regine in Wien Hotelsekretärin war.

Er allerdings verschwieg ihr, daß er heute mit Christine Kofler sozusagen den Auftakt zur bevorstehenden Hochzeit hätte geben sollen. Lorenz wußte nur so viel: daß er nicht mit Christine über das Feuer gesprungen war. Das bedeutete, er hatte Zeit, hatte wenigstens einen Aufschub erreicht.

Eifrig pflückte er einen Strauß von Wiesenköniginnen und machte mit erstaunlich geschickten flinken Händen ein Kranzerl daraus.

Er schenkte das fertige Werk Regine. Sie neigte lächelnd den Kopf, und er setzte ihr das Kranzerl auf das blonde Haar.

„Die Sonnwendradeln bringen Glück, Regine", sagte er verheißungsvoll. „Sie sind mit ihren weißen strahlenförmigen Blättern und dem gelben Stern in der Mitte selbst lauter kleine Sonnen. Deswegen heißen sie so."

Regine lachte. „Bei uns heißen sie Gänseblümchen!"

„Mit einer Gans haben die aber wenig zu tun", widersprach Lorenz. „Und wenn du sie aufhast, dann kommt es mir vor, als wäre es ein strahlender Lichterkranz, Regine!" Unversehens hatte er du gesagt, und das Mädchen errötete. Das konnte Lorenz im Dämmerlicht jedoch nicht sehen.

„Da muß ich mich ja schon wieder bedanken, Lorenz", sagte Regine. Sie streckte ihm die Hand hin, er ergriff sie und zog sie damit zu sich herüber. Fest und zart zugleich zog er sie an seine breite Brust. „Mußt mir nicht danken, ich hab's dir gern geschenkt, und es bedeutet auch was bei uns, wenn ein Bursch einem Mädl so etwas gibt."

„Ja?" fragte Regine. Ihre schräggeschnittenen Augen sahen ihn unverwandt an; es ging so viel Ruhe und Stärke von ihm aus, sie hätte gern an dieser starken Männerbrust verweilt. Es kam ihr vor, als wäre sie dann ihr Leben lang beschützt.

„Ja", sagte Lorenz rauh. „Es bedeutet, daß ich dich liebhabe, Regine." Er sagte es ganz ruhig, als wäre es die selbstverständlichste Sache der Welt. Und du?"

Sie verschlang die Hände in ihrem Schoß und nickte nur. Sprechen konnte sie nicht, da saß plötzlich ein dicker Kloß in ihrem Hals, und hinter den geschlossenen Lidern wurde es feucht.

Lorenz küßte sie ganz behutsam und zart, als wäre sie ein Mädchen aus Schnee, das unter seiner Hitze davonschmelzen könnte.

Aber Regine schlang plötzlich die Arme um seinen Nacken und erwiderte seine Küsse mit süßer Innigkeit. Dann machte sie sich los und senkte den Kopf.

„Regine, liebe Regine, was ist denn?" fragte Lorenz.

„Nichts, gar nichts. Es ist bloß so viel auf einmal auf mich eingestürzt. Jetzt bin ich einundzwanzig Jahre alt und habe so etwas noch nie empfunden. Und ausgerechnet hier muß es mir passieren", sagte sie halblaut, fast zu sich selbst.

„Was heißt denn – ausgerechnet hier?"

„Es heißt so viel, Lorenz, das kann ich dir nicht

alles auf einmal erzählen." Sacht lehnte sie ihre Stirn an die seine, entzog sich ihm aber, als er sie wieder küssen wollte, und stand auf.

„Man soll nicht zuviel auf einmal aus dem Glücksbecher trinken, man wird sonst betrunken und weiß nicht mehr, was wahr ist und was nicht", sagte sie mit einer seltsam entrückten Stimme.

Lorenz sprang auf die Füße, groß und breit stand er vor ihr.

„Wahr ist, Regine, daß ich immer bei dir sein möchte, und sonst gar nichts."

Regine stand da, ein wenig verloren; der Wind, der plötzlich aufgekommen war, preßte ihr Kleid eng an ihren wohlgestalteten Körper, an dem sich Lorenz nicht satt sehen konnte.

„Wie spät ist es denn eigentlich?" fragte das Mädchen endlich.

„Nach elf."

„O Gott, ich muß fort!" rief Regine erschrocken.

„Jetzt? Wohin denn?" Lorenz hielt sie am Handgelenk fest, doch dann ließ er sie los. Er hatte kein Recht dazu. Noch nicht.

„Frag mich nicht, Lorenz, bitte, frag mich nicht", bat Regine gequält. Sie zögerte einen Augenblick, als könne sie sich nicht von ihm trennen, doch dann lief sie fort. Lorenz sah nur noch, wie sie den Weg einschlug, der hinüber zum anderen Waldrand führte. Dort war ein einziges Haus: das Haus der Theres Bichler. Aber dorthin konnte die blonde Regine doch unmöglich wollen, überlegte Lorenz.

Er lief ihr ein paar Schritte nach; dann blieb er stehen. Er mußte ihr Zeit lassen, durfte sie nicht erschrecken. Sie war so anders, so zart, so feinfühlig, und sie kannte ihn ja auch noch viel zu wenig. Er mußte behutsam vorgehen. Und er brauchte selbst Zeit, um sich über alles klarzuwerden. Später würde sie bestimmt in den Wirtsgarten kommen. Der Omnibus hinunter zum Faakersee ging von dort ab. Dann wollte er sie fragen, wann und wo er sie wiedersehen könne.

„Jessas, und die Christin wird auch schon warten beim Tanz", sagte sich der junge Schwaigerhofbauer und hetzte mit gewaltigen Schritten dem Dorf zu.

★

Christine Kofler saß mit den anderen an einem langen Tisch. Alt und Jung waren jetzt bunt durcheinandergewürfelt, und zwischen den Einheimischen hatten die Fremden Platz nehmen dürfen.

Christine rückte zur Seite, als Lorenz kam. Er sah erhitzt aus, und die senkrechte Falte, die auf seiner Stirn stand, die kannte sie sonst nur, wenn er schwierige ökonomische Aufgaben zu lösen hatte.

„Ja, da wären wir also jetzt beieinand'", sagte Lorenz tiefgründig. Seine Augen spähten nach dem Fremden aus, mit dem Christine über das Johannisfeuer gesprungen war, aber er konnte ihn nirgends entdecken, obwohl der Wirtsgarten und der Tanzboden von vielen bunten Lämpchen hübsch erleuchtet war.

„Ja, da sind wir", entgegnete Christine nicht gerade gesprächig. Sie dachte an den schwarzhaarigen

Peter Fischer und daran, daß sie zum erstenmal voll Innigkeit den Kuß eines Mannes erwidert hatte. Sie sah verstohlen Lorenz an, und sie spürte kein anderes Gefühl für ihn als das schwesterlicher Zuneigung und alter Vertrautheit.

Lorenz forderte Christine zu einem Walzer auf, sie tanzten beide vorzüglich und waren ein schönes, stattliches Paar. Aber sie waren froh, daß die laute Musik jede Unterhaltung unmöglich machte.

Als sie zurück zu ihrem Tisch kamen, stand da Peter Fischer. Zögernd sah er sich um. Lorenz forderte ihn gleich auf, bei ihnen Platz zu nehmen. Christine mußte ein wenig zur Seite rücken, ihr Herz schlug wie verrückt, als sie den jungen Ingenieur wieder an ihrer Seite spürte.

Aber lange Zeit konnte sie seine Nähe nicht genießen. Viele der jungen Bauern, ein paar Fremde und auch Lorenz forderten sie immer wieder zum Tanz auf. Nur Peter Fischer nicht. Er hatte direkt Angst davor, das Mädchen wieder in den Armen zu halten, das seine Gefühle so in Aufruhr versetzt hatte.

Gegen Mitternacht verabschiedeten sich Josefa Huber und Walburga vom Schwaigerhof zusammen mit anderen älteren Männern und Frauen.

Simon Schwaiger war den ganzen Abend recht mürrisch gewesen, weil er nicht verstehen konnte, daß Lorenz nicht mit Christine über das Feuer gesprungen war. Jetzt erhob auch er sich und verabschiedete sich von allen.

„Komm, Walburga, und nimm die Huberin mit, wir bringen sie heim“, erbot er sich.

„Und du, Christin, willst allein in der Nacht zurückkutschieren mit dem Einspänner?" fragte Josefa Huber fürsorglich.

Lorenz mischte sich ein. „Laß nur, Josefa, ich fahr' sie dann heim und liefere sie gut ab."

„Alsdann ist ja alles in Ordnung", strahlte Josefa und glaubte fest daran, daß ihre ins Feuer gestreuten Samenkörner das Unheil nun doch abgewendet hätten.

„Nix ist in Ordnung", brummte hingegen der alte Schwaiger, als er die beiden Frauen hinausführte. „Aber der soll nur warten, bis er heimkommt, der Bua, der verflixte!"

„Ja, und was ist mit der Mirzl? Morgen früh um fünf muß sie wieder an die Arbeit, die nehmen wir am besten auch gleich mit", verlangte die Walburga. Es war ihr schon den ganzen Abend lang ein Dorn im Auge, daß die Jungdirn mit dem Knecht des Tannhofers gar so herumschmuste und beim Tanzen offensichtlich die Welt um sich herum vergaß.

Resolut marschierte Walburga in ihrem Schwarzseidenen auf die Tanzfläche und packte Mirzl am Arm.

„Komm mit, wir fahren heim", sagte sie barsch.

„Da wird nix draus, Walburga", grinste der Maderer-Schorsch und drückte die Mirzl nur noch enger an sich. Sie verkroch sich fast in seinen starken Armen, denn vor der Walburga hatte sie einen Heidenrespekt .

„Was geht denn dich das an?" erkundigte sich die Walburga kampflustig.

„Viel, weil die Mirzl mein Mädl ist, und wir tanzen, bis der erste Gockel kräht. Nachher bring' ich sie heim, und damit basta."

„Basta!" wiederholte Mirzl kühn und sah Walburga triumphierend an. Was verstand denn die schon davon, wenn die Lieb' über einen gekommen war wie ein Rausch, brennend wie's Sonnwendfeuer und so heiß, daß man außen und inwendig nur so glühte!

„Also meinetwegen. Aber wenn'st morgen früh nicht pünktlich bei der Arbeit bist, dann kannst was erleben!" Würdevoll, trotz des verlorenen Kampfes, ging Walburga hinaus zur Kutsche, die der Schwaigerbauer schon angespannt hatte.

Schorsch Maderer und Mirzl waren sich längst einig geworden.

„Wegen der Bißgur brauchst dich net fürchten, Mirzl", sagte der Schorsch. „Morgen frag' ich den Tannhofer, ob du als Magd zu uns kommen kannst, und dann bist die alte Krampfhenn' ein für allemal los. Und wir zwei, wir sind dann immer beieinander, du und ich! Mehr Lohn kriegst auch wie als Jungdirn, dafür sorg' ich schon."

„Aber der Tannhofer ist doch so ein Giftkropf und Sparhals, bei dem wird mir's gewiß net bessergehen", gab die Mirzl zu bedenken.

„Dafür laß mich nur sorgen. Ich krieg' auch einen anständigen Lohn und hab' schon ein dickes Sparbüchl, weil der Tannhofer weiß, ohne mich kommt er net aus. Für dich stell' ich gleich von vornherein die gleichen Bedingungen und damit fertig!"

„Ja, wenn du das sagst, Schorsch, nachher wird es schon stimmen", strahlte die Mirzl. Dann verzog sich ihr rotbackiges Gesicht. „Ganz leicht geh' ich net weg vom Schwaigerhof. Die Alte war immer gut zu mir, und der Lorenz besonders."

„So, der Lorenz?" äffte Schorsch Maderer sie giftig nach. „Den hast wohl in deine Kammer lassen?"

„Red keinen Schmarren net, Schorsch! Niemanden hab' ich in meine Kammer lassen, damit du's nur weißt!"

Schorsch Maderer faßte sie fester um die Taille und lupfte sie hoch. „Nachher um so besser, nachher hast noch was Neues zum drauf freuen", sagte er, und die Mirzl wurde röter als ihr rotes Haar.

„Die kriegen schon eine neue Jungmagd, der Schwaigerhof hat weit und breit einen guten Ruf. Und eine neue Bäuerin wird auch bald einziehen, sagte der Schorsch dann noch.

Doch Mirzl schüttelte den Kopf. „Das glaub' ich net! Aus dem Lorenz und der Koflertochter wird nix, meiner Seel' net! Die sind ja beide mit ganz anderen wie vorbestimmt übers Feuer gesprungen. Schau ihn doch bloß an, den Lorenz, wie er sich dauernd umschaut, ob die Blonde nicht kommt, mit der er beieinander war. Und die Kofler-Christin, die schaut ja aus, wie wenn's dahinschmelzen tät wie der letzte Schnee, wenn sie mit dem schwarzhaarigen Ausländischen da tanzen tut. Kein Wort reden sie, aber Augen machen's, grad' zum Freuen und zum Fürchten zugleich!"

„Ihr Weiberleut' seht immer gleich mehr, als was los ist", sagte der Schorsch. „Aber vielleicht hast recht, Mirzl. Du, warum uns die Blonde da vorhin nach dem Haus von der Bichler-Theres, der Hex', gefragt hat?" Damit meinte er Regine.

„Was weiß denn ich? Vielleicht will sie verbotene Hilf' von der Hex'?"

„So hat sie nicht ausgeschaut. Eher wie ein Heiligenbild, so hell und licht mit den blonden Haaren."

„So, die gefallt dir wohl?" Mirzl war bereits eifersüchtig auf ihren Schorsch.

„Ach, hör auf, mir net! Die ist mir viel zu dünn, und außerdem, was soll ich denn mit einer Ausländischen aus der Stadt? Mir ist so was schon lieber", sagte der Schorsch, und seine Hand legte sich besitzergreifend auf Mirzls pralle junge Brust.

"Schorsch, die Leute schauen her", wehrte ihn Mirzl ab.

„Ist mir auch wurscht", erklärte er. „Wir zwei sind übers Feuer gesprungen und gehören zusammen, das werden die Leut' schon merken!"

Wild schwenkte er Mirzl im Ländlertakt herum, und die falschen Töne, die die Posaune und Ziehharmonika spielten, klangen zusammen mit Schorschls Worten wie Himmelsmusik in den Ohren der verliebten rothaarigen Mirzl.

★

Regine war wirklich den Weg zum Wald auf der anderen Seite gelaufen, als sie sich von Lorenz Schwaiger getrennt hatte. Ein paar Minuten blieb sie mit hängenden Armen mitten auf der Wiese stehen, um sich erst einmal zu fassen. Was war nur mit ihr geschehen? Woher kam es, daß sie den stattlichen blonden Lorenz so rasch in ihr Herz geschlossen hatte, das doch sonst eher kühl und zurückhaltend reagierte? Und ausgerechnet hier war ihr das Glück über den Weg gelaufen!

Ob es das Glück war und nicht nur ein Traum, ein zartes Gespinst aus Sehnsucht und Hoffnung?

Regine strich sich das blonde Haar aus der Stirn und atmete tief durch. Sie durfte dieser flüchtigen Begegnung nicht so großen Wert beimessen, das war wohl das Vernünftigste.

Rasch ging sie weiter. Ungefähr wußte sie den Weg. Als ihr ein eng umschlungenes Paar entgegenkam, fragte sie aber vorsichtshalber noch einmal.

„Verzeihen Sie bitte, wo wohnt hier Frau Theres Bichler?"

„Jessas, zu der will sie!" schrie das Mädchen auf, und der junge Mann schüttelte bedächtig den Kopf, bevor er antwortete: „Da drunten, am Waldsaum, Sie können's nicht verfehlen, es ist nur ein Haus. Da seh' ich auch noch Licht. Aber ich tät Ihnen nicht raten, Fräulein, zu der Hex' zu gehen. Komm, Mirzl, wir wollen auf den Tanzboden." Damit zog Schorsch Maderer die Mirzl mit sich und ließ die verwirrte Regine allein zurück.

Warum hatte das Bauernmädchen so aufgeschrien, als sie gesagt hatte, wohin sie wolle? Und weswegen hatte der dunkle Bursch von einer Hexe gesprochen? Regine fröstelte plötzlich, enger zog sie ihre warme Wolljacke um sich und hielt ihre Tasche fest. Was ging hier vor, warum äußerten sich die Menschen so abfällig über Therese Bichler?

Regine warf den Kopf in den Nacken und ging mutig zu dem bezeichneten Haus hinunter. Sie wußte, daß sie eine Strafpredigt erwartete, weil sie, entgegen allen Verboten, heute hierhergekommen war. Aber jetzt mußte sie es durchstehen.

★

Therese Bichler war lange draußen sitzen geblieben und hatte die Feuer auf den Höhen betrachtet. Von ferne hatte sie das Jubeln der Kartauner gehört, als sie ihren Holzstoß angezündet hatten. Früher hatte Theres bitterlich geweint, wenn sie von alledem ausgeschlossen war. Nun aber hatte sie sich daran gewöhnt, und wenn ihr Herz trotz allem auch immer noch nicht verhärtet war, so hatte sie es doch mit einem Schutzwall umgeben.

Nach elf Uhr war sie in ihr Haus gegangen, hatte Till hereingerufen und dann alles sorgsam abgesperrt. Theres Bichler brühte sich in der Küche noch einen Baldriantee auf, dann richtete sie das Bett in ihrer Schlafkammer.

Während sie ihren Tee trank, schlug die alte schmiedeeiserne Uhr in ihrer Küche halb zwölf.

Till knurrte plötzlich, spitzte die Ohren und fing dann zu bellen an.

„Was hast denn, Till, es kommt doch niemand, sei ruhig", sagte Theres zu ihm.

Doch der Hund lief zur Tür, schlug wieder an und kratzte dann am Holz. Die alte Frau ging ihm nach, um zu horchen, was los sei.

Da klopfte es leise an die Tür. Till bellte heftiger, und Theres mußte ihn erneut zur Ruhe mahnen, um zu hören, wer draußen war. Sicherlich erlaubte sich irgendeiner der betrunkenen Burschen einen Streich.

Das Klopfen klang jedoch so zaghaft, daß Theres dachte, es sei vielleicht jemand in Not.

„Ja, wer ist denn draußen?" fragte sie und schaltete das Außenlicht ein. Dann schaute sie durch das kleine Guckloch und schrak zusammen. Das konnte doch nicht möglich sein.

„Ich bin es, Regine", sagte das Mädchen draußen vor der Tür.

Rasch schloß die Bichlerin auf und zog Regine herein.

„Ja, um Gottes willen, Madl, hast du mich erschreckt! Was ist denn geschehen?" fragte die Bichlerin atemlos.

Statt aller Antworten schlang Regine die Arme um den Nacken der alten Frau und drückte sich an sie. „Gar nichts ist geschehen, Großmutter, aber heute hast du doch deinen fünfundsechzigsten Geburtstag, und da wollte ich bei dir sein!"

Theres streichelte das lange seidige Haar ihrer Enkelin, und ihre Augen wurden feucht.

„Ich hab' dir's doch verboten, ein für allemal, Regine, daß du hierherkommst", sagte sie dann. Aber der Vorwurf klang milde.

Regine machte sich los und schüttelte den Kopf. „Ich bin einundzwanzig, Großmutter, und ich bin selbst für mich verantwortlich. Ich weiß, daß du mich immer vor irgend etwas hast beschützen wollen, aber jetzt möchte ich wissen, was los ist und warum ich nie im Leben zu dir hab' kommen dürfen."

„Komm herein, Kind", murmelte die Bichlerin und zog Regine mit sich. Till saß noch immer mit aufgerichteten Ohren vor Regine und behielt sie wachsam im Auge.

„Ist gut, Till, sie gehört zu uns, sei brav", sagte die alte Theres.

„Darf ich ihn streicheln?" fragte das Mädchen.

Regine beugte sich zu Till und streichelte ihn. Er hatte jedes Wort seines Frauchens verstanden und wedelte nun erfreut mit dem buschigen Schwanz.

„Hast du es hier aber schön gemütlich", bewunderte Regine die geräumige Küche mit den alten und buntbemalten Bauernmöbeln. Alles war blitzblank, man hätte vom Fußboden essen können. Schneeweiße Mullgardinen bauschten sich vor den niedrigen Fenstern, vor die Therese jetzt die roten Leinenvorhänge zog. Er ist nicht nötig, daß irgendeiner das Mädchen bei ihr sah, dachte sie. Aber sie vergaß das kleine Eckfenster dabei.

„Setz dich, Regine", sagte die Bichlerin und deutete auf die Eckbank. Die halbvolle Schale mit dem dampfenden Baldriantee stand noch auf dem blankgescheuerten Bohlentisch. Daneben lag das Bild, das die alte Therese schon vorhin draußen betrachtet hatte.

Regine nahm es hoch. „Meine Mutter und ich", flüsterte sie.

„Ja, so war ich heut' doch nicht ganz allein", sagte Theres. Dann ging sie zu der alten Kredenz mit den bunten Butzenscheiben und holte zwei Gläser und eine Flasche hervor.

„Jetzt trinken wir ein Glas guten Rotwein, in Gesellschaft mag ich keinen Baldriantea, sagte sie lächelnd. „Hast Hunger, Regine?"

Das Mädchen schüttelte den Kopf. Aber die Großmutter brachte doch ein Stück Brot, Butter und Geselchtes auf einem Holzteller.

Regine kramte in ihrer Tasche und wickelte etwas aus Seidenpapier aus.

„Hier, Großmutter, eine kleine Freude zu deinem Geburtstag", sagte sie. „Ich habe es selbst gemacht."

Theres ergriff das schöne Halsband, das Regine ihr hinhielt. Auf ein dunkelviolettes Samtband hatte Regine in feiner Arbeit viele kleine, graue, weiße und zartlila Perlen aufgestickt. In der Mitte prangte das Monogramm der Großmutter: T. B.

„So ein schönes Kopfbandl", flüsterte die alte Frau gerührt. „Hast mir eine große Freud gemacht, Regine. Aber trotzdem ist's mir nicht recht, daß du hergekommen bist!"

Regine warf den Kopf in den Nacken. „Ich hab' dir schon vorhin gesagt, daß ich volljährig bin, Großmutter. Keine Macht der Welt kann mich davon zurückhalten, dich zu besuchen! Ich habe immer darunter gelitten, daß ich nicht herkommen hab' dürfen. Solange Mama gelebt hat, hast du es auch ihr verboten. Aber ich mach' da einfach nicht mit. Ich hab' dich doch lieb, und ich mochte endlich auch zu dir kommen dürfen und mich nicht nur damit begnügen, daß du mich alle paar Monate einmal in Wien besuchst."

„Du weißt nicht, was du dir da aufladst, Regine", sagte die alte Frau.

„Das ist mir ganz gleich, Großmutter! Das, was du tragen kannst, wird auch mich nicht umwerfen. Es tut so weh, von dir immer getrennt zu sein."

„Noch weher täte es dir, wenn du hier dasselbe erleben müßtest wie ich."

„Was erlebst du denn? Was ist denn los? Ich flehe dich an, sag es mir doch endlich, Großmutter! Ich bin doch jetzt erwachsen, du brauchst keine Rücksicht auf mich zu nehmen. Ich habe doch immer schon gewußt, daß da irgendein schreckliches Geheimnis ist, aber weder Mama noch du habt mir jemals auch nur ein Wort davon gesagt!" Regine nahm die Großmutter am Arm und sah sie zwingend an.

„Mir hat es auch weh getan, daß ich dir nie dein eigentliches Zuhause zeigen konnte, Regine. Ich bin nicht arm. Mir gehören außer dem Haus und dem Grund auch noch ein paar Wälder und Felder, die ich verpachtet habe. Die wollte ich dir erhalten. Sonst hätte ich vielleicht früher aufgegeben und wäre fort von hier gegangen, wo ich verfemt bin."

Verfemt? Was sollte das bedeuten? Das Bauernmädchen vorhin mit seinem unerklärlichen Aufschrei, und der Bursche, der von der Hex' gesprochen hatte – und jetzt sagte es die Großmutter auch selbst!

Theres Bichler hielt ihrer Enkelin das Glas mit dem samtig dunklen Wein entgegen und stieß mit ihr an. „Ja, du bist erwachsen, Regi, ich seh's, wenn ich es auch kaum glauben kann. Also will ich dir alles erzählen, wie es sich zugetragen hat. Du verlangst die Wahrheit von mir; gut, du sollst sie hören."

Regine merkte, wie die Stimme der alten Frau zitterte, und legte ihr zart die Hand auf die Schulter.

„Es wird dir guttun, dich auszusprechen, Großmutter", sagte sie weich. „Du bist so herzensgut, es kann gar nichts Schlimmes sein!"

Es schlug gerade Mitternacht, als Therese Bichler zu sprechen begann.

★

„Die Dörfler hier heroben haben es meinem Vater, deinem Urgroßvater, Regine, nie verziehen, daß er sich eine Frau drüben aus dem Slowenischen, jenseits der Karawanken, geholt hat. Alle hatten sich erhofft, er würde eine der einheimischen Bauerntöchter heiraten, wie es unter ihnen der Brauch ist. Aber er hat sich halt in die schöne Pozena drüben in Kranj verliebt und sie hergeholt nach Kartaun. Damit war der erste Haß gesät, und diese Saat ist im Laufe der Zeit mächtig aufgegangen.

Ich hatte zwei ältere Brüder: Der eine ist beim Holzfällen umgekommen, den anderen hat der Steinschlag getroffen. Es waren furchtbare Unglükke, die über unsere Familie hereinbrachen, aber die Kartauner waren schadenfroh darüber und führten alles darauf zurück, daß mein Vater sich eben nicht die richtige Frau genommen hat."

Theres trank einen Schluck, schob Regine den Holzteller mit dem Brot und Fleisch hin und fuhr fort:

„Meine Mutter war früher immer fröhlich, aber der Verlust ihrer beiden Söhne hat sie schwermütig werden lassen. Von klein auf habe ich sie begleitet, wenn sie Kräuter gesammelt hat. Sie hat alle Namen gekannt und alles von den Heilwirkungen gewußt.

Sorgsam hat sie die alten überlieferten Rezepte aufgeschrieben und sie mir ans Herz gelegt. Vieles hatte sie von einem Magister in Kranj gelernt. Es war erstaunlich, wie die Kräuter bei vielen Krankheiten helfen konnten. Aber schon meiner Mutter haben sie den Spottnamen ‚Windische Kräuterhex" eingetragen. Sie hat sich aber nicht darum gekümmert, und auch ich habe es vergessen.

Als meine Eltern tot waren, habe ich geheiratet. Allen zum Trotz hat mich der Bichlerbauer genommen und allen anderen Mädln vorgezogen. Das hat wieder böses Blut gestiftet. Er war ein guter Mensch, mein Mann, Regine. Du hast ihn ja nicht mehr gekannt ...

„Nein, Großmutter, bloß Fotografien hat mir die Mama von ihm gezeigt", sagte Regine, die atemlos lauschte.

„Er ist im Grenzkrieg gefallen, und ich war allein mit meiner Tochter Hemma, die dann später deine Mama wurde. Ich hab' von der Landwirtschaft nicht viel verstanden und die Waldnutzung und die Felder verpachtet. Aber nicht an die Hiesigen, sondern an Bauern von weiter weg, weil ich mit denen hier nix zu schaffen haben wollte, die immer so hämisch waren.

Und eines Tages hab' ich mich darauf besonnen, daß ich doch viel von den segensreichen Kräutern verstehe, und habe angefangen, sie zu sammeln und allerlei Tränke und Mixturen daraus zu machen. Ich habe Erfolg damit gehabt, und es hat mir schön was eingebracht. Die Apotheken in Klagenfurt und Villach haben von mir gekauft, und es ging uns gut.

Deine Mutter Hemma konnte ich in Klagenfurt die höhere Schule besuchen lassen.

„Und die Kartauner, was haben die dazu gesagt, wie haben die sich verhalten?" fragte Regine erregt.

Theres Bichler senkte müde den Kopf mit den dunklen Flechten, durch die sich Silbersträhnen zogen. „Die waren neidisch und sind immer neidischer geworden. Sie haben angefangen, mich zu schikanieren, wo es nur anging. Und eines Tages ist etwas ganz Furchtbares passiert!"

„Was denn, um Gottes willen?" fragte Regine mit schreckgeweiteten Augen.

„Da war ein junger Arzt aus der Stadt, der mir meine Erfolge mißgönnte. Weißt, wenn es ihnen schlechtging, dann besannen sich die Kartauner doch auf meine Heilmöglichkeiten, und ich half ihnen, wenn ich konnte. Wenn es etwas war, wo ich nicht helfen konnte, hab' ich sie immer sofort zum Arzt geschickt. Eine Kurpfuscherei hätt' ich nie auf mein Gewissen geladen.

Eines späten Abends klopfte es an meine Tür. Leichenblaß wankte die Schwester von der Stangruber-Bäuerin zu mir herein.

‚Hilf mir, Theres, hilf mir um Christi Barmherzigkeit', hat sie gestöhnt und sich in meine Schlafkammer geschleppt. Dort ist sie auf dem Bett ohnmächtig zusammengebrochen.

Ich hab' gleich gesehen, was los war. Sie war bei irgendeiner Frau, um sich ein Kind wegmachen zu lassen. Aber die gewissenlose Person hat es falsch gemacht, und das arme Ding hat sich mit letzter Kraft zu mir geschleppt ... Theres Bichler wischte sich den Schweiß von der Stirn. Es regte sie auf, über die schlimmen vergangenen Dinge zu sprechen.

„Konntest du ihr helfen, sie retten?" fragte Regine. Theres schüttelte den Kopf. „Nein, da hätten meine Tees und Mixturen nichts genützt. Und ich wollte mit so was auch nichts zu tun haben. Ich bin zur Stangruber-Bäuerin gerannt und hab' ihr gesagt, sie soll sofort den Arzt schicken.

Nach einer halben Stunde war er da.

Mit ihm die Stangruberin. Ihre Schwester lag auf meinem Bett, das voll Blut war .

Herr Doktor, rasch, sie muß sofort ins Krankenhaus, hab' ich ihm gesagt.

Er hat mich nur boshaft angeschaut und den Kopf geschüttelt. ‚Dazu ist es zu spät, Frau Bichler', hat er eiskalt gesagt, ‚Sie hätten sich das überlegen müssen, bevor Sie den unerlaubten Eingriff gemacht haben.'"

‚Ich? Ich hätte einen unerlaubten Eingriff vorgenommen?' hab' ich ganz verzweifelt geschrien, aber er und die Stangruber-Bäuerin haben mich nur voll Haß angeschaut und genickt." Theres wischte sich im Rückerinnern über die Augen, die ihr feucht geworden waren.

Regine stand auf, beugte sich zu ihr hinunter und nahm sie um die Schultern. „Arme Großmutter, so etwas Entsetzliches", sagte sie voll Mitempfinden. „Und was ist aus der Frau geworden, die da zu dir gekommen ist?"

„Sie war tot, als der Arzt und ihre Schwester kamen. Sie konnte nicht mehr sagen, wie es wirklich war. Ich weiß, daß eine angesehene Bäuerin es war, die sie verpfuscht und auf dem Gewissen hatte. Aber ich hab' ja keine Beweise gehabt, gar keine. Und niemand hätte mir geglaubt. Die waren ja alle froh, daß sie mir, der Tochter von der verhaßten windischen Kräuterhex', was am Zeug flicken konnten."

Regine sprang erregt auf. „Hast du sie nicht angezeigt, wegen Verleumdung und übler Nachrede?"

Theres schüttelte langsam den Kopf. „Im Gegenteil, mein Kind. Sie haben mich angezeigt. Ich bin mangels Beweise freigesprochen worden. Aber der Makel lag seither auf mir. Seitdem bin ich verfemt und ausgestoßen, Regine. Deswegen wollte ich nicht, daß du und deine Mutter Hemma da mit hineingezogen werden. Niemand soll dein junges Leben so vergiften, wie die Dörfler das meine ruiniert haben."

„Wo war meine Mutter denn damals, als das geschah?"

„Sie hatte schon eine gute Stellung als Handelskorrespondentin in Graz. Und sie kam erst heim, als sie dich unter dem Herzen trug, Regine. Du weißt ja, daß dein Vater gestorben ist, bevor du geboren wurdest."

„Ja, das weiß ich. Aber Mama hat mir niemals Näheres darüber gesagt. Bitte, Großmutter, sag mir auch das!"

Theres stand auf und strich den Rock glatt; Till, der zu ihren Füßen geschlafen hatte, sprang hoch.

„Heute nicht mehr, Kind. Es ist spät geworden. Komm, wir gehen schlafen. Und morgen mußt du irgendwann einmal unbemerkt aus dem Haus, damit niemand sieht, daß du bei mir warst."

Regine warf sich der geliebten Großmutter an die Brust und weinte auf. „Nein, ich möchte nicht fort, ich werde dich doch nicht verleugnen, Großmutter, ich gehöre doch zu dir!" rief sie mit tränenerstickter Stimme.

Theres Bichler hielt ihre schlanke schöne Enkelin innig umschlungen. Die widerstreitendsten Gefühle kämpften in ihr. Es war so wunderbar, daß Regine bei ihr war. Aber durfte sie das junge Mädchen aller Unbill ausliefern, die ihr zuteil wurde?

„Morgen sprechen wir über alles, Regine", sagte sie weich. Da sprang Till plötzlich laut kläffend gegen das Eckfenster. Erschrocken schaute Theres hin. Es kam ihr vor, als wäre ein Schatten vorbeigehuscht.

*

Im Wirtsgarten und auf dem Tanzboden in Kartaun ging es mittlerweile hoch her. Lorenz hatte noch oft mit Christine getanzt, aber beide waren seltsam abwesend und wortkarg gewesen. Das, was ihnen heute nacht begegnet und widerfahren war, hielt sie in seinem Bann.

Lorenz war unruhig. Immer wieder schaute er auf die Uhr. Und in seinem Kopf kreisten ständig die Gedanken um die hübsche Regine, die zum Haus der Kräuterhexe hinuntergelaufen war.

„Christin, verzeih, aber ich ... ich hab' noch was zu erledigen, ich komm' dann und bring' dich heim. Du hast ja inzwischen Unterhaltung genug", setzte er noch hinzu, da er doch ein bisserl ein schlechtes Gewissen hatte, Christine allein zu lassen.

„Geh nur, ich versteh' dich schon", sagte Christine und nickte Lorenz ermunternd zu.

Da blieb es nicht aus, daß Peter Fischer nun mit Christine Kofler tanzte. Rings um sie ging es laut und fröhlich zu, aber die beiden brauchten keine Worte, um sich zu verstehen. Ihre Herzen schlugen ebenso im gleichen Takt, wie es ihre Füße beim Tanz taten.

„Ich wollte, diese Nacht würde nie enden", sagte der junge Ingenieur dann endlich. „Sollten wir nicht ein Stück spazierengehen?"

Christine schüttelte den Kopf. „Lieber nicht, es ist zu gefährlich", sagte sie. „Du weißt schon, was ich meine."

Peter nickte. „Ja, Christine. Aber es ist die schönste Gefahr, die es gibt!"

„Ich kann nicht, und ich darf nicht, Peter."

„Ich bitte dich, überstürze nichts. Ich weiß, daß ich dich jetzt nicht überrumpeln darf, aber ich komme zurück, sowie ich mit meinen Verträgen in Wien fertig bin. Bis dahin hast du Zeit, dir alles zu überlegen, um die richtige Einstellung zu treffen."

Sie sah lächelnd zu ihm auf, und ihre Schönheit berührte ihn zutiefst. „So ernst ist es dir damit, Peter?"

„Ja, Christine! Gib mir wenigstens deine Adresse und schreib mir auch, während ich in Wien bin."

Christine schüttelte den Kopf. Die goldenen Ohrringe, die sie zusammengebracht hatten, tanzten im Licht.

„Nein, das hat keinen Sinn. Das würde alles nur noch schwerer machen. Du wirst sehen, in ein paar Tagen sieht alles ganz anders aus."

Peters Mund wurde zu einem schmalen Strich, als er das hörte. Er wußte immer noch nicht, was Christine wirklich für ihn empfand. Ihre Augen, die ihn so weich und zärtlich ansahen, straften ihre Worte Lügen.

Bevor er noch etwas fragen konnte, wurde Christine abgeklatscht.

„Ich möchte auch einmal mit dem schönsten Mädchen weit und breit einen Walzer tanzen", sagte Karl Schuster, Peters Freund.

Christine sah ihn verwirrt an, sie kannte ihn noch nicht.

„Das ist mein Freund, Herr Schuster", sagte Peter Fischer. Und während er Christine freigab, flüsterte er diesem zu: „Ausgerechnet jetzt mußt du auftauchen, du Kamel!"

Aber das Kamel machte sich nichts draus, sondern walzte mit Christine flott über den Tanzboden.

„Woher kommen Sie denn so plötzlich, Herr Schuster?" fragte Christine Kofler.

„Wir sind zusammen heraufgekommen, der Peter und ich. Später haben wir uns getrennt. Bei solchen Amüsements ist es besser, jeder geht seiner Wege, um voll und ganz auf seine Kosten zu kommen." Er lachte über sein ganzes lausbubenhaftes Gesicht und sah nicht, wie ein Schatten über Christines Antlitz zog.

„Solche Amüsements, wie Sie das nennen, die machen Sie wohl öfter mit, Sie und Ihr Freund Peter?"

„Natürlich! Man pflückt, was sich so am Wegrand findet. Schließlich ist man nur einmal jung, und die Zeit verfliegt ohnedies nur zu rasch." Er merkte gar nicht, daß er Peter in einem ganz anderen Licht hinstellte, als dieser zurückhaltende Mann wirklich war.

„Dann scheinen Sie ja nicht fest gebunden zu sein", sagte Christine.

„Wie man's nimmt", räumte Schuster ein. „Ich stehe kurz vor der Hochzeit. Meine Braut Ruth ist ein patentes Mädchen. Aber sie wird mich bald genug an die Kandare legen. Da brauch' ich vorher noch ein bißchen die langen Zügel."

„Und Ihr Freund, ist er auch verlobt?" Christines Herz klopfte zum Zerspringen, und irgendwie schämte sie sich, daß sie Schuster über Peter ausfragte. Traute sie dessen Worten, seinem alles versprechenden Kuß nicht?

„Verlobt nun nicht gerade", gab Karl Schuster ausweichend zur Antwort. „Aber Susi, die jüngere Schwester von Ruth, ist rasend in Peter verliebt, und es wird schon noch was aus den beiden werden."

„Ach so ist das", sagte Christine, und plötzlich war ein bitterer Geschmack in ihrem Mund.

„Ja, und das ist gut. Ruth und Susis Vater hat das größte deutsche Brückenbauunternehmen, und ihm fehlt der Nachfolger. Peter und ich sind genau die richtigen Schwiegersöhne."

Karl Schuster konnte nicht ahnen, was er mit diesen Worten anrichtete. Für ihn war der Landausflug wirklich nur eine gute Unterhaltung, ein leichtes Amüsement, wie er gesagt hatte. Wie hätte er wissen können, daß sich Peter und das schöne Mädchen im kostbaren alten Trachtengewand ernsthaft ineinander verliebt hatten! Auf diese Idee wäre er überhaupt nicht gekommen, zumal er Peter für unfähig hielt, überhaupt derartige Gefühle zu entwickeln.

„Bitte, holen Sie meine Jacke drüben vom Tisch",

sagte Christine in der Tanzpause zu Schuster. „Der Samtspenzer mit den Silberknöpfen."

Sie ging an den Rand des Tanzbodens; Schuster holte den Spenzer, auch den Leinenbeutel, der daneben auf der Bank lag. Suchend sah er sich nach Peter um, aber dieser war nirgends zu sehen.

„Vielen Dank, Herr Schuster. Grüßen Sie Ihren Freund noch von mir und weiterhin – gute Unterhaltung", sagte Christine und ging schon in den Garten.

„Halt, nicht so eilig, wieso wollen Sie denn schon fort? Es war doch so nett, mit Ihnen zu tanzen!"

Hochmütig warf Christine den Kopf in den Nakken und funkelte ihn an. „Es gibt hier noch eine ganze Menge netter Mädchen, die sich über Sie und Herrn Fischer sicher freuen werden", antwortete sie spöttisch.

Schuster zuckte die Schultern. „Wenn Sie meinen, kann ich Sie nicht halten. Aber Peter wird es sicher leid tun."

„Das glaube ich kaum", erwiderte Christine kühl. Er hat ja die Susi, die so rasend in ihn verliebt ist und ihn trösten wird, dachte sie, und ihr Herz krampfte sich dabei zusammen.

Der Wirt schirrte Christines Pferd an. „Willst nicht auf den Lorenz warten, damit er dich heimkutschiert?" fragte er besorgt.

„Ich brauch' niemanden, aber schon überhaupt niemanden!" rief Christine trotzig. Sie saß schon auf dem Kutschbock, die beiden Lampen brannten und beleuchteten ihre schlanke, biegsame Gestalt und den blondmähnigen Haflinger.

„Christine, Christine!" rief da Peter Fischer, der

aus der Dunkelheit aufgetaucht war, „so warte doch!“

Sie drehte sich um zu ihm, dann wandte sie sich ruckartig ab, schnalzte mit der Zunge und fuhr in halsbrecherischem Tempo los.

Völlig verdutzt blieb Peter Fischer zurück. Da sollte sich einer auskennen bei diesen launischen Frauen, dachte er grimmig. Sich so hinterrücks davonzumachen, ohne sich von ihm zu verabschieden, das konnte er beim besten Willen nicht begreifen! Nach allem, was zwischen ihnen heute gewesen war!

Aber was war schon gewesen? Ein paar Küsse, zärtliche Worte, sehnsuchtsvolle Blicke. Und dazwischen immer wieder Christines Abwehr, ihr Bemühen, das alles als nicht so wichtig hinzustellen. Was stimmte nun wirklich?

Peter Fischer hatte ja keine Ahnung, daß sein Freund leichtfertig die falschen Maschen in das klare Muster gestrickt hatte.

„Ich weiß nicht einmal, wer sie ist, wo sie wohnt“, sagte Peter zu Karl Schuster.

„Nicht weiter schlimm. Solche Zufallsbekanntschaften sind am schönsten, wenn sie nur ein paar Stunden dauern. Du wirst dich doch wohl kaum ernstlich in dieses stolze Bauernkind verliebt haben, oder?“

„Halt den Mund“, knurrte Peter Fischer. „Am besten, wir fahren auch wieder hinunter. Was sollen wir denn hier noch? Die Johannisnacht ist vorbei.“

„Sehr tiefgründig, wie du das sagst, mein Alter“, spottete Karl. „Diesen ganzen primitiven Bauernzauber wirst du rasch vergessen, wenn du dich erst in Wien ins Leben stürzt!" Dann hielt er inne. Es kam ihm selbst kaum glaubhaft vor, daß ausgerechnet der besonnene Peter sich ins volle Leben stürzen würde.

Peter Fischer sprach unterwegs kein Wort. Karl wurde es direkt ungemütlich.

„Wenn du von Wien zurück bist, kannst du deine Dorfschöne ja wieder besuchen", versuchte er den Freund zu trösten.

Damit geriet er jedoch an den Falschen. „Hör auf mit deinem Gefasel von Bauernkind und Dorfschönheit, lieber Karli, oder es setzt was! Laß mich in Ruhe, ich will nicht mehr darüber sprechen. Mit dir am allerwenigsten. Du hast ja von nichts eine Ahnung!"

„Hört, hört", grinste Schuster, der nicht aus der Ruhe zu bringen war. Aber das Grinsen verging ihm, als er endlich begriff, daß es Peter offensichtlich wirklich erwischt hatte. Dumpf brütend saß der Freund neben ihm, und er unterließ es sogar, zu schimpfen, wie sonst, wenn Karl rasant die Kurven schnitt.

Schuster, der ein vorlauter, unbekümmerter, aber guter Kerl war, wollte Peter doch ein wenig trösten.

„Weißt du, wenn du in Wien bist und Abstand gewinnst, wirst du erst wissen, ob es das richtige ist oder nicht. So von einer Stunde zur anderen kann man sich doch nicht entscheiden!"

„Damit hast du vielleicht recht", räumte Peter ein. „Sie hat in der Zwischenzeit auch Gelegenheit, sich zu besinnen. Trotzdem wäre mir lieber, ich müßte nicht ausgerechnet jetzt ein paar Monate fort."

„Du wirst dich trösten. Susi wird dich sicherlich besuchen kommen."

„Laß mich um Gottes willen damit in Ruhe, Karli! Du hast dir das zwar sehr schön ausgedacht, daß wir zwei Freunde zwei Schwestern heiraten und dann immer zusammen sind – aber wenn ich's bis jetzt nicht gewußt habe -, jetzt weiß ich's: Susi ist nichts für mich. Sie ist ein liebes, verwöhntes Kind. Was ich aber brauche, ist etwas anderes."

„Diese ... diese Christine?" fragte Schuster leise.

„Ja. Und jetzt sprich bitte wirklich nicht mehr davon, ich kann es nicht ertragen ."

„Gut, ich werde den Mund halten."

Hätte ich ihn nur vorhin gehalten, als ich mit Christine tanzte, dachte Schuster. Aber das rückgängig zu machen, dazu war es ein für allemal zu spät.

★

Unterdessen war Lorenz Schwaiger lange draußen in der Nacht herumgelaufen, bis er seine Schritte endlich zum Haus der „Kräuterhexe" Theres Bichler lenkte.

Er mußte Gewißheit haben, ob Regine wirklich bei der verfemten Frau war und was sie dort wollte.

Leise pirschte sich Lorenz an das Haus heran. Er wußte, daß es von Till, dem Wolfshund der alten Frau, scharf bewacht wurde. Lorenz zog die Schuhe aus und schlich lautlos näher.

Er traute seinen Augen kaum, als er Regine tatsächlich auf der Eckbank sitzen sah. Jetzt stand die Bichlerin auf und zog sich ihren Rock glatt. Der Hund, der zu ihren Füßen geschlafen hatte, sprang hoch.

Die alte Frau sagte etwas zu dem jungen Mädchen, das ernsthaft zuhörte.

In diesem Augenblick bemerkte der verstörte junge Schwaigerbauer, daß der Hund witternd den Kopf hob. Vorsichtig zog Lorenz sich zurück, da sprang das Tier auch schon wild kläffend gegen das Erkerfenster.

Lorenz packte seine Schuhe, sprang auf die Füße und lief, so schnell er konnte, über das Brachfeld zurück.

Bevor er ins Dorf kam, warf er sich auf die Wiese, starrte in den sternenübersäten Himmel und versuchte, Klarheit in seine aufgescheuchten Gedanken zu bringen.

Was hatte das alles, um Himmels willen, nur zu bedeuten? Die schöne Regine, die so klar und rein aussah wie eben dem Boden entsprungenes Quellwasser, ging heimlich zu der verfemten Kräuterfrau? Warum nur? Was hatte sie mit der übel beleumdeten Bichlerin zu schaffen? War sie gekommen, um sich, wie seit Jahrzehnten geraunt wurde, Rat und Hilfe von der Alten zu holen? Und wann brauchte ein junges Mädchen Hilfe, in welcher Lage? Wenn es ein unerwünschtes Kind erwartete!

Stöhnend stand Lorenz Schwaiger auf und torkelte wie betrunken dem Dorf zu. Die Phantasie trieb arge Possen mit ihm und seinem zerquälten Herzen. Er wehrte sich dagegen, Regine in den Niederungen des Schmutzes zu sehen, aber leise nagender Zweifel fraß doch an ihm. Zwar hatte gerade er, aufgeschlossener und gebildeter als die meisten der anderen, es immer als Unsinn bezeichnet, wenn man die alte

Bichlerin so verteufelt hatte. Aber jetzt, wo es ihn selbst anging, da wußte auch er nicht mehr ein und aus.

Es war spät, als er in den Wirtsgarten zurückkam. Immer noch tanzten unermüdliche Pärchen. Christine jedoch war nicht mehr zu sehen.

„Ist die Christin schon fort?" fragte Lorenz den Wirt, der schon über seiner Kasse saß und rechnete.

„Ja, schon vor einer Weil'. Gehört sich ja auch nicht, daß du sie hast allein heimfahren lassen, Lenz!"

„Allein? Ist der Fremde, mit dem sie beieinander war, nicht mir ihr gefahren?"

Der alte Wirt schüttelte den Kopf. „Na. Mögen hätt' der schon wollen. Aber wie er sie gerufen hat, da ist sie schon auf dem Bock gesessen und hat ihm kein Wort mehr gesagt. Und losgefahren ist sie, grad' daß sie net die Peitschen hat knallen lassen und dem armen Haflinger eins drübergezogen hat!"

„Soso, alsdann: Gute Nacht", sagte Lorenz und ging seiner Wege.

★

„Großmutter, laß mich doch ein paar Tage hierbleiben, ich habe mir frei genommen", bat Regine am nächsten Tag.

So sehr sich Therese Bichler darüber auch freute, sie mußte energisch dagegen sein.

„Nein, Regi. Es wär' net gut für dich. Ich möchte dich nicht mit hineinziehen in alles. Laß ein wenig

Zeit vergehen, vielleicht fällt mir etwas ein. Aber jetzt geht es wirklich nicht."

Regine machte ein bekümmertes Gesicht. „Hast du denn niemanden hier, der zu dir hält, Großmutter?"

„Kaum jemanden, Regine. Der neue Doktor, der seit vier Jahren hier ist, der wohl. Er kauft viel von meinen Heilkräutern und spricht überall gut von mir. Aber die anderen sind stur und engherzig. Da müßte schon einmal etwas Besonderes geschehen, daß sich ihr harter Sinn wandelt."

„Da ist so ein junger, großer, ganz flachsblonder Bauer, der Lorenz heißt, Großmutter. Wie ist denn der?" fragte Regine und wurde ein wenig rot dabei.

„Kennst du ihn?"

„Freilich kenne ich ihn, wir kennen uns doch hier alle! Der Lenz ist ein braver Kerl, war auch auf der Fachschul' und hat mehr im Hirn als die meisten hier. Er ist wenigstens höflich, wenn er mich sieht. Aber der Simon, sein Vater, das ist ein ganz hartgesottener. Wieso fragst denn nach dem Lorenz, hm?"

„Weil ich ihn gestern kennengelernt habe."

„Weiß er, wer du bist?" fuhr die Bichlerin erschrocken auf.

„Nein, ich habe nichts verraten, gar nichts, Großmutter!"

„Dann ist es ja gut. Ich wollte dir ja noch erzählen, wie das damals mit deinen Eltern war, Regi. Komm, setz dich her zu mir auf die Bank, damit ich noch was von dir hab', solange du da bist."

Zärtlich drückte sich das Mädchen an die alte Frau, die zu erzählen begann.

„Ich kann es kurz machen. Regine: Deine Mutter hatte sich in einen jungen Mann verliebt, der gerade dabei war, sein Medizinstudium zu beenden. Sie wollten noch vor seinem Examen heiraten. Da ist eine alte verkapselte Tuberkulose in ihm ausgebrochen, und er mußte in die Schweiz, um sie auszukurieren. Aber es war zu spät, Regine. Er ist dort oben in den Bergen gestorben. Deine Mutter, meine Hemma, ist noch hingefahren. Er hat sie inständigst darum gebeten, ihn dort zu heiraten – er wollte dir doch seinen Namen geben. Abel Hemma kam ein paar Stunden zu spät." Traurig sah die alte Frau in die Ferne; schmerzlich zog die Vergangenheit mit allem Leid vor ihr auf.

„Mama hat nie davon gesprochen, es hat ihr wohl weh getan. Ich habe nur das Bild meines Vaters gesehen – er war ein schöner Mensch", sagte Regine bewegt.

„Du bist nach ihm geraten, Regine."

„Warum ist meine Mutter mit mir denn nicht zu dir zurückgekommen, Großmutter, wo sie dann doch ganz allein und so unglücklich war?"

„Sie ist ja zurückgekommen, Regine. Damals stand sie ein paar Wochen vor ihrer Niederkunft und wollte dich hier, in meinem Haus, zur Welt bringen. Aber gerade zu der Zeit ist kurz vorher das passiert, wovon ich dir gestern erzählt habe. Und da habe ich sie angefleht, sie soll fortgehen, um ihretwillen und um deinetwillen, Regine."

„Wie selbstlos du warst, Großmutter", flüsterte das blonde Mädchen und biß sich auf die Lippen, um nicht zu weinen.

„Ich habe es doch nur gut gemeint! Aber die Dörfler haben Hemma gesehen – und auch, daß sie hochschwanger war. Und dann war sie auf einmal über Nacht verschwunden. Du kannst dir denken daß es da nur neues böses Gerede und die schlimmsten Vermutungen darüber gegeben hat, was ich mit meiner Tochter angestellt hätte. Da habe ich mir geschworen, sie und du sollt niemals damit etwas zu tun haben. So kam es, daß du niemals hierherkommen durftest und ich euch immer nur ab und zu einmal in Wien besucht habe. Leicht war es nicht, Regine, das kannst mir glauben."

Verstohlen wischte sich die Theres mit dem Schürzenzipfel über die Augen, und Regine sprang auf.

„Das muß anders werden, Großmutter! Ich will mich zu dir bekennen, und ich werde es auch!"

„Kommt Zeit, kommt Rat, mein Kind. Jetzt fährst du erst einmal wieder zurück, später werden wir uns etwas überlegen. Wenn du stark genug bist und es dir wirklich nichts ausmacht, dann kannst du meinetwegen das Weihnachtsfest mit mir verbringen, wenn du wirklich willst!"

Stürmisch umarmte Regine die alte Frau. „Und ob ich das will!" rief sie mit leuchtenden Augen.

„Du, Regi, warum hast mich denn vorhin nach dem Lorenz gefragt? Gefällt er dir vielleicht?" fragte Theres vorsichtig.

Regines Wangen übergossen sich mit Röte, sie schüttelte den Kopf, aber die weise Frau begriff, was geschehen war.

„Das mußt du vergessen, Regine, bevor es dir weh tut", sagte sie behutsam. „Es gibt keine Wunder.

Und eher flösse die Drau bergauf, bevor der alte Schwaiger die Enkelin der Hex' als Schwiegertochter annehmen würde!"

„Hör auf mit dem gräßlichen Wort, du bist keine Hexe!" rief Regine und stampfte mit dem Fuß auf. „Ich kann das gar nicht hören! Und wenn ich Weihnachten komme und er mich noch nicht vergessen hat, dann werden wir ja sehen, was der alte Schwaiger sagt und tut."

Die Bichlerin seufzte. „Frei ist der Lorenz auch nicht mehr. Jeder hat erwartet, daß er gestern mit der Christine Kofler, der reichen Bäuerin aus Trattnig, über das Feuer springt und sie noch in dem Jahr ein Paar werden. Dabei wird es wohl bleiben."

Regines Augenlider flatterten, ihre Hände griffen, wie um Halt zu suchen, in die Luft, sie wurde ganz blaß. „Er ist also schon gebunden?" hauchte sie.

„Ja, und die Christin ist ein prächtiges Mädl, auch zu mir immer freundlicher als die meisten anderen. Die passen schon zusammen, die zwei."

„Ich habe schon zwei Heiratsanträge bekommen, Großmutter. In meinem Beruf lerne ich ja viele Menschen kennen. Es waren durchaus ernst gemeinte Anträge und ordentliche Männer, die mich fragten. Aber ich ... ich habe noch nie für einen auch nur das geringste gespürt." Bis gestern, als mich der blonde Lorenz in seinen starken Armen hielt, setzte sie für sich selbst hinzu, ohne es auszusprechen.

Theres Bichler lächelte. „Das wird schon noch kommen, Regi, ganz bestimmt!"

Zu Mittag schlich sich Regine aus dem Haus, wie es die Großmutter befohlen hatte. Auf Umwegen gelangte sie ins Dorf, wo schon der Wastl mit seinem Bus auf dem Kirchplatz stand.

★

Die Johannisnacht war längst vorbei, und alle gingen wieder ihrem Tagewerk nach. Es schien, als würden sich viele noch mehr aufhalsen, als sie ohnedies schon zu bewerkstelligen hatten.

So war Christine Kofler, die schmucke junge Bäuerin vom Koflerhof, immer schon vor dem Gesinde auf. Sie werkelte und arbeitete den ganzen Tag bis zum späten Abend, nur um die Gedanken an Peter Fischer zu betäuben, die immer wieder heiß in ihr aufstiegen.

Die gute Josefa machte sich schon ernstlich Sorgen um ihre junge Herrin.

„Christin, gönn dir Ruh'. Was ist denn nur mit dir, bist ja ganz verändert", sagte sie ein um das andere Mal.

Die schlanke Christine sah sie mit einem rätselhaften Blick an. „Gar nix ist mit mir, Josefa. Ich hab' halt viel Arbeit, siehst es ja selbst."

„Nix seh' ich. Nur, daß du blaß bist, in dich gekehrt und daß du kaum ein Wort redest. Der Lorenz war seit langem auch net mehr da, und mir gefallt das alles überhaupt nicht."

„Er wird schon wiederkommen, wenn er kann. Jetzt ist hohe Zeit überall, da muß er ebenso zupakken wie ich. Bitte, Josefa, frag mich nicht so viel, ja?"

Josefa zuckte beleidigt die Schultern. „Hab's ja nur gutgemeint, sonst nix", sagte sie. „Wenn du am

Abend endlich fertig bist, dann hockst du daheim, redest nix, und ins Dorf gehst auch kaum mehr, und da soll ich mich net um dich sorgen, Christin?" Und was wird aus der Heirat, dachte sie bekümmert, wagte aber nicht danach zu fragen.

Das braunhaarige Mädchen lächelte der Alten freundlich zu. „Es besteht kein Grund zur Sorge, Josefa. Am besten, du läßt mich in Ruh' und fragst nicht viel, es wird schon wieder werden. Jeder Mensch kann einmal eine Krise durchmachen."

„Eine was? Ja, ja, wird auch so was aus deinen Bücher sein." Dann nahm sie allen Mut zusammen und sagte trotzig: „Kommt alles nur daher, weil du die heilige Ordnung über den Haufen geworfen hast und nicht mit dem Lorenz übers Feuer gesprungen bist, sondern mit einem Ausländischen, der wo sich jetzt nicht mehr um dich kümmern tut, deswegen!" Zornig funkelte die Josefa Huber Christine an.

Diese blitzte böse zurück. „Jetzt langt's mir aber, Sefi! Geh und kümmere dich um deine eigenen Angelegenheiten, aber möglichst rasch!"

Josefa verließ die Stube; draußen heulte sie, daß die gute Christine so mit ihr umgesprungen war. Und drinnen weinte die sonst so beherrschte schöne Koflertochter, denn Josefas Pfeil hatte sie getroffen: der Ausländische, der sich nicht mehr um dich kümmert, hatte die alte Magd gesagt!

Ja, so war es wohl. Aus und vorbei der Traum vom dunkelhaarigen Peter und seinen zärtlichen Lippen, von der großen Liebe, die da über sie gekommen war. Jetzt war er wohl in Wien mit seiner Susi zusammen, von der ihr Herr Schuster erzählt hatte.

Und ich dumme Gans sitz' da und heul' mir die Augen aus dem Kopf, schalt sich Christine. Aber sie wußte einfach nicht, was sie dagegen hätte tun können. Das Gefühl in ihr war stärker als der Verstand; sie mochte es drehen und wenden, es ließ sich nicht ändern.

*

Auch auf dem Schwaigerhof hing der Haussegen schief. Der alte Simon Schwaiger war gar nicht dazu gekommen, seinem Sohn Lorenz die Leviten zu lesen, wie er sich vorgenommen hatte. Der Lorenz hatte ihn nicht einmal anfangen, geschweige denn ausreden lassen.

„Ich möchte net drüber reden, Vater verschon mich damit", hatte Lorenz abgewehrt. „Ich bin nicht mit der Christine gesprungen, und daran läßt sich jetzt nix mehr ändern."

„Aber heiraten werdet's ihr zwei doch trotzdem?" hatte der Bauer direkt eingeschüchtert gefragt.

„Was weiß denn ich? Vielleicht ja, vielleicht nein, eher nein wie ja", hatte Lorenz geantwortet.

„Tu nur net so fisofisch", hatte der Vater gemurrt.

„Philosophisch meinst du, Vater. Aber laß mich gehen, ich weiß es net. Wenn ich was weiß, dann sag ich's dir rechtzeitig."

Da hatte Simon den Sohn am Hemdkragen gepackt und ihn drohend angeschaut. „Wirst dich doch nicht in die blonde Zaunlatte verglotzt haben, mit der du übers Feuer gesprungen bist, ha?"

Mit einem Ruck hatte sich Lorenz freigemacht. „Erspar dir deine beleidigenden Bemerkungen von wegen Zaunlatte und so, Vater. Es ist alles meine eigene Angelegenheit – und damit fertig."

„Solang' du auf meinem Hof bist, ist es auch meine Angelegenheit, vergiß das net!"

„Ich kann ja gehen! Arbeit find' ich überall haufenweise! Das, was ich bei dir verdiene, bekomme ich anderswo leicht."

Wie zwei wütende Stiere waren sie einander gegenübergestanden, und keiner wollte nachgeben.

Schließlich hatte der Alte geschwiegen. Er wußte, was für ein eminent tüchtiger Bauer sein Sohn war und daß der Schwaigerhof ohne dessen Arbeit nicht so dastehen würde wie jetzt.

Kurz darauf gab es dann erneuten Krach. Mirzl Vorau kam zum alten Schwaiger und kündigte per sofort ihren Dienst auf.

„Per sofort? Bist übergeschnappt?" fragte Simon Schwaiger die dralle rothaarige Jungmagd.

„Ja, per sofort. Weil es ein triftiger Kündigungsgrund ist, wenn einen erwachsenen Menschen ein anderer schlagen tut", versetzte die Mirzl kühn.

„Geh, red doch nicht so g'schert. Wer hat dir denn was getan?"

„Die Walburga! Einen blöden Trampel hat sie mich geheißen und mir eine Watschen gegeben, daß es nur so 'kracht hat. Und das lass' ich mir net gefallen. Lang' genug hab' ich's mitgemacht, aber jetzt hab' ich so was nimmer nötig!"

„Was ist denn in dich gefahren, Mirzl? So nimm doch Vernunft an!"

„Die ist ja grad' in mich gefahren", erwiderte Mirzl schnippisch.

„Wer?" fragte der Bauer verdutzt.

„Die Vernunft. Deswegen weiß ich auch, was ich tu'. Ich kündige, und morgen geh' ich." Sie drehte sich um und verließ die Stube, ohne eine Antwort abzuwarten.

Schwerfällig stand der Bauer auf. „Walburga!" brüllte er, daß es nur so schallte.

Die runde Walburga in der Küche zuckte zusammen unter diesem Donnergebrüll. „Was ist denn, ich bin ja schon da", rief sie und eilte diensteifrig herbei.

„Was hast du mit der Mirzl gemacht?" herrschte der Bauer sie an.

„Ich? Mit der Mirzl? Nix anderes als das, was ich schon zwei Jahr' lang' mit ihr gemacht hab', nämlich sie zu ordentlicher Arbeit erzogen", verteidigte sich die Wirtschafterin.

„Und wie sieht deine sogenannte Erziehung nachher aus?" Drohend näherte sich der Bauer ihr, und Walburga wich vor diesem Koloß von Mann ängstlich zurück.

„Seit wann mischst du dich denn da hinein, Bauer?"

„Weil ich's wissen will, punktum!"

„Also, wie sie patzig geworden ist, da hab' ich ihr eine geschmiert, weil sich das so gehört", sagte Walburga.

„Du hast doch gesagt, sie ist eine brave Jungmagd, da brauchst ihr doch keine zu schmieren!"

„Aber sie war frech!" Jetzt heulte Walburga, und

das konnte der Schwaiger-Simon schon gar nicht leiden. Flennende Weiber waren ihm ein Greuel.

Angezogen durch den lauten Disput, kam Lorenz in die Stube.

„Was ist hier denn los?" fragte er mit gerunzelten Brauen. „Was heulst denn, Walli, hm?" Sanft legte er seine Hand auf ihre Schulter, und Walburga putzte sich die Nase.

„Die Mirzl hat mir ins Gesicht hinein gesagt, daß ich eine saure Gurken bin und mich nie einer nehmen tät', und grad' schadenfroh hat sie dabei gelacht, und da ist mir halt die Hand ausgerutscht", berichtete sie wahrheitsgetreu.

„Aha, deswegen, du neidischer Giftpilz, du neidischer", sagte der Bauer. „Weil die Mirzl mit dem Maderer-Schorsch geht und du keinen gefunden hast, deswegen verscheuchst mir meine beste Jungmagd!"

Lorenz mußte lachen. „Vater, die Mirzl hätten sowieso keine zehn Pferde zurückhalten können, die wär' uns ja doch bald auf und davon. Sie ist halt verliebt in den Schorsch und er in sie. Und auf dem Tannenhof ist sie dann alleinherrschende Weibsperson, das ist schon ein besserer Posten wie neben unserer Walli, die halt auch nicht immer die Sanftmütigste ist."

„Meinst, wir sollen die Mirzl so mir nix – dir nix wirklich gehen lassen?"

Kopfschüttelnd sah der alte Schwaiger seinen Sohn an.

„Freilich, Vater. Gegen die Liebe ist kein Kraut gewachsen. Wird Zeit, daß du dir das auch einmal merkst und in deinen großen Schädel hineinkriegst." Dann wandte sich Lorenz an Walburga.

„Du weißt, Walli, wie gern ich dich hab'. Aber wenn wir jetzt eine neue Jungmagd einstellen müssen, dann tu' mir bitte den Gefallen und behandel sie ein bisserl besser, ein bisserl menschlicher. Die Zeiten sind vorbei, wo sich einer schurigeln und herunterputzen lassen mußte."

Damit ging Lorenz hinaus, die Tür flog wenig sanft hinter ihm ins Schloß.

★

Eine Woche später kutschierte Lorenz Schwaiger die Mirzl mit ihrer gesamte Habe höchst eigenhändig zum Tannhofer. Sie war doch noch geblieben, bis sich ihre Nachfolgerin eingefunden hatte. Den Krach mit der Walburga hatte sie übrigens auf den schlauen Rat vom Maderer-Schorsch hin vom Zaun gebrochen, um zu einer Ohrfeige zu kommen und damit einen sofortigen Kündigungsgrund zu haben.

Glühend und stolz wie eine Pfingstrose saß sie im Wagen. Das würde sie dem Lorenz nie vergessen, daß er ihr einen so würdigen Abgang vom Schwaigerhof und Eintritt in den Tannenhof verschaffte!

„So, da bring' ich euch die Mirzl Vorau", sagte der junge Schwaiger dann zum Tannfhofer und seinem Knecht Schorsch. Lorenz hob Mirzl vom Wagen herunter, mißbilligend sah es der Schorsch. Es blieb ihm jedoch nichts anderes übrig, als sich der Schachteln und Körbe zu bemächtigen, in denen Mirzls Sachen verstaut waren.

„Grüß Gott, Tannhofer", sagte die Mirzl und gab dem alten Griesgram die Hand. Er kniff ein Auge zu und musterte die neue Magd von oben bis unten. Was er sah, schien ihm zu gefallen, denn er grinste anerkennend.

„Guten Einstand, Mirzl", sagte er und drückte ihre Hand. „Ist ja alles ausgemacht worden mit dem Schorsch. Ich hab' gemeint, es ging auch so, aber er hat mir wollen aufkündigen, wenn ich nicht eine Jungmagd einstell'."

„Mirzl ist keine Jungmagd mehr, sie ist ausgelernt und wird dir mustergültig die Wirtschaft führen, Tannhofer", mischte sich Lorenz Schwaiger ein. „Ich denke, das wird sich auch im Lohn niederschlagen müssen. Sie hat ein ausgezeichnetes Zeugnis, und wir hätten sie nicht freiwillig gehen lassen, wenn sie es nicht unter allen Umständen selbst so wollen hätt'."

„So gern bist also zu mir gekommen?" feixte der Tannhofer.

„Freilich", antwortete Mirzl diplomatisch, aber dabei warf sie ihrem Schorsch einen verliebten Blick zu.

Der Tannhofer strich sich seinen dünnen Bart. Wie er die dralle junge Person so musterte, überkamen ihn Gefühle, die er lang' schon tot geglaubt hatte. Aha, das Mittel von dem fliegenden Händler wirkt; stellte er befriedigt fest. Wer weiß, vielleicht würde er doch noch einen Hoferben in die Welt setzen. Und wenn dieses junge Weibsbild da seinen Plänen taugte, warum sollte es dann nicht gar Tannhoferin werden?

Lorenz zog den Bauern beiseite. „Also, wieviel Lohn gibst ihr am Anfang, Tannhofer?“ Er kannte den alten Knicker und wollte gleich für Mirzl das beste herausholen. Lorenz hatte recht, es beeindruckte den Bauern, daß er sich so für die Magd einsetzte. Wenn auch widerwillig, so nannte der Tannhofer eine Summe, mit der die junge Magd zufrieden sein konnte.

„Wenn du irgendwas brauchst oder gar in Not bist, kannst immer zu mir kommen. In einer Stunde erreichst du den Schwaigerhof zu Fuß. Mirzl, vergiß das net.“ Lorenz gab ihr die Hand, verabschiedete sich von den beiden anderen und bestieg dann seinen Einspänner.

Mirzl winkte ihm noch nach, bis er um die Wegbiegung unter den Tannen verschwand, von denen das Gehöft seinen Namen erhalten hatte.

„Der war immer gut zu mir, hoffentlich seid's ihr es auch“, sagte die Mirzl zum Tannhofer und zum Schorsch und ging ins Haus.

Mit einem Schrei prallte sie zurück. „Jessas!“

„Was hast denn?“ fragte der Tannhofer verdattert.

„Ausschauen tut's da, da möcht's einen ja direkt grausen“, sagte die Mirzl.

Der Bauer grinste. „Deswegen bist ja du jetzt da!“

„Komm, Mirzl, ich zeig dir deine Kammer“, sagte der Schorsch. Der Tannhofer wollte dies eigentlich tun, aber er besann sich. Die könnte ja sonst noch eingebildet werden, wenn er sie gleich so verwöhnte. Und in die Kammer würde er schon einmal kommen. Aber bestimmt nicht am hellen Tag!

Die Kammer war geräumig und recht freundlich, mit Fenstern zur Altane nach dem Süden und einem wunderschönen Blick auf die Berge. Mirzl gefiel es. Bisher hatte sie mit einem winzigen Stüberl vorliebnehmen müssen.

Schorschl packte sie ungeduldig um die Hüften und zog sie an sich. „Einen guten Einstand auch, Mirzl", sagte er herzlich und gab ihr ein Busserl, daß ihr schier Hören und Sehen verging.

Doch sie machte sich resolut los. „Geh, ich muß mich umziehen."

„Umziehen? Jetzt? Für was?"

„Weil ich gleich mit der Arbeit anfang, Schorschl. Oder für was meinst denn, daß ich hergekommen bin?"

Er wollte ihr handgreiflich erklären, was das seiner Meinung nach für ein Grund war, aber sie wies ihm lachend die Tür. „Alles zu seiner Zeit, Schorschl, jetzt schleich dich! Der Bauer braucht es nicht gleich zu wissen."

Schorschl grinste, aber er folgte ihr. Alles zu seiner Zeit, das hieß ja schließlich, wenn die Sterne am Himmel stehen, dann ist 's mir recht!

★

Lorenz Schwaiger hielt die Ungewißheit nicht länger aus. Er zergrübelte sich den Kopf darüber, wer Regine wirklich war und warum sie zur „Kräuterhex'" gegangen war.

Der junge Bauer wurde immer einsilbiger; er

schuftete für drei und konnte seine Gedanken doch nicht lösen von dem blonden schönen Mädchen, das sein Herz in der Johannisnacht gefangengenommen hatte.

„Mit dir ist es ja schier nimmer zum Aushalten, Lenz", sagte der alte Schwaiger, wenn sein Sohn, ohne zu sprechen, bei Tisch saß, vor sich hinstarrte und danach gleich wieder verschwand.

„Mein Essen hast auch schon lang' nimmer gelobt", meinte Walburga gekränkt. Sie gab sich alle Mühe, aber Lorenz, den sie doch so gern hatte, schien es egal zu sein, was er aß.

„Mit der neuen Magd, der Vefi, hast auch noch kaum ein Wort geredet, seit sie bei uns eingestanden ist", zürnte der Vater. „Die Johannisnacht hat dich rein verhext, Bua! So kann's aber net weitergehen. Am besten, gehst zur Christin und sprichst dich mit ihr aus, und Weihnachten wird geheiratet."

Lorenz schob unsanft seinen Stuhl zurück. „Nix wird draus, Vater. Die Christine weiß es schon, und sie möcht' ja selbst auch nicht. Wenn ich heirat', dann ..." Er schwieg, es ging niemanden etwas an, was er dachte.

Mit Christine hatte er sich wirklich schon ausgesprochen. Sie war nett und kameradschaftlich wie immer gewesen und hatte ihn verstanden.

„Besser nichts übereilen, Lorenz", hatte sie vernünftig gesagt. „Du denkst an das blonde Mädl von der Sonnwendnacht, gelt?"

Lorenz hatte erst gezögert, doch dann hatte er genickt. „Ja, so ist es. Sei mir nicht bös', Christin! Es ist halt so über mich gekommen, da ist kein Kraut gewachsen!"

Christine hat ihm zugelächelt. „Ja, ich weiß, wie das ist, Lenz." Verträumt hatte sie in die Weite gesehen, mit einem zärtlichen Lächeln, von dem sie selbst nichts wußte.

So hat sie mir nie zugelächelt, mußte Lorenz feststellen.

„Weißt du es, weil du auch noch an den dunkelhaarigen Mann von damals denkst, Christin?"

„Ja, so ist es, Lorenz. Aber es ist hoffnungslos. Er ist in Wien, ich weiß nicht einmal, wo er sonst arbeitet. Und sein Freund hat mir gesagt, daß er so gut wie verlobt ist."

„Sein Freund? Aber das ist doch nicht wichtig, Christin! Zählen tut doch nur, was er dir selbst gesagt hat, der Herr Fischer. So hieß er doch, oder?"

„Ja, so hieß er. Vielleicht kommt er einmal wieder, vielleicht auch nicht. War halt eine verzauberte Nacht, nichts weiter."

„Damit kann ich mich nicht begnügen", erwiderte Lorenz heftig. „Wir sind nicht aus so leichtem Stoff gemacht, daß wir herumpoussieren und es wieder vergessen, wenn der nächste Morgen kommt. Du bist nicht so, Christin, und ich auch nicht. Das ist uns schon unter die Haut gegangen, kannst es mir glauben. Deswegen muß ich auch ehrlich zu dir sein und darf dir nix vormachen. Ich bin ja so froh, daß du es verstehst, Christin!"

Offen sahen seine hellen Augen sie an, und Christine legte ihm die Hand auf die Schulter.

„Wir waren immer gute Freunde, Lorenz, und das

sind wir auch jetzt. Wenn wir nicht ehrlich zueinander sind, dann möchte ich wissen, wer es überhaupt noch ist!"

„Bist schon ein prächtiges Dirndl, Christin! Vielleicht überwinden wir das andere – und schließlich ist es schon viel, wenn man sich mag und dann heiratet. Muß ja nicht immer die himmelstürmende Liebe sein."

„Mach dir doch selbst nichts vor, Lorenz", sagte Christine weich. „Freilich heiraten hier viele – oder sogar die meisten –, weil es so vorbestimmt ist. Aber wenn einem schon einmal die Liebe begegnet ist, so wie uns beiden, Lorenz, dann kann man das doch nicht einfach abschütteln und so tun, als wär' nix! Glaubst, ich möcht' dich zum Mann, wenn ich immer dran denken müßte, lieber hieltest du das blonde Mädchen im Arm anstatt mich? Nein, ich bin net für Halbheiten, das war ich noch nie!" Ein herber Zug war plötzlich um Christines Mund, sie sah älter aus, als sie war.

Lorenz stand auf. Er überragte das stattliche Mädchen noch um einen Kopf. „Recht hast, Christin. Hat keinen Sinn, wenn man den Kopf in den Sand steckt. Am besten wird sein, wir lassen erst einmal etwas Zeit vergehen."

„Wer ist denn dieses Mädchen überhaupt, Lenz? Hast du sie noch einmal gesehen?" wollte Christine wissen.

Da erzählte ihr Lorenz alles, was er von Regine wußte. Vor allem, daß er sie dann bei der Bichlerin gesehen hatte.

„Ausgerechnet bei der Kräuterhex' hab' ich sie sehen müssen", schloß Lorenz seinen Bericht.

Christine winkte ab. „Die Bichler-Therese ist eine harmlose alte Frau. Du wirst doch nicht den Blödsinn glauben, den man über sie redet – oder vielleicht doch, Lenz?"

„Nicht direkt, wirklich nicht. Aber es ist schon komisch, daß die Regine ausgerechnet dorthin hat gehen müssen!"

„Sie wird einen Grund dafür gehabt haben."

„Wenn ich nur wüßt', was für einen!"

„Da gibt es nur einen Weg, Lorenz: Du mußt die Bichler-Theres selbst fragen gehen!"

Ungläubig sah er sie an. „Meinst wirklich, Christin?"

„Freilich! Wenn sie es dir nicht sagt, dann versuch halt, wenigstens die Adresse von der Regine zu bekommen. Dann kannst sie besuchen und alles mit ihr bereden."

Lorenz stand auf und gab Christine ein herzhaftes Busserl.

„Blitzgescheit bist, Christin! Daß ich darauf nicht schon längst selbst gekommen bin! Gleich geh' ich hin, und dann werd' ich ja sehen, was dabei herauskommt. Aber ich hätte mir, ehrlich gesagt, erwartet, daß Regine von selbst noch einmal kommt und nicht einfach so spurlos verschwindet, wie sie aufgetaucht ist. Wenn sie mich nur ein bisserl gern hat, hätt' sie längst kommen müssen!"

„Vielleicht steht dem irgend etwas im Weg. Wirst es ja bald erfahren, Lorenz."

„Gut. Ich sag dir dann alles. Und jetzt möcht' ich dir noch einen guten Rat geben, Christin: Du kannst doch irgendwie herausbekommen, wo der Herr Fischer arbeitet. Du weißt doch, daß er Ingenieur ist und in der Nähe von Villach gearbeitet hat. Soll ich versuchen, Näheres zu erfahren?"

Christine schüttelte wild den Kopf. „Untersteh dich, Lorenz! Nein, auf keinen Fall! Der Mann muß zur Frau kommen und nicht umgekehrt. Wenn er nicht von selbst den Weg findet, dann verzicht' ich drauf."

„Gut, wie du meinst. Was hast denn mit ihm ausgemacht, wie ihr euch damals verabschiedet habt?"

Christine Kofler runzelte die Stirn. „Ausgemacht? Gar nix! Sein Freund hat mir erzählt, daß Peter mit einer gewissen Susi so gut wie verlobt ist, und da bin ich davongefahren, ohne mich von ihm zu verabschieden. Er hat noch hinter mir hergerufen, aber ich hab' nix mehr wissen wollen."

„Aha, so war das also! Kein Wunder, daß er dann nicht mehr gekommen ist! Dann hat er doch denken müssen, daß du dir nichts aus ihm machst!"

„Das kann schon sein. Ich hab' ihm ja auch erzählt, daß wir zwei, du und ich, heiraten sollen und daß alles andere nicht zählen darf!"

„Damit hast ihm ja direkt den Weg zu dir versperrt, du dumme liebe Urschl du! Auf der einen Seite bist so gescheit, und auf der anderen machst' solche unlogischen Sachen. Also, ich geh' jetzt zur Bichlerin, und dann wird mir schon was einfallen, wie du wieder mit dem Herrn Fischer zusammenkommst." Lorenz nickte Christine herzlich zu, doch sie schüttelte störrisch den Kopf.

„Bring nur deine eigene Sach' erst in Ordnung. Um meine braucht sich kein Mensch zu kümmern!"

Stolz und abweisend sah sie ihn an, und er wußte nicht, wie er diese Grenze durchbrechen konnte, die sie schon früher so oft zwischen sich und ihm aufgerichtet hatte.

„Wie du meinst, Christin, ich will mich nicht aufdrängen", sagte Lorenz Schwaiger und verabschiedete sich.

★

Therese Bichler las gerade die ersten Frühzwetschgen auf, als Lorenz Schwaiger vor ihrem Haus auftauchte. Till kläffte ihn gleich bedrohlich an und stellte sich schützend vor sein Frauchen.

„Grüß Gott, Bichlerin, kann ich dich einen Augenblick sprechen?" fragte Lorenz.

„Freilich. Was möchtest denn, Lenz?" Sie ging zum Zaun, Till folgte ihr auf den Fersen und pflanzte sich neben ihr auf.

„Könnt' ich vielleicht hineinkommen?" fragte Lenz.

„Von mir aus komm nur. Till, sei ruhig, es ist in Ordnung", sagte die Theres, beugte sich zu dem wachsamen Wolfshund hinunter und nahm ihn am Halsband.

„Geh nur ins Haus, sicher ist dir lieber, es sieht niemand, wenn du bei mir bist" sagte die Bichlerin.

„Das ist mir gleich, ob mich einer sieht oder nicht. Hier auf der Gartenbank ist's schön, bleiben wir nur heraußen!"

Verwundert sah die alte Theres den jungen Schwaigerbauern an.

„Was hast denn auf dem Herzen, Lorenz?" fragte sie, da er eine Weile schwieg.

Er druckste ein wenig herum, dann rückte er mit der Sprache heraus: „Also, es ist wegen der Regine", sagte er grad' heraus. Die Bichlerin zuckte zusammen, aber sie ließ sich nichts anmerken. „Sie war doch bei dir, Bichlerin, in der Johannisnacht."

Theres runzelte die Stirn. „Woher weißt denn das?"

„Ich hab' sie herlaufen sehen, und später bin ich nachschauen kommen, ob sie wirklich hier ist und was sie bei dir tut", bekannte er offen.

„Ah, so, du warst das also! Ich hab' einen weglaufen sehen, als der Till angeschlagen hat. Warum hat dich denn interessiert, ob das Mädl bei mir ist?" Prüfend sah sie den jungen Bauern an.

Lorenz erwiderte ihren fragenden Blick offen. „Wenn ich A sag', muß ich wohl auch B sagen", lachte er. „Weißt, ich hab' die Regine an dem Abend kennengelernt. Und bin mit ihr übers Feuer gesprungen. Später sind wir spazierengegangen. Und dann ... weißt, es ist halt so, sie geht mir nimmer aus dem Sinn."

„Und die Kofler-Christine, was ist mit der?" fragte die Theres. „Ihr zwei sollt's doch heiraten, hab' ich gemeint."

„Das haben alle gemeint. Nur die Christin und ich net. Ich hab' halt die Regine gern, von ganzem Herzen, und möcht' dich recht schön bitten, sag mir, wo ich sie finden kann, Bichlerin! Du kennst sie doch, du mußt es schließlich wissen!"

Theres stand auf und strich sich mit der Hand

über die dichten graumelierten Flechten, die sie eng an den Kopf gelegt trug.

„Meinst du es ernst mit dem Mädel, Lenz?" fragte sie forschend.

Er nickte. „Ja, Bichlerin. Wenn ich sie find' und sie mich noch mag, dann möcht' ich sie gern heiraten. Lieber heut' noch als morgen!"

„Lorenz, dein Vater wird es nie erlauben, du mußt dir das Mädel aus dem Kopf schlagen", sagte Theres erregt.

Er sprang auf und packte sie am Arm. „Aber warum denn, Bichlerin? Mir ist ja egal, warum sie bei dir war, sie wird schon ihren Grund gehabt haben. Mich geht ihre Vergangenheit nix an. Und wenn mein Vater net will, dann geh' ich mit ihr halt anderswo hin. Hauptsache, die Regine will mich. Dann wär' alles gut!"

„Setz dich wieder, Lorenz. Ich muß dir etwas anvertrauen, was kein Mensch hier weiß. Mußt es auch bei dir behalten, versprichst mir das?"

„Ja, Bichlerin. Ehrenwort", sagte Lorenz.

Da erzählte ihm Therese Bichler, daß Regine ihre Enkelin war. Und sie erklärte ihm auch, wieso sie das Mädcher von hier ferngehalten hatte.

„Die Tochter von der Hemma?" rief Lorenz ungläubig. „Und die Leut' haben immer getuschelt, da wär' was nicht mit rechten Dingen zugegangen, die Hemma und ihr Kind wären ..." Er stockte.

„Ich weiß schon, was sie geredet haben", sagte die Theres mit einem schmerzlichen Lächeln. „Sie haben gesagt, ich hätte der Hemma und ihrem ungeborenen Kind was angetan."

Lorenz nickte benommen. „Ja, akkurat so haben sie geredet. Ich war ja damals noch zu klein, um so was zu verstehen, aber immer wieder ist das Gerede auch später noch aufgekommen."

„Siehst, Lorenz, und deswegen hab' ich Hemma und die kleine Regine aus allem heraushalten wollen. Das Mädel hat erst in der Johannisnacht erfahren, in welchem Ruf ich hier steh'. Ich hab' ihr verboten, jemals herzukommen. Aber sie hat es sich nicht nehmen lassen, an meinem fünfundsechzigsten Geburtstag ist sie aufgetaucht. Und jetzt schreibt sie mir dauernd, daß sie spätestens Weihnachten kommen und sich zu mir bekennen will." Mit einem lachenden und einem weinenden Auge erzählte Therese das ihrem jungen Besucher.

„Da hat sie recht. Ich werde auch auf deiner Seite stehen, Bichlerin. Die anderen sollen sich schämen."

„Meinst es gut, Lorenz, ich weiß. Aber grad' dein Vater, der Simon, ist einer der ärgsten, der laßt kein gutes Haar an mir. Deswegen ist es besser, du siehst die Regine nicht mehr und schlagst sie dir aus dem Kopf."

„Das kann ich net, Bichlerin. Mir ist es gleich, was der Vater sagen oder tun wird. Ich kann überall arbeiten. Nur eines ist für mich von Wichtigkeit: Ob mich die Regine mag oder nicht. Ich kann nämlich nicht so recht verstehen, daß sie sich gar nimmer gerührt hat. Sie weiß ja, wer ich bin. Irgendein Lebenszeichen hätt' sie mir schon geben können in dem Vierteljahr, das seit der Sonnwend' fast vergangen ist."

„Ich hab' ihr gesagt, daß du die Christine heiraten

wirst, Lenz. Deswegen hat sie sich dich aus dem Kopf geschlagen."

Wieder sprang Lorenz erregt auf. „Ich muß sofort zu ihr, Theres, gib mir ihre Adresse, ich muß sie selbst fragen, mit ihr reden!"

Die Bichlerin lächelte. Sie sah, wie ernst es dem jungen Mann war, und sie wußte, daß sie kein Recht hatte, die beiden noch länger zu trennen.

„In Gottes Namen, geb' ich dir halt die Adresse, Lorenz, wenn'st es gar so dringend machst. Aber ich bitt dich, tu's nicht, bring mir das arme Ding nicht durcheinander, wenn es dir nicht ernst ist!" Flehend sah die alte Frau Lorenz an, und er legte spontan seinen Arm um ihre Schultern.

„Durcheinanderbringen werd' ich sie schon, aber mit meiner Liebe, Theres!" rief er lachend.

Die Bichlerin schrieb ihm die Adresse auf einen Zettel. Sobald er ihn in der Hand hielt, verabschiedete sich Lorenz von der alten Frau und sprang mit einem Satz über den Zaun, als hätte er keine Zeit mehr zu verlieren.

★

Der Tannenhof war kaum wiederzuerkennen, seit Mirzl Vorau hier schaffte. Das Haus strahlte vor Sauberkeit, überall blühten bunte Blumen in den Balkonkästen, und die blitzweiße Wäsche flatterte an der Leine im Wind.

Mirzl war fröhlich und tüchtig. Und ihr Schorschl half ihr, wo er konnte. Zusammen machten sie aus dem verlotterten Anwesen ein Schmuckkasterl. Verliebt, wie sie waren, ging ihnen die gemeinsame Arbeit rasch von der Hand.

Selbst der als Geizhals verschriene Tannhofer sah mit Wohlgefallen, wie sein Besitz so nach und nach wieder in Schuß kam. Mit noch größerem Wohlgefallen allerdings sah er die stramme Mirzl, die ihn um den Finger wickeln konnte. Wenn sie sagte, sie brauche Stoff für neue Vorhänge oder Farbe, um die Decken zu weißen, rückte er ohne Murren das nötige Geld dafür heraus.

Eines Nachts jedoch verschaffte er sich, wie es seit altersher so Sitte – oder, besser gesagt, Unsitte ist – das Recht des Herrn. Er stieg zu Mirzl in die Kammer und nahm sich kurzerhand, was er zu besitzen glaubte.

Die Vorau-Mirzl hatte natürlich zuerst gedacht, es wäre ihr Schorsch. Als sie den stürmischen Besucher jedoch willig unter ihre Bettdecke gelassen hatte, merkte sie den Irrtum. Sie war derartig verdattert und überrumpelt, daß sie wie gelähmt dalag und ihr der Schreckensschrei in der Kehle steckenblieb. Schweigend geschah das Unvermeidliche im Stockdunkeln.

Als der Tannhofer am nächsten Tag der Mirzl jedoch wissend und verliebt zublinzelte, da schaute sie ihn derartig eiskalt an, daß ihm vorerst der Schneid verging, seine Männlichkeit erneut unter Beweis zu stellen.

Die Mirzl war damals, als der Tannhofer bei ihr fensterlte. bereits guter Hoffnung von ihrem Schorschl. Es konnte nicht ausbleiben, daß auch der

Tannhofer von diesem Zustand nach geraumer Zeit Kenntnis erlangte.

Er pries das Glück seiner späten Tage und noch mehr das Wundermittel des fliegenden Händlers. Und dann kam er zu einem Entschluß, den er Mirzl sofort mitteilte, als er sie in der Küche antraf.

„Mirzl", begann er. „ich weiß, was mit dir los ist. Brauchst dich aber net fürchten, daß ich dich in die Schande gebracht habe. Du bist ein braves und fleißges Madl. Und taugst akkurat dazu, Tannhof-Bäuerin zu werden.

„Was soll ich?" fragte die Mirzl ganz entgeistert.

„Heiraten sollst mich! Hast mir gleich vom ersten Tag an gefallen, Mirzl. Und wo jetzt unser Kind kommt, worauf ich mich schon narrisch freue, bestelle ich halt das Aufgebot." Der Tannhofer war wirklich wie ausgewechselt. Aber als er Mirzl an sich ziehen wollte, da stieß sie ihn zurück, begann zu weinen und rannte aus der Küche.

„Stocknarrisch sind die Frauenzimmer in dem Zustand", versuchte der Tannhofer sich Mirzls unerwarteten Ausbruch zu erklären.

Dann stellte er sich vor den Küchenspiegel, strich sich sein mageres Bärtchen und brummte: „Na ja, dreißig Jahre bin ich halt älter als sie, aber sie soll froh sein, wenn sie eine angesehene Bäuerin wird."

Am Abend wollte er mit Schorsch reden, der heute in Villach zu tun hatte, und ihn bitten, ein gutes Wort bei Mirzl für ihn einzulegen.

Aber die Mirzl paßte den Maderer-Schorsch am Wald ab, als er abends zurückkam.

„Ja, Mirzl, was kommst mir denn entgegen? Und

wie schaust denn aus?" fragte der Schorsch und stieg vom Fahrrad.

Statt einer Antwort begann Mirzl wieder zu heulen. Der Schorsch zog sie an sich und versuchte, sie mit seiner unbeholfenen Zärtlichkeit zu beruhigen.

„Jetzt red schon und sag, was passiert ist!"

„Alles ist aus, Schorsch! Nimmer mögen wirst mich, ich muß fort und ...", ihre Worte erstickten in einer neuen Tränenflut, die nur langsam abebbte.

„Warum soll ich dich net mehr mögen? Jetzt red schon!"

Da nahm Mirzl ihren ganzen Mut zusammen und berichtete, was geschehen war: ihren lrrtum, der zum einmaligen Sündenfall geführt hatte.

„Und jetzt meint der Tannhofer, das Kind ist von ihm, und er will mich heiraten, Schorschl!" Mit rotgeweinten Augen sah sie zu ihm auf.

Er starrte erst dumpf vor sich hin, drohend umwölkte sich seine Stirn, und er sah grad' zum Fürchten aus.

„War er wirklich nur ein einziges Mal bei dir, Mirzl, schwörst mir das?"

„Ja, bei Gott, kannst es mir glauben!"

„Alsdann müssen wir ihm halt die Wahrheit sagen. Und statt Tannhofer-Bäuerin wirst halt meine Frau! Bin aber bloß ein Knecht."

„O Schorschl, das macht mir rein nix aus, ich hab' dich doch gern! Was liegt denn mir dran, ob du Knecht bist oder ein Herr? Ich bin ja auch nix Besseres, und unsere Kinder werden wir schon großziehen können, solange wir arbeiten können!" Jetzt strahlte sie wieder.

„Also komm, wir sagen es ihm gleich", verlangte Schorsch resolut.

Mirzl zögerte. Aber der Bursch nahm sie an der Hand und zog sie mit sich. „Wennst bei mir bist, passiert dir nix, das mußt doch wissen, Mirzl. Und wenn es dem Bauern net paßt, dann kündigen wir auf und suchen uns anderswo eine Stellung."

Der Tannhofer wurde leichenblaß, als ihm der Schorsch die Wahrheit sagte. Mit einem Schlag fiel sein Kartenhaus zusammen; vernichtet war sein spätes Lebensglück, der Traum vom Hoferben und einer guten Zukunft an der Seite der jungen blühenden Mirzl.

„Wennst uns jetzt nimmer bei dir haben willst, Bauer, nachher gehen wir halt", sagte der Schorsch zum Schluß.

Der Tannhofer schüttelte nur müde den Kopf. Er brachte kein Wort heraus, zu schwer hatte ihn das Geständnis getroffen.

Dann raffte er sich zusammen und stand mühsam auf. „Nana, ihr braucht net gehen, ist schon gut", sagte er und wankte hinaus.

Besorgt sahen ihm Mirzl und Schorsch nach, wie er dem Wald zutorkelte.

„Er wird sich doch nix antun?" fragte Mirzl bang.

„Gewiß net", beruhigte sie Schorsch. Und dann gingen sie wieder an ihre Arbeit.

★

Nachdem Lorenz Schwaiger mit Mühe und Not seinen Wagen geparkt hatte, stand er noch einen Augenblick zögernd vor dem Portal des Hotels Akademie in Wien. Dann gab er sich einen Ruck und ging rasch durch die Drehtür.

Vielleicht hatte Regine jetzt noch Dienst und war an der Rezeption. Dann war er aber doch erleichtert, als er dort einen Portier erblickte.

„Guten Abend. Ich möchte bitte Fräulein Regine Bichler sprechen", sagte Lorenz höflich. „Ist sie hier?"

„Sie hat schon dienstfrei. Ich rufe zu ihr hinauf. Wen kann ich bitte melden?"

Lorenz zögerte. Er hatte Angst, Regine würde sich verleugnen lassen oder ihn nicht sehen wollen, wenn er seinen Namen nannte.

„Sagen Sie ihr bitte, ich soll ihr Grüße von ihrer Großmutter aus Kartaun bringen", bat er dann.

Der Portier telefonierte. „Fräulein Bichler kommt in zehn Minuten herunter. Wenn Sie solange Platz nehmen wollen?"

„Danke", sagte Lorenz und setzte sich in eine stille Ecke der Empfangshalle.

Am liebsten hätte er jetzt einen großen Schnaps getrunken, so aufgeregt war er.

Regine sah hinreißend aus, als sie aus dem Lift stieg. Sie trug ein rotes Wollkostüm, das blonde Haar hatte sie hochgesteckt. Über dem Arm lag ein Mantel, offensichtlich wollte sie ausgehen.

Suchend sah sie sich um. Da sprang Lorenz auf und rannte ihr ungestüm entgegen. Regine wich einen Schritt zurück und fuhr sich über die Augen, als sie ihn sah. Das konnte doch nicht möglich sein!

Da umfaßte Lorenz auch schon ihre beiden Hände

und zerquetschte sie fast zwischen den seinen. „Regine, grüß dich Gott, jetzt bin ich da", war alles, was er herausbrachte.

„Lorenz", flüsterte sie, dann sah sie nach dem Portier, der neugierig die Ohren spitzte und entschied: „Komm, wir gehen irgendwohin, ich wollte ohnedies gerade fort."

Schweigend gingen sie nebeneinander durch die abendlichen Straßen.

„Bist du heute angekommen?" fragte Regine.

„Ja, vor einer Viertelstunde."

„Dann wirst du Hunger haben. In der Nähe ist ein gemütliches Lokal, da können wir uns gut unterhalten", sagte Regine und steuerte in eine Nebengasse.

Dann saßen sie sich an einem von sanftem Kerzenlicht erhellten Tisch gegenüber. Vom Nebenraum her klangen leise die Weisen der Schrammeln, die aufspielten.

„Ich kann es gar nicht glauben", sagte Regine weich und sah Lorenz verträumt an. „Vor allem nicht, daß du mir Grüße von meiner Großmutter bringen sollst!"

Lorenz nickte. „Und doch ist es so! Ich war bei ihr, sie hat mir alles erzählt. Denn du warst verschwunden wie eine verwunschene Prinzessin, die nur einen Tag lang bei einem armen Bauernbuben sein wollte!"

Regine lächelte. „Hübsch hast du das gesagt, Lorenz. Aber ich bin keine verwunschene Prinzessin, und du bist kein armer Bauernbub."

„Na ja, ein armer grad' net", räumte Lorenz ein. Dann bestellte er sich doch den so dringend nötigen doppelten Schnaps.

„Wenn ich damals nicht gesehen hätte, daß du bei der Bichlerin warst, dann hätte ich niemals erfahren können, wer du bist, Regine", sagte er dann. „Das war unrecht von dir, nach allem, was zwischen uns war!"

„Ich dachte, das hättest du längst vergessen, Lorenz!"

„Hast du es denn vergessen?"

Sie schüttelte den Kopf und sah ihn zärtlich an. „Nein, wirklich nicht. Nie im Leben werde ich es vergessen!"

„Und trotzdem bist du fortgegangen!"

„Ja, weil du doch die Christine heiratest, das hat mir die Großmutter gesagt."

Lorenz zog sie an sich und gab ihr ein Busserl. „Niemanden anderen heirate ich als dich! Und jetzt lasse ich dich nicht mehr los, nie mehr, und wenn ich hundert Jahre alt werde!"

Ein glückliches Strahlen ging über Regines feines Gesicht, doch dann verdunkelte sich ihre Miene.

„Dein Vater wird es nie und nimmer erlauben, daß du die Enkelin von der Theres Bichler heiratest, die so einen schlechten Ruf bei euch im Dfrt hat ..."

„Das ist mir vollkommen wurst, Regine! Ich muß nur eines wissen: Liebst du mich so wie ich dich?"

Zart legte Regine ihre Hand an seine Wange, und leise kam das Ja von ihren Lippen, das alles für Lorenz bedeutete.

„Dann kann uns nichts und niemand auf dieser Welt auseinanderbringen. Wenn es meinem Vater nicht paßt, dann kann ich ihm nicht helfen. Dann müssen wir halt anderswo gemeinsam anfangen.

Mein Erbteil muß er mir ausbezahlen, und damit können wir uns eine Zukunft aufbauen. Das heißt, wenn du es überhaupt fertigbringen wirst, irgendwo auf dem Land zu leben", setzte er dann zögernd hinzu. „Du bist doch die Großstadt gewöhnt, die mich fürchten macht, und es wird dir auf dem Land zu einsam und einfach sein. Dann muß ich halt versuchen, etwas in der Stadt zu finden."

„Das ist lieb von dir, Lorenz, daß du dich opfern willst. Aber es ist nicht nötig. Ich bin nicht an die Stadt gebunden und habe die Natur unendlich gern!" Regine lächelte mit strahlenden Augen.

Sie tranken einen feurig-samtigen Rotwein und aßen Backhendl dazu. Eifrig und glücklich schmiedeten sie Zukunftspläne.

„Auf jeden Fall werde ich versuchen, daß wir etwas in der Nähe von Kartaun finden", sagte der junge Schwaigerbauer dann. „Weil nachher nämlich deine Großmutter nicht mehr allein sein muß. War es eh ihr ganzes Leben, jetzt soll sie belohnt werden. Und außerdem brauchen wir später jemanden, dem wir unsere Kinder anvertrauen können!"

Regine lachte, sie wurde ein bißchen rot. „Du denkst aber weit voraus!" Ihre Augen funkelten zärtlich.

„Nicht gar so weit, Regine! Ich halte es nämlich bald nicht mehr aus, bis du mir gehörst!"

Fürsorglich knöpfte er ihr den Mantel zu, als sie dann in die kühle Nacht hinaustraten. Der Weg durch den Park zum Hotel schien kein Ende zu nehmen. Denn sie blieben immer wieder stehen, um sich selig zu küssen und im Arm zu halten.

„Und was ist mit der Christine?" fragte Regine endlich. „Es täte mir weh, wenn sie meinetwegen leiden müßte."

Lorenz erklärte ihr offen, wie er und Christine zueinander standen und daß sie es gewesen war, die ihn schließlich zur Bichlerin geschickt hatte, um sich Klarheit zu verschaffen.

„Außerdem hat es die Christine erwischt in der Johannisnacht. Sie ist doch mit einem stattlichen dunkelhaarigen Mann über das Feuer gesprungen. Der hat es ihr angetan."

„Was du nicht sagst! Stell dir vor, er wohnt bei uns im Hotel", erzählte Regine. „Ich habe mich gleich an ihn erinnert, als er kam."

„Der Ingenieur Fischer? So ein Zufall!"

„Gar kein so großer Zufall, er lehrt doch im Augenblick an der Technischen Hochschule, und die ist ganz in der Nähe von unserem Hotel. Wir haben oft Professoren und Dozenten von dort bei uns."

„Habt ihr miteinander über Kartaun und die Sonnwendnacht geredet?"

„Einmal kurz. Aber dann wollte ich nichts mehr davon hören. Es hat mir zu weh getan, an dich denken zu müssen."

Zärtlich zog Lorenz ihre Finger an seine Lippen. „Nie mehr soll dir etwas meinetwegen weh tun, das verspreche ich dir. Und jetzt möchte ich bloß wissen, wie ich herausfinde, ob der Fischer die Christine mag oder nicht. Sie hat mir aber streng verboten, dafür auch nur den kleinen Finger zu rühren, weil sie nämlich sehr stolz ist, die Christine."

„Laß mich das nur machen. Ich werde es so arrangieren, daß du und der Herr Fischer morgen früh beim Frühstück nebeneinander sitzt. Er wird dich erkennen, das ist doch klar. Dann sagst du ihm, daß wir zwei verlobt sind, und dann siehst du ja, wie er darauf reagiert!"

„Bist ein kluges Schatzerl, Regine! Mein Gott, habe ich eine Freude, daß alles so gekommen ist!" Er faßte Regine um die Taille und hob sie übermütig hoch. Ein Juchzer entrang sich seiner Brust, und die Bäume im Wiener Stadtpark gaben verwundert das Echo zurück.

★

Es kam genauso, wie Regine es vorausgeahnt hatte: Verdutzt sah Peter Fischer seinen neuen Tischnachbarn in der Frühstücksstube des Hotels an.

„Sagen Sie, wir haben uns doch schon irgendwo gesehen?" fragte der junge Ingenieur.

Lorenz spielte den Überraschten. „Ja wirklich, warten Sie, das war ... ach, ja, in Kartaun, beim Sonnwendfeuer, jetzt habe ich's! Ich bin der Lorenz Schwaiger."

„Ja freilich, Herr Schwaiger. Und ich bin Peter Fischer." Sie schüttelten sich die Hände.

„Sagen Sie, Herr Schwaiger, wohnen Sie auch in diesem Hotel?"

„Sicher, sonst würde ich doch nicht hier frühstükken", lachte Lorenz.

„Ich meine, sind Sie allein hier? Oder ist Ihre Frau mit Ihnen nach Wien gekommen?" Gespannt sah Peter Lorenz an.

„Meine Frau? Wie kommen Sie denn darauf? Ich habe keine Frau. Das heißt – im Augenblick noch nicht. Aber sehr bald. Da kommt sie ja gerade!"

Fischer fuhr wie elektrisiert herum, er hoffte und fürchtete zugleich, jetzt Christine zu sehen, die er nicht vergessen konnte.

Lächelnd kam Regine Bichler auf die beiden Männer zu. „Guten Morgen, Herr Fischer, guten Morgen, Lorenz!"

Lorenz gab Regine einen Kuß auf die Stirn. „Wir haben uns nämlich verlobt. Sie können uns gratulieren, Herr Fischer", erklärte er.

Peter Fischer war verwirrt. Sollte das heißen, daß Christine, die schöne stolze Bäuerin, noch frei war? Sein Herz machte auf einmal einen unkontrollierten Hopser.

„Ich gratuliere von Herzen", sagte er dann. „Aber ich habe gedacht, daß Sie die Christine heiraten, Herr Schwaiger!"

„Nicht nur Sie haben das gedacht, Herr Fischer. Aber es ist halt anders gekommen." Zärtlich legte Lorenz seine Hand auf die von Regine und schaute das Mädchen verliebt an.

„Ja, aber dann ... dann ist Christine doch noch frei?" rief Fischer aufgeregt.

„Wieso interessiert Sie das denn eigentlich?" So fühlte ihm Lorenz auf den Zahn.

„Ist das so schwer zu erraten, Herr Schwaiger? Jetzt kann ich es Ihnen und Fräulein Regine ja sagen: Ich habe mein Herz an die stolze Christine verloren. Aber sie hat mir die kalte Schulter gezeigt und ist wortlos und ohne Abschied davongefahren – damals, nach der Sonnwendfeier in Kartaun. Darüber komme ich nicht hinweg."

„Ich kann Ihnen schon erklären, wieso sie das getan hat, Herr Fischer: Ihr Freund hat Christine etwas von einer Susi erzählt, die Sie heiraten wollen, und da ist sie eben auf und davon."

„So ein Dummkopf, der soll mir was erleben!" grollte Peter. „Völlige Falschmeldung, das können Sie mir glauben! Am liebsten würde ich auf der Stelle zu Christine fahren und alles aufklären. Meinen Sie, sie möchte mich überhaupt sehen?"

Lorenz nickte. „Und ob! Ich hätte übrigens einen Vorschlag zu machen: Fahren wir doch alle zusammen nach Kartaun! Regine, dich möchte ich gleich mit meinem Vater zusammenbringen und alles klären."

„Das ließe sich einrichten, ich bin zu Mittag fertig und muß erst wieder Montag früh hier sein", stimmte Fischer zu.

„Und ich werde meine Freundin bitten, daß sie mich vertritt, dann kann ich auch ohne weiteres weg!" rief Regine.

„Wir könnten alle in meinem Wagen fahren", schlug Lorenz vor.

„Nein, mich könnt ihr beiden während der Fahrt gar nicht brauchen", wehrte Peter lächelnd ab. „Ich nehme meinen Wagen und bringe Fräulein Regine am Montag wieder zurück. Bitte, geben Sie mir die Telefonnummer von Christine, damit ich ihr schon mein Kommen ankündigen kann."

„Da wird nix daraus, Herr Fischer! Überraschen Sie Christine, das ist viel besser. So hab' ich's schließlich gestern auch gemacht. Wer weiß, ob mich Regine überhaupt hätte sehen wollen, wenn sie von meinem Kommen gewußt hätte!" sagte Lorenz. „Stimmt's, oder habe ich recht?"

„Natürlich hast du recht", lachte Regine. „Aber bilde dir nur nicht gar zu viel ein!"

★

Der Tannhofer konnte den Schlag nicht verwinden, den ihm Mirzl und Schorschls Geständnis versetzt hatte. Tagelang brütete er vor sich hin und kam zu keinem Entschluß. Dann tat er etwas, woran ihn sein Geiz jahrelang gehindert hatte: Er ging am frühen Nachmittag schon ins Wirtshaus und trank sich einen Rausch an.

Mit leicht umnebelten Sinnen schlug er dann den Weg zur Theres Bichler ein. Der Alkohol hatte wunderliche Blasen in seinem Gehirn aufgetrieben, und er faßte einen verworrenen Plan.

„Theres, ich muß mit dir reden", sagte er, als er vor dem Haus stand.

„Was willst denn du bei mir, Tannhofer?" fragte Theres Bichler den unverhofften Besucher. Sie ging zu ihm ans Gartentor.

„Laß mich hinein, ich kann dir das net so zwischen Tür und Angel erklären", bat er.

„Fünfundzwanzig Jahre hast du kein Wort mit mir geredet, was willst denn heut' auf einmal?" fragte sie mißtrauisch.

Till sprang wütend gegen das Gartentor. Theres legte ihn an die Kette. Das Tier hatte einen untrüglichen Instinkt dafür, wer ihm wohlwollte und wer nicht. Und wer weiß, vielleicht hätte Till trotz ihrer Mahnungen den Tannhofer angesprungen.

„Ich muß mit dir reden, wirst es gleich hören", wiederholte der Bauer störrisch.

„Also dann komm halt", entgegnete Theres und ging ihm voraus.

Im Haus stellte sie ihm ein Glas Obstler hin, das er gierig trank.

„Also, was willst?"

Der Tannhofer seufzte, dann erzählte er, was ihn bedrückte. Insgeheim mußte die Bichlerin lachen, als sie begriff, daß er dem fliegenden Händler auf den Leim gegangen war.

„Ja, und was soll ich bei der ganzen Geschichte, Tannhofer?" fragte sie ihn schließlich.

„Ich kann mit der Schand net leben, daß ich das Madl immer vor mir habe, und das Kind ist net von mir", sagte der Bauer mit schwerer Zunge. Er hatte inzwischen die halbe Schnapsflasche geleert, die Theres vor ihn hingestellt hatte.

„Und was willst unternehmen? Den beiden aufkündigen? Das wäre ungeschickt von dir, sind doch tüchtig und halten dein Anwesen in Schuß, Tannhofer!"

„Net kündigen will ich ihnen, aus dem Weg schaffen will ich sie, damit ich die Schande vergeß, daß das Kind net von mir ist", wiederholte er hartnäckig. „Und du sollst mir was geben, daß sie so schön langsam dahinsiechen und mir keiner draufkommt. Du hast doch solche Sachen und verstehst dich darauf, Theres!"

Da sprang die Bichlerin temperamentvoll auf und verabreichte dem Tannhofer eine solche Ohrfeige, daß er fast vom Stuhl geflogen wäre.

Sie blitzte ihn wütend an und schrie: „Du Haderlump, du Verleumder, jetzt scher dich aber hinaus, nie in meinem Leben hab' ich einem Menschen auch nur ein Haar gekrümmt, und jetzt kommst du daher und verlangst so etwas von mir! Alles ist erstunken und erlogen, was man mir immer nachgesagt hat, das kann ich bei allen Heiligen beschwören!"

Sie war außer sich vor Wut, und dem Tannhofer vergingen bei diesem Strafgericht Hören und Sehen. Er begriff, daß sie die Wahrheit sagte. Und trotz seines umnebelten Sinnes schämte er sich zum erstenmal in seinem Leben.

„Was ist denn los, Bichlerin, brauchen Sie Hilfe?" rief da vom offenstehenden Fenster her eine Männerstimme.

„Nein, ich werde schon allein fertig, Herr Doktor", antwortete die alte Frau und ging zum Fenster. Der Arzt kam gerade von der Pirsch und hatte zu Theres gewollt.

„Ich bräuchte verschiedene Kräuter, Theres, aber da komme ich besser ein andermal", sagte er.

„Das wäre ja noch schöner! Mein Besuch geht ohnedies gleich, kommen Sie nur hinüber, ich mache Ihnen auf", sagte das Kräuterweiberl und ging hinaus.

Einen Augenblick saß der Tannhofer noch dumpf brütend da, dann stand er schwerfällig auf. In diesem Moment fiel sein Blick auf eine braune Glasflasche mit einem weißen Etikett. Ein Totenkopf war darauf zu sehen und in großen Buchstaben das Wort: Rattengift.

Der Tannhofer packte die Flasche, steckte sie in seine Rocktasche und schwang sich blitzschnell zum Fenster hinaus. Mit einem Sprung hetzte er zum Gartentor und stürmte hinaus.

Nachdem der Doktor gegangen war, kehrte Theres Bichler zurück in die Küche. Sie war froh, daß der Bauer weg war. Sie brühte sich einen Kaffee auf, der tat ihr nach einer solchen Aufregung immer gut. Hernach wollte sie noch das Rattengift draußen im Hasenstall und in der Scheune auslegen.

Ihr Blick suchte die Flasche, als sie daran dachte. Sie hätte schwören können, daß sie sie hierhergestellt hatte, und jetzt war sie weg!

„Jessas, der Tannhofer!" schrie Theres und sprang auf. Er wollte seinen Racheplan, den er im Rausch beschlossen hatte, also ausführen!

Einen Augenblick besann sich die Bichlerin, dann schritt sie zur Tat. Sie packte eine Flasche Gegengift in ihren Korb, holte das Fahrrad aus der Scheune und fuhr den Waldweg entlang zum Anwesen des Tannhofers. Vielleicht würde sie schon vor ihm dasein und konnte ihn vor einer Tat bewahren, die ihm eine Zuchthausstrafe einbringen würde.

Theres hatte Till losgebunden, er lief neben ihrem Rad her. Der Weg ging bergauf, und zeitweise mußte Theres absitzen und das Rad schieben.

Plötzlich sprang Till ins dichte Vorgehölz und kläffte. Er schnüffelte, dann lief er zu seinem Frauchen zurück und leckte aufgeregt ihre Hand. Danach sprang er wieder ins Gehölz und jaulte.

Theres verstand, daß er ihr etwas zeigen wollte. Sie lehnte das Rad an einen Baumstamm, nahm ihren Korb und folgte dem erregten Tier.

Im Dickicht lag der Tannhofer, er hatte die Augen geschlossen und röchelte. Neben ihm lag die leere Flasche, in der das Rattengift gewesen war.

Theres handelte blitzschnell. Sie hob den Tannhofer an, sperrte ihm den Mund auf und goß ihm geschickt die ganze Flasche mit dem Gegengift in den Rachen. Dann zerrte sie ihn an einen Baumstamm und lehnte ihn daran. Von rückwärts massierte sie seinen Magen mit kräftigen Bewegungen, und nach fünf Minuten hatte sie Erfolg: Der Bauer spie alles aus, was er in sich hineingetrunken hatte: den Alkohol, das Rattengift und die ganze Flasche mit dem heilsamen Gegengift.

Schweigend verrichtete Theres Bichler ihren wenig erbaulichen Samariterdienst. Dann legte sie den Tannhofer ins weiche Gras, zählte seinen Puls und dankte Gott, der sie des Weges geführt hatte.

Verwirrt sah der leichenblasse Mensch um sich, als er erwachte. Erst nach einer Weile begriff er die Zusammenhänge. Stöhnend barg er den Kopf zwischen den Händen. Theres ließ ihn gewähren und sagte kein Wort.

Stockend und mühsam reimte er sich alles zusammen, wie es gekommen war. „Ich habe mich so furchtbar geschämt, Theres, kannst es mir glauben, was ich dir da vorhin für einen Vorschlag gemacht habe. Und weil mein Leben eh nix mehr wert ist, habe ich mir gedacht, ich mache Schluß damit."

„Du stocknarrisches Mannsbild du, deswegen

brauchst dich doch net gleich umbringen! Was wär' denn gewesen, wenn ich nicht dahergekommen wäre? Dann hätt's eine schöne, feierliche Leiche in Kartaun gegeben, und alle hätten wieder gesagt: Ja, bei der Bichlerin, da hat er das Gift geholt! Mich hättest damit genauso zugrunde gerichtet wie dich selbst, Tannhofer!"

Fast schüchtern sah er zu ihr auf. „Verzeih mir, Theres, was ich dir all die Jahre über angetan habe. Heut' erst ist's mir aufgegangen, daß es ein Unrecht war. Ich will es wieder gutmachen, so wahr mir Gott helfe!" Der Schreck war ihm gewaltig in die Glieder gefahren, und als er begriff, daß er das Leben wiedergewonnen hatte, das er so leichtfertig hatte fortwerfen wollen, da spürte er so etwas wie Dankbarkeit in sich. Ein Gefühl, das dem verbitterten Eigenbrötler bisher fremd gewesen war.

„So, jetzt kannst heimgehen, hast alles überstanden", sagte die Theres nach einer halben Stunde. Der Tannhofer rappelte sich auf.

„Nein, Theres, ich geh net heim. Jetzt fangt bald die Abendvesper an. Ich will mit dir zusammen hingehen. Sollen uns alle miteinander sehen, Theres. Das ist das mindeste, was ich dir an Dank bezeugen kann! Wenn ich, dein ärgster Feind, zu dir halte, werden es die anderen auch tun und begreifen, daß wir dir alle unrecht getan haben!"

So kam es, daß die Kräuterhex' und der Tannhofbauer gemeinsam und Arm in Arm zum Dorf marschierten.

Unterwegs gab die Bichlerin dem Bauern noch einen Rat. „Weißt, Tannhofer, die andere Sache, die mit dem Kind von der Mirzl und dem Schorschl, die brauchst dir nicht zu Herzen nehmen. Laß die Leut, die brav und fleißig sind, bei dir und freue dich an ihnen und ihrem Nachwuchs! Wirst sehen, die Großvaterrolle ist auch schön. Hast ja eh niemanden sonst auf der Welt, oder?"

Der Tannenhofer nickte. „Recht hast, Bichlerin! Auf einmal schaut alles ganz anders aus! Nie werde ich dir das vergessen, wirst es schon sehen!"

Über das Gesicht der alten Theres zog ein freudiges Lächeln. Die späte Wiedergutmachung bedeutete ihr mehr, als sie gedacht hätte.

„Du, Theres, sagst es aber niemanden, gelt?" bat der Tannhofer noch.

„Gewiß net, Bauer. Auf mich kannst dich verlassen!" sagte die Bichlerin stolz.

Der Arzt kam ihnen entgegen und nahm Thereses anderen Arm. Viel Dorfbewohner standen auf dem Kirchplatz und glotzten nur so, als sie die so lange Verfemte zwischen den beiden angesehenen Männern einherkommen sahen. Sie begriffen, daß etwas geschehen sein mußte, das den hartgesottensten Widersacher der Bichlerin anderen Sinnes hatte werden lassen. Und so, als wären sie selbst darüber froh, daß der Bann gebrochen war, riefen nun, erst zögernd, dann herzlicher, einer nach dem anderen der Bichler-Theres ein freundliches Grußwort zu.

★

Christine Kofler saß über der Buchhaltung, als Josefa hereinkam.

„Christin, da ist draußen am Hof grad' ein Wagen vorgefahren, so ein niedriger Bodenkleber, ein roter", sagte sie. „Wer wird denn das wohl sein?"

„Weiß ich nicht, Josefa. Sicher irgend jemand, der etwas verkaufen will. Ah, vielleicht der Futtermittelvertreter, den schickst du am besten zum Bastian, der weiß, was wir brauchen. Ich habe da eine ziemlich knifflige Arbeit fürs Finanzamt, möchte eigentlich nicht gestört werden." Sie beugte den Kopf mit dem schimmernden braunen Haar wieder über die Geschäftsbücher.

Josefa ging hinaus. Mit einem Schrei prallte sie zurück, als sie im Flur auf einen stattlichen dunkelhaarigen Mann stieß. Das war ja der Ausländische von der Johannisnacht.

„Grüß Gott", sagte Peter Fischer höflich. „Ich möchte gern zu Fräulein Christine. Wo finde ich sie denn?"

„Da drinnen", sagte Josefa Huber. „Aber sie möcht' net gestört werden, wegen dem Finanzamt, vielleicht kommen Sie ein anderes Mal wieder?"

Lachend schüttelte Peter Fischer den Kopf. „Mir pressiert's, liebe Frau!" Damit lief er auf die Tür zu und riß sie auf.

„Christine!"

Das Mädchen in dem dunkelgrünen Lodenkostüm fuhr herum, ungläubig starrte sie zur Tür. Dann sprang sie auf.

„Aber ... aber wieso denn, das kann doch nicht möglich sein!" rief sie, völlig perplex.

„Freilich ist es möglich, und ich wäre schon viel früher gekommen, wenn ich hätte nicht annehmen müssen, daß du längst den Lorenz geheiratet hast", überstürzten sich Peter Fischers Worte.

Schwer atmend standen beide voreinander: ängstlich und besorgt, das zage Glücksgefühl hatte noch keinen Raum in ihnen.

Christine bemerkte Josefas neugierige Blicke und schloß die Tür. Peter Fischer nahm ihre Hand und zog sie an sich.

„Da bin ich, Christine. Ich kann nicht viele Worte machen, das liegt mir nicht. Nur eines möchte ich dich fragen: Willst du meine Frau werden?"

Christine schüttelte ihr dichtes Haar, es war, als müsse sie sich erst in der Gegenwart zurechtfinden. Es war so überraschend, so überwältigend! Sie wollte sich fortdrehen, aber Peter ließ sie nicht los und zwang sie, ihm ins Gesicht zu sehen.

„Ja aber, aber ich denke, du wirst die Susi heiraten! Ich verstehe überhaupt net ..."

„Ich habe nie daran gedacht, die Susi zu heiraten, Christine! Die einzige Frau, die ich je in meinem Leben geliebt und begehrt habe, bist du! Wirst immer du sein!" Mit flammendem Blick sah er sie an, und der Funke sprang über und ließ ihr Blut in einem nie gekannten Glücksgefühl rauschen.

„Der Herr Schuster hat gesagt ..."

„Der Herr Schuster ist ein Kamel und ein Hornochse, und wenn ich ihn erwisch', dann soll er was erleben!" rief Peter. „Bitte, Christine, sag mir nur eines, nur ein einziges Wort: Hast du mich auch nicht vergessen können seit jener Johannisnacht? Hast du mich auch lieb?"

Da wurden Christines stolze und manches Mal

herb verschlossene Züge ganz weich und zärtlich, und sie konnte nur nicken, nichts sagen.

Unendlich behutsam zog Peter Fischer sie in seine starken Arme. Zärtlich streichelte er ihr Haar, ihr feines Gesicht; scheu und vorsichtig, als könne der kostbare Schatz, den er gefunden hatte, ihm wieder entgleiten. Noch getraute er sich nicht, sie wieder zu küssen.

„Christine, es wird alles wunderschön werden. Ich werde dir helfen, dein Anwesen zu führen. Wir können vieles verbessern und rationalisieren und eine Musterwirtschaft auf die Füße stellen, die sich weit und breit sehen lassen kann! Du bleibst die Bäuerin und hast über alles zu bestimmen. Denn ich weiß, nichts anders wäre dir gemäß."

„Ja, aber das kostet alles viel Geld, ich habe nicht genug, um es zu investieren. Vieles ist totes Kapital, und ich möchte meinen Wald und auch sonst nichts verkaufen, sondern im Andenken an die Eltern weiterführen, die es aufgebaut haben."

„Das spielt keine Rolle. Ich habe mein Erbteil ausbezahlt bekommen und von einer Erfindung mehr Geld, als ich brauche. Wir legen zusammen, was wir haben." Liebevoll sah er sie an.

„Und dein Beruf, Peter?" fragte Christine .

„Den behalte ich natürlich bei, mein Liebes! Denn zum Prinzgemahl eigne ich mich ganz und gar nicht! Ich werde unten in Villach arbeiten und mich am Feierabend und am Wochenende um den Hof kümmern!"

„Nur um den Hof?" Fragend sah Christine ihn an.

Er riß sie an sich und lachte: „Nein, wahrhaftig nicht nur um den Hof!" Ihre Lippen fanden sich zu einem zärtlichen Kuß, der alle Fragen auslöschte, die ihnen noch durch den Sinn gehen mochten.

Draußen hupte es. Erschrocken löste sich Christine von Peter.

„Wer kommt denn jetzt noch daher?"

„Lorenz und Regine", sagte Peter Fischer und erklärte ihr rasch alles.

Die vier verstanden sich prächtig. Lorenz jedoch konnte es nicht lange aushalten.

„Ich muß sofort zu meinem Vater und ihm alles erklären, klipp und klar", sagte er.

Zweifelnd sah Regine ihn an. „Ich möchte nicht, daß du meinetwegen Schwierigkeiten bekommst, Lorenz!"

Zart streichelte er ihre Wange. „Mach dir keine Sorgen, ich weiß schon, was ich tue. Du bleibst solange bei Christine. Ich komme bald zurück und sage euch, wie die Entscheidung ausgefallen ist!"

Christine begleitete Lorenz zu seinem Auto. In gutem Einverständnis drückten sie einander die Hände.

„Bist schon eine Prachtperson, Christine", sagte der junge Schwaiger-Bauer bewegt. „Und wenn die Regine nicht wäre ..."

Christine lachte. „Wenn das Wörtchen wenn nicht wäre! Und wenn die Regine nicht wäre und der Peter nicht ... jetzt geh und schau, daß Vater Simon nicht gar zu halsstarrig ist. Sie ist nämlich lieb, deine Regine! Ich tät' mich ja so freuen, wenn sie hier leben würde und wir Freundinnen würden!"

„Ich hoffe, daß ich es schaffe. Pfüat dich Gott, Christine!"

Der alte Schwaiger-Bauer war in miserabler Stimmung, als Lorenz von seiner Blitzreise wieder zurückkam. Walburga hatte versucht, ihn mit delikaten Gerichten aus ihrer guten Küche aufzuheitern, aber nichts hatte genützt.

„Guten Abend, Vater, ich bin zurück", sagte Lorenz und setzte sich an den Tisch.

„Ich seh's", erwiderte Simon Schwaiger. „Kein Sterbenswörtl hast mir gesagt, wohin du gefahren bist und warum." Das wurmte den Alten mächtig, der stets sich zu beherrschen gewohnt war.

„Ich habe dir nix gesagt, Vater, weil ich selbst noch nix Genaues gewußt habe. Aber jetzt weiß ich es!"

„Klingt ja recht herausfordernd, Lenz! Was weißt denn, wenn man fragen darf?"

„Ich weiß, daß mein Leben sein Ziel gefunden hat, seinen Hafen."

„Ha?"

„Jawohl, Vater! Ich möchte heiraten. Es ist soweit!"

Strahlend nickte der alte Schwaiger. „So ist's recht, Bua! Ich hab' ja immer gewußt, daß du und die Christin zusammen kommt's!" Krachend schlug er dem Jungen auf die Schulter.

„Nein, Vater, nicht die Christin. Ich heirate die Regine. Genauer gesagt, die Regine Bichler. Die, mit der ich übers Sonnwendfeuer gesprungen bin. Und die Christin, die heiratet der Ingenieur Fischer. Ja, glaub's nur, so ist es!"

„Bichler? Bichler – justament so wie die Kräuterhex' muß das Mädl auch noch heißen?" grollte der alte Schwaiger.

Lorenz nahm allen Mut zusammen. „Sie heißt nicht aus Zufall so, meine Regine, sondern weil sie die Enkelin von der Theres Bichler ist. Die Tochter von der Hemma selig."

Simon Schwaiger sprang auf. Bullig stand er vor seinem Sohn, der ihn ruhig anschaute.

„Und das wagst du mir zu sagen?" brüllte der Alte.

„Ich sag bloß die Wahrheit, Vater. Aber ich habe mir schon denken können, daß du damit nicht einverstanden sein wirst. Da kann ich halt nichts ändern. Dann geh ich eben mit Regine anderswohin."

Dumpf ließ der alte Schwaiger sich auf die Bank zurückfallen.

Lorenz stand auf, holte den Schnaps aus der Kredenz und goß dem Vater und sich selbst einen gehörigen Schluck ein.

„Zwingen kann man niemanden zu etwas, Vater. Du mich nicht dazu, Regine aufzugeben. Und ich dich nicht, sie anzuerkennen. So wird es wohl das Gescheiteste sein, unsere Wege trennen sich. Deswegen keinen Streit und Hader nicht, Vater. Aber fragen möchte ich dich bloß eines: Was hast du eigentlich gegen die alte Bichlerin, was hat sie dir denn getan?" Zwingend sahen die hellen Augen des Burschen den Vater an.

„Mir, mir persönlich hat sie nichts getan, Lenz, das muß ich zugeben. Aber die Leute haben halt immer geredet, und du weißt ja, wie das auf dem Land so ist."

„Die Leut', die Leut'! Und deswegen wird eine verdammt und verfolgt! Und in uns Jüngere habt ihr das auch hineingelegt, und blind und blöd haben wir nachgeplappert, was ihr uns vorgebetet habt!"

Simon Schwaiger schüttelte den schweren Kopf mit dem eisgrauen Haar. „Deine Mutter hat immer ein gutes Wortl für die Bichlerin eingelegt und gesagt, solange nix bewiesen wäre, dürfte man auch net den Stab über sie brechen!"

Lorenz' Augen bekamen einen weichen Schimmer. „Ja, meine Mutter, die war gerecht, die schon! Sie wär' traurig, wenn sie wüßte, was jetzt zwischen uns steht. Aber ich will dir's net schwermachen, Vater. Ich geh'. Mit der Regine. Über alles Weitere können wir dann noch reden, ich mein', wie alles rechtlich geregelt wird." Jetzt saß doch ein Kloß von ungeweintem Schmerz in Lorenz' Kehle, und er stolperte schwerfällig zur Tür.

Da begriff der alte Schwaiger, daß sein geliebter einziger Sohn, der tüchtige Bauer, für immer gehen wollte.

Mühsam erhob er sich, ging dem Jungen nach und legte ihm die schwere, lebenslang verarbeitete Hand auf die Schulter.

„Leicht ist's mir net, Lorenz. Aber ich denk' an deine Mutter, an ihre Güte und daran, daß sie Christis Barmherzigkeit immer recht verstanden hat." Er konnte nicht weiter und brach ab.

„Was willst denn damit sagen, Vater?" fragte Lorenz voll Hoffnung.

Wütend schnaubte der Alte: „Damit will ich sagen, daß du sie bringen kannst und sie mir willkommen ist, deine Regine, wenn du meinst, daß sie eine ordentliche Bäuerin wird!"

Lorenz traute seinen Ohren kaum, dann stieß er einen wilden Juchzer aus, mit dem er sich Luft machte. Er umarmte seinen Vater so stürmisch, daß der alte Herr fast den Halt verlor, und das wollte etwas heißen! Und als Walburga, die natürlich längst vor der Tür gehorcht hatte, jetzt hereinkam, da versetzte der Lorenz auch ihr in seinem glücklichen Überschwang ein Busserl, das sich gewaschen hatte!

„Nie wirst du's bereuen, Vater, nie!" rief er und wirbelte aus dem Haus, um seiner süßen Regine und Christine mitsamt ihrem Ausländischen die Freudenbotschaft zu verkünden!

Daß der alte Schwaiger, der Regine bald sehr liebgewann, sich überwunden hatte, bevor er noch von Therese Bichlers Rückkehr in die Dorfgemeinschaft erfahren hatte, machte seine Zustimmung um so wertvoller.

Jetzt stand dem Glück der vier jungen Menschen nichts mehr im Wege, und bald begannen die emsigen Vorbereitungen für die große Hochzeit.

★

Am ersten Adventssonntag wurde in der alten Wehrkirche von Kartaun dreifache Hochzeit gefeiert.

Pünktlich zu dem festlichen Ereignis hatte es ein paar Tage zuvor geschneit, und das herrliche Land lag glitzernd und flimmernd unter der strahlenden Sonne. Majestätisch ragten die bizarren, wild zerklüfteten Massive der Julischen Alpen in das tiefe Blau des Himmels, zu dem das Rufen der Kirchenglocken hinaufschallte.

Tagelang waren die Hochzeitslader vom Schwaigerhof und vom Koflerhof unterwegs gewesen. Mit ihrem langen traditionellen Stock und dem mit roten, grünen und weißen Bändern verzierten Hut hatten sie überall da angeklopft, wo sie guter Anteilnahme gewiß sein konnten.

Jetzt waren fast zweihundert Leute beisammen, um das große Ereignis gebührend zu feiern. Die Verwandten der Familien, Nachbarn, Freunde, Gevattersleute und Bekannte waren gekommen. Am Abend zuvor hatte bereits der große Kranzeltanz stattgefunden, das ist im bäuerlichen Kärnten der Polterabend. Während ers auf dem Koflerhof, wo das Vorabendfest stattgefunden hatte, hoch hergegangen war, hatten die Brautjungfern Christine und Regine geholfen, ihren Brautkranz zu binden.

Und jetzt hielten alle den Atem an, als die Hochzeiter das im hellen Kerzenschein strahlende, von klingender Orgelmusik erfüllte Kirchlein betraten.

Allen voran geleitete der gewichtige Simon Schwaiger die schlanke blonde Regine zum Altar. Der hünenhafte, dunkel gekleidete Mann führte voll Stolz das hochgewachsene Mädchen, das in seinem weißen Brautkleid engelhaft schön aussah. Hinter ihnen gingen Lorenz, der stattliche Bräutigam, und Therese Bichler, der das Glück darüber aus den guten Augen leuchtete, diesen Ehrentag nun doch noch erleben zu dürfen.

„Ah, und die Christin, wie schön sie auschaut", murmelten die Leute dann, als Christine Kofler, geleitet von ihrem Schwiegervater Fischer aus der Rhön, dem Altar zuschritt. Sie trug das kostbare, schon ein wenig vergilbte seidene Hochzeitskleid ihrer Mutter. Und natürlich justament jenen Schmuck mit den Ohrringen, die sie und ihren geliebten Peter damals in der Sonnwendnacht zusammengeführt hatten!

Peter Fischer ging hinter seiner Auserwählten; er hatte seine rundliche Mutter am Arm, die selig war über die Wahl ihres Sohnes.

Und schließlich führte dann der bis aufs i-Tüpfelchen fein herausgeputzte Tannhoferbauer die über und über rot glühende Mirzl ihrem erwartungsvollen Schorsch Maderer zu. Daß Mirzl im sechsten Monat und bereits kugelrund war, genierte sie nicht im mindesten. Sie waren hierzulande nicht das erste Paar, das zu dritt vor den Traualtar trat.

Mirzl lächelte dem geschniegelten Tannhofer dankbar zu. Denn schließlich hatte er ihr die Hochzeit ausgerichtet und außerdem hatte er schriftlich festgelegt, daß ihre Kinder einmal den Tannenhof erben würden! Das hätte sie sich nie im Leben erträumt.

Nachdem die drei Paare vor dem Altar ihr Jawort getauscht hatten, heulten die Bichler-Theres, Frau Fischer aus der Rhön, die gute Josefa Huber vom Koflerhof, die Walburga vom Schwaigerhof und noch eine ganze Menge andere Frauen Tränen heftiger Rührung. Josefa hoffte, alles für Christine getan zu haben, was sie tun konnte: Heimlich hatte sie ihr gestern noch in den Saum des Brautkleides ein vierblättriges Kleeblatt eingenäht, das bedeutete immerwährendes Glück.

Auch die Gesichter der jung vermählten Paare waren gesammelt und ernst, als sie aus der Kirche traten. Innig umschloß Lorenz die Hand seiner Frau Regine, und Peter Fischer hielt seine Christine fest und beschützend am Arm.

Draußen empfing sie Musik und Böllerschießen, vermischt mit dem mehrstimmigen Gesang der Dorfjugend.

Die Kranzeljungfern kredenzten irdene Becher mit geweihtem Johanniswein; zuerst trank der Pfarrer dem Brautpaar zu. Dann setzte sich der Zug in Bewegung, allen voran die Musik. Unterwegs zum Wirtshaus wurde der Hochzeitszug mit bunten Papierschnitzeln beworfen und mit Hirsekörnern überschüttet; glückverheißende Handlungen seit altersher!

„Noch ein paar Stunden, meine über alles geliebte Christine, dann sind wir allein", flüsterte Peter Fischer seiner jungen Frau zu. Sie strahlte ihn mit ihren dunklen Augen verheißungsvoll an und nickte glückselig.

Auch Lorenz war bereits ungeduldig und hätte seine Regine am liebsten gepackt, um mit ihr fortzulaufen.

„Den Trubel müssen wir noch über uns ergehen lassen, dann sind wir endlich ungestört und ganz beisammen, mein Lieb", flüsterte der junge Schwaigerbauer seiner Regine ins Ohr.

„Es ist so einmalig und unvergeßlich schön, Lorenz, so etwas hätte ich mir nie gedacht", murmelte sie voll Dankbarkeit und drückte seine Hand.

Vor dem Wirtshaus waren die beiden Hochzeitslader und hießen alle Einkehrenden willkommen. Neben ihnen standen etliche irdene Schüsseln und Töpfe, auf denen ein knorriger Weidenstock lag. In einem kupfernen Becken brannte ein Holzfeuer. Um Unheil abzuwenden, mußten alle Vorübergehenden die Hände darüber halten.

Die Musik intonierte einen Vierzeiler, und die Hochzeitslader sangen:

„Angefangen hat's bei der Sonnwend, und kommen ist es zum guten End'!"

Jubelnd stimmten sie mit ein, sangen und klatschten im Takt.

Dann gaben die Hochzeitslader den Brautpaaren den Weidenstock in die Hände: Sie mußten damit auf eine der Schüsseln oder Töpfe schlagen.

„So viel wie Schüssel-Scherben so viel sollen Kinder werden!" verkündeten die Hochzeitslader. Zuerst hieben Christine und Peter Fischer auf eine große Schüssel, die in Scherben fiel.

„Sechs Stück!" riefen die Kranzeljungfern, die zählen durften. Peter zog Christine an sich, die über und über errötete, und küßte sie vor aller Augen.

Dann kamen Lorenz und Regine daran. Da waren es gar acht Teile, in die das Tongefäß zersprang! Lachend umarmte Lorenz seine Frau und gab ihr gleich acht herzhafte Busserln.

„Das lasse ich mir gefallen, acht flachshaarige Buam und Dirndln, so ist's recht!" rief der alte Schwaigerbauer.

Die Mirzl zierte sich zuerst ein bisserl, dann machte aber auch sie mit ihrem Schorschl das althergebrachte Symbolspiel mit. Sie brachten es jedoch nur auf drei Scherben.

Da sprang der geschniegelte ziegenbärtige Tannhofer vor und schrie laut über alle Köpfe hinweg:

„Macht euch nix draus, eins kommt ja schon, dann habt's viere, und die anderen müssen erst anfangen! Im übrigen braucht's euch net fürchten vor die vielen Kinder, die die Scherben verheißen: Die Bichlerin und ich werden sie auch schon hüten, gelt, Theres!"

Alle jubelten und lachten froh. Damit war der alte Bann endgültig gebrochen, und eine zufriedene Dorfgemeinschaft feierte die fröhlichste dreifache Bauernhochzeit, die Kärnten jemals erlebt hatte!

Das Geheimnis des Schäfers

Es ging gegen Mitternacht, scharf fegte der Jochwind über das Hochtal von St. Orsin, in den Ställen war es ruhig, und die Menschen schliefen nach ihrem mühsamen Tagwerk.

Einsam blinzelte ein Licht hinaus in die Dunkelheit, die ihre schwarzen Arme um Berge, Matten und Wälder schlang und selbst noch die milchig weißen Nebelfetzen über der brodelnden Feller und dem gleichnamigen See verschluckte.

Adelgund Preuscher, Bäuerin auf dem Seehof, schlug den dicken, säuberlich gebundenen Band der „Gartenlaube" zu, der den gesamten Jahrgang 1907 enthielt. Sie hatte einen der schönen Romane gelesen und nicht aufhören können, bevor sie zur letzten Fortsetzung gekommen war.

Eigentlich alles noch wie heute, dachte sie, besonders bei uns da heroben im Gebirge hat sich seither nicht viel geändert. Wohl gab es jetzt elektrisches Licht, Melkanlagen, unzählige Maschinen und Geräte für die Arbeiten, die früher nur von Hand gemacht werden konnten, aber die Gesinnung der Menschen aus dem Hochtal unter dem zerklüfteten Mallina-Massiv war im großen und ganzen geblieben, wie sie vor einem Jahrhundert gewesen war. Die Orsiner waren stolz auf ihre Eigenständigkeit und hielten eisern daran fest. Diejenigen, denen das nicht paßte, konnten gehen. Viele der Jungen ließen sich das nicht zweimal sagen, sie suchten ihr Glück in den Städten, in Fabriken oder gar im Ausland. Das Heimweh nach der weißen Mallina und dem Bilderbuchdorf St. Orsin, das durch herzbewegende Schönheit und selten günstiges Klima bevorzugt war, ließ kaum einen der Abgewanderten jemals ganz los. Und manch einer von den wenigen Fremden, die bis hierher vorgedrungen waren, ging nicht mehr fort.

Wie der Handwerksbursch in dem Roman, den ich grad gelesen hab', oder wie mein Damian, der mit seiner Schafherde von Alm zu Alm gezogen ist und justament hier seinen krummen Hirtenstab in den Boden gerammt hat und geblieben ist.

Die kleine, zierliche Bäuerin, deren dicker Kranz aus blonden Zöpfen den ersten Schimmer von Silber zeigte, lächelte in der Erinnerung an die Vergangenheit.

Einmal war auch ihr stilles Gesicht schön gewesen und entflammt von der heimlichen Liebe zu dem schmucken, fremden Scharfhirt Damian Preuscher, der alle Mädchenherzen vom Mallinaspitz bis hinunter nach Stein an der Feller in helle Aufruhr versetzte.

Und ausgerechnet ihr, der Drittgeborenen vom Seehof, die nicht viel zu erwarten hatte und eher unscheinbar war, hatte sich der schwarzhaarige Damian zugewandt.

„Ein gutgelauntes Weib ist mehr wert als Gut und

Geld, mit so einer kommt man auch durch die notigsten Zeiten", hatte er damals erklärt. „Ich bin ein Rastloser und kann mir nicht noch ein mürrisches Frauenzimmer aufhalsen, ich könnt mir vorstellen, daß mit dir gut hausen ist, Gunda! Und gern haben könnt ich dich auch."

„Aber eine, die was einbringt", hatte sie schüchtern erwidert.

„Kann sein, kann auch nicht sein. Wenn sie viel haben, sind sie herrisch. Ich bin meine Freiheit gewohnt als Schafhirt und möchte sie nicht opfern. Wenn wir beide mit nichts anfangen, sind wir pari, und keiner soll dem andern zuviel dreinreden."

Da hatte die Adelgund ihn fragend angesehen. „Du hast wohl eine ungute Erfahrung hinter dir, Damian?"

„Mehr als eine, Dirndl, kannst mir glauben. Aber es liegt alles lang zurück, jetzt bin ich sechsundzwanzig und hab' mir die Wolle längst abgestoßen. Es wäre an der Zeit, etwas Eignes zu schaffen. Zusammen haben wir vier Hände. Du bist fleißig und ich bin's auch, und wenn es dir, der Seehofer-Tochter, nichts ausmachen tät', vorerst in einer Hütt'n zu hausen, dann könnten wir leicht noch einmal reden über alles."

Adelgund hatte darauf gewartet, daß er irgend etwas von Liebe sagen würde. Vergebens. Ein Druck seiner Hände auf ihre schmalen Schultern, ein Blick aus seinen kohlschwarzen Augen, aber nicht der zugleich gefürchtete und ersehnte Übergriff, den sie dann am Samstag hatte beichten müssen beim Pfarrer von St. Orsin.

Die heimliche Liebe ließ Adelgund aufblühen.

Der Vater löschte das Leuchten, den Glanz aus ihren Augen, die Hoffnung aus ihrem Herzen.

„Ein wandernder Schafhirt, dem nicht das Schwarze unterm Nagel gehört, der soll mein Eidam werden? Das schlag dir gleich aus dem damisch gewordenen Köpfl, Adelgund! Ich hätt' gehofft, du hast ein wengerl mehr Bauernstolz in dir, schließlich sitzen die Zenegger seit dreihundert Jahr' auf dem Seehof, der seine Tür einem Herumstreuner nicht auftun wird!"

„Vater, so redest nicht von einem rechtschaffenen Menschen, bloß weil er arm ist."

„Halt deine vorlaute Gosch'n, und besinn dich, wie man mit seinem Vater redet", hatte Vinzenz Zenegger, der Seehof-Bauer, gebrüllt.

Adelgund hatte sich aufs Bitten verlegt. „Schau, Vater, ich hab' ja auch nichts, da täten der Damian und ich doch zusammenpassen!"

„Auch wenn du die Drittgeborene bist, gar so armselig stehst du nicht da, Adelgund. Ich hab' mit dem Kressner schon beredet, was du mitkriegst außer dem Muttergut."

„Mit dem Kressner vom Thal?"

„Kenn keinen anderen nicht."

„Den alten Bock willst mir zutreiben, den grauslichen? Lieber stürz ich mich in die Feller", hatte Adelgund erbost geschrien.

Der Vater hatte aufgelacht. „Lieber den Bock als einen Schafsbock, mit dem du womöglich unter einem Dach hausen müßtest, Gunda! Er ist nicht arm, der Thaler. Ist nicht das Schlechteste, Thaler-Bäuerin zu werden."

Mit hängenden Armen war Adelgund vor ihrem Vater gestanden, der es eigentlich immer gut mit ihr gemeint hatte. Sie wußte, daß sie nicht besonders schön war und daß es gewiß ein Vorteil gewesen wäre, einen viel älteren Ehemann zu nehmen, der ihre Frische und Jugend schätzte. Der blitzsaubere, noch junge Damian Preuscher konnte unter den Hübschesten wählen. Würde sie imstande sein, den Damian zu halten?

Der Zenegger hatte ihr Zaudern bemerkt und sagte:

„Überstürzen tut net gut, Dirndl. Geh hinunter zur Mali-Tant' nach Klagenfurt über den Winter. Der Preuscher wird jetzt nach der Herbstweide auf den Stoppelfeldern hinunterziehen zum Aufstallen für den Winter. Im Frühjahr wird er wieder da sein zur Grünlandvornutzung, dann ist allerweil noch Zeit, und wenn du's dir net anders überlegst bis dahin, in Gottesnamen, dann bringst mir den Preuscher halt einmal auf den Seehof!"

Da hatte Adelgund in einem geweint und gelacht, den Vater umhalst und eingewilligt, in die Landeshauptstadt zu fahren, wo die Patentante wohnte.

★

Die Seehoferin stand auf und trat unter das große gerahmte Foto der gesamten Familie Zenegger, das bei der Taufe von Adelgunds Neffen aufgenommen worden war.

Sanft strich sie über das kalte Glas, die Gesichter von Vater und Mutter, Bruder, Schwester und der jungen Schwägerin, die lachend den jungen Hoferben in seinem Taufgewand in den Armen hielt.

Frohe Gesichter allesamt, auch das ihre. Und doch so fern, als wären seit damals nicht siebenundzwanzig Jahre vergangen.

Adelgrund Preuscher, die Seehoferin, wandte sich um, ging zum Fenster, öffnete es und horchte in die Nacht hinaus. Muck, der Hofhund, der unter dem Tisch gelegen hatte, hob den Kopf und winselte leise. Sie streichelte ihn.

Es hatte sich aufgeklärt, bläulich glitzerten die Sterne über der weißen Mallina, deren ewiges Schneegewand unter dem blassen, halben Mond schimmerte.

Die schmale Frau im dunklen Kleid starrte hinaus und lauschte angespannt. Doch das vertraute Motorengeräusch, auf das sie wartete, war nicht zu hören. Vielleicht kamen der Bauer und Hubertus, ihr Ältester, heute gar nicht mehr heim vom Burgenland, wohin sie einige ihrer wertvollsten, gekürten Ziegenböcke zum Verkauf gebracht hatten und sich nach einem Zuchthengst umschauen wollten.

Als Adelgund Preuscher das Fenster schloß, spiegelte sich das Licht der Lampe in den Scheiben und gaukelte ihr bizarre Bilder vor.

Auch den seltsam überhängenden Spitz des Fellerhorns, der seitwärts unter der Mallina aufgeragt hatte und von dem es nur noch ein scharf abgebrochenes Stück gab, gleich einer Nase, deren Spitze fehlte.

Die Seehoferin sah das Fellerhorn in seiner ursprünglichen Form, wie sie es seit frühester Kindheit gekannt hatte. Sie sah es, obwohl es seit siebenundzwanzig Jahren nicht mehr da war.

So lange war es her, seit das große Unglück über den Seehof gekommen war ...

★

Seit Tagen tobte der südliche Fallwind, hierzulande Jauk genannt, über den Karnischen und Julischen Alpen bis hinunter ins Unterland. Er brachte das klirrende Eis zum Schmelzen, drang tief ins Erdreich ein und ließ nicht nur die südlichen Hänge schneefrei werden, sondern auch die nach Norden gelegenen, steileren. Die Feller, die von der Mallina herunterkam und die Wildheit des blauen Mallina-Gletschers mitbrachte, führte bereits brodelnde Schmelzwasser mit sich.

Es war zu früh im Jahr für diesen gefährlichen Übermut der Natur. Von einem Tag zum andern schlug das Wetter um, schwere Schneefälle setzten ein, Tonnen wiegend in ihrer pappigen Nässe.

„Könnt' leicht sein, daß eine Lahn abgeht hinunter ins Schattental", sagte Vinzenz Zanegger, der Seehof-Bauer, zu seinen Leuten. „Alle paar Jahre geschieht das wieder, ist nur gut, daß man den Weg kennt, den die Lawinen nehmen und dort keiner mehr haust."

Sein Sohn Hans, der Hoferbe, sah zum Bannwald hinauf, der den südlichen Hang an der Hofseite mit seinen starken, alten Bäumen schützte. Über den höchsten Wipfeln ragte das Fellerhorn auf, darüber erhob sich die Dreitausender-Spitze der Mallina.

„Wär' vielleicht doch besser, Vater, wenn wir im Sommer endlich den Schutzwall auf den Hofseit'n hier bauen täten, die Mauern, von denen wir schon so lang sprechen!"

Der Seehofer winkte ab. „Schmarrn, das braucht's doch net. Dreihundert Jahr steht der Hof, er wird auch weiter aushalten."

Hans entgegnete nichts. Aber er nahm sich vor, den Wall im Sommer auch gegen den Willen seines Vaters zu errichten.

Dazu kam es nicht mehr. Noch in derselben Nacht donnerte eine Schneelawine von der Mallina herunter, sie riß die überhängende Nase des Fellerhorns aus porösem Kalkgestein förmlich ab. Die Lahn bahnte sich ihren Weg dann wie immer gegen das Schattental zu. Aber der riesige Felsbrocken des Fellerhorns geriet nun seinerseits in Bewegung, nahm Bäume mit, eine neue Schneelawine bildete sich, die den Schutzwald über dem Seehof zerbrach. Die meist meterdicken Stämme, die Felsmassen und der Schnee begruben den Teil des Seehofs unter sich, den seine Bewohner im Winter benutzten.

Das alles geschah in rasender Geschwindigkeit. Um zwei Uhr in der Früh starb die gesamte Familie Zenegger.

Nein, nicht die ganzen Seehofer waren ausgelöscht.

Adelgund Zenegger, die Jüngste, hatte ihr Leben einem rätselhaften Zufall zu verdanken. Sie wurde am Abend, dem die Unglücksnacht folgte, aus Klagenfurt auf dem Seehof zurückerwartet. Bis Villach fuhr sie mit dem Personenzug, um das Geld zu sparen, welches der D-Zug gekostet hätte. Lieber legte sie es auf die hohe Kante.

Dieser Personenzug erreichte den Anschluß an den Postomnibus, der nach Stein an der Feller fuhr, nicht rechtzeitig. Adelgund traf jedoch den Sagerer aus dem Nachbartal, der sie ein Stück Weges mitnehmen wollte. Im „Steiner Posthof" wärmten sie sich bei einem Glühwein auf. Dann trennte sie sich von dem Floßmeister, den sie von klein auf kannte. Am Marktplatz stand anstelle des üblichen Busses ein größerer Kombiwagen. Er war zur Hälfte mit Fahrgästen besetzt.

„Nach St. Orsin hinauf möcht' ich."

„Ich fahr bloß bis zum Steinernen Dachl und dann nach Garsin hinüber."

„Dann fahr ich bis Garsin mit, und auf dem Rückweg bringen Sie mich halt nach St. Orsin hinauf", beharrte Adelgund Zenegger.

„Ist recht, das macht dann aber zweihundert Schilling", verlangte der ihr fremde Fahrer.

Adelgund seufzte. Zweihundert Schillinge waren zwar eine Unverschämtheit, aber es blieb ihr nichts anderes übrig. Die Mutter hatte morgen Geburtstag, und alle warteten auf sie.

„Im voraus zahlen", verlangte der mürrische Mann, „ich bin fremd und weiß nicht, wem ich trauen kann."

Adelgund kramte in ihrer Reisetasche – aber das Portemonnaie war weg.

„Bin gleich wieder da, das hab' ich schier im ‚Posthof' vergessen", rief sie und rannte zum Gasthof hinüber.

Als sie zurückkam, sah sie gerade noch die Rücklichter des Kombibus, und mit Tränen in den Augen stampfte sie zornig auf.

„Bleibst halt hier über Nacht, heut geht kein Bus und auch sonst nichts hinauf nach St. Orsin", sagte die Wirtin kurz darauf. „Ich richte dir ein Zimmer her, stehen ja um die Zeit eh fast alle leer."

★

So kam es, daß Adelgund, damals achtzehn Jahre alt, als einzige der Zeneggers die furchtbare Naturkatastrophe überlebte.

So reich sie nun als die rechtmäßige Seehoferin geworden war, so einsam war sie auch.

Von nah und fern kamen jetzt die Freier. Alle Altersklassen waren vertreten, und der Kressner aus Thal gar spielte sich gleich als rechtmäßiger Zukünftiger auf, mit dem es der verunglückte Seehofer so abgesprochen hätte.

Adelgund verschloß ihr Herz und ihre Tür vor allen. Sie wohnte mit der Hauserin Koba, der Stalldirn, dem Hütebuben und dem Altknecht, die von dem Unglück verschont geblieben waren, zurückgezogen auf dem Seehof.

Daß der eine, auf den sie wartete, nicht kam, ließ die letzte Hoffnung in Adelgund erlöschen.

Aber im Mai begegnete sie auf dem Plateau westlich vom Mallina-See dem Schäfer Damian Preuscher, seiner Herde und seinen beiden Hunden, die sie gleich freudig begrüßten.

Er machte nicht viele Worte, sondern packte nur

ihre Hände und sprach ihr Mut zu, ohne viel von Mitleid zu reden.

„Ich hab' gehofft, du tätest früher kommen, Damian."

Er schüttelte den Kopf. „Ich gehör' nicht zu denen, die um eine reiche Erbin herumschleichen, Gunda. Sind ihrer genug, wie ich gehört hab'."

„Ich will keinen von ihnen, Damian, keinen!"

„Allein wirst den großen Seehof mit allem Drum und Dran auf die Dauer kaum bewirtschaften können, da kannst noch so tüchtig sein."

„Nein, das wohl nicht. Aber du hast mir einmal angeboten, mit mir zusammen ..., es muß ja nicht in einer Hütt'n sein, wie du gemeint hast, es ist halt jetzt der Seehof, und der tät einen Bauern brauchen." Sie wurde rot und blaß und wußte nicht weiter.

Damian Preuscher sah sie finster an. „Ich weiß, wie dein Vater selig über mich geredet und was er von mir gehalten hat, Gunda. Da führt kein Weg hin, mein Stolz erlaubt es nicht."

„Ich hätte dich dem Vater bringen dürfen, jetzt im Frühjahr, aber das hat er nicht mehr erlebt", sagte sie leise.

Nachdenklich sah er sie an, dann schüttelte er abermals den Kopf.

„Es wär' einfach für mich, mich jetzt ins so weich gepolsterte Nest hineinzuhocken, Gunda. Aber es wär' ungerecht gegen dich. Ich möcht' dich und deine jetzige Lage nicht ausnützen. Die andern täten mir Prügel zwischen die Füß' werfen, die Orsiner sind ein harter Menschenschlag, nie täten sie mich akzeptieren."

„Aber du hast doch gesagt, daß du mich magst", rief sie da aus.

„Das tu ich auch ehrlichen Herzens. Aber aus uns kann nix werden. Es ist zu wenig, was ich einbringen könnt', Gunda. Du hast mehr verdient. Leb wohl." Er streckte ihr die Hand hin, sie schlug nicht ein.

Nein, sie durfte ihn mit keinem einzigen Wort halten, auch ihr Stolz vertrug das nicht, das wurde Adelgund Zenegger jetzt klar. Sie warf den Kopf in den Nacken und bemühte sich um Haltung.

„Alsdann viel Glück, Damian."

Da zog er sie leicht an sich und streichelte ihr über das dicke, ährengoldene Haar. „Früher, wo du auch nichts oder nicht viel gehabt hast, wär' es leichter gewesen, zusammenzukommen. Aber jetzt mußt mich halt verstehen, Gunda. Ich möchte mir den Boden, auf dem ich geh' und den ich bebaue, erwerben und nicht erschleichen."

So einen komischen Heiligen hab' ich meiner Lebtag noch nie gesehen, dachte Adelgund. Aber sie hütete sich, es auszusprechen. Zudem flößte ihr Damians erstaunliche, so ganz und gar unübliche Haltung Respekt ein.

„Alsdann Pfüat dich Gott, Gunda. Wenn ich in einem Jahr oder so wieder in der Gegend bin, klopf' ich schon einmal an im Seehof und schau, wie's dir geht."

★

Es wurden drei Jahre des Wartens daraus. Adelgund schaffte mit ihrem Gesinde, sie packte trotz ihrer Zartheit an wie zwei. Den von der Lahn vernichteten

Teil des Hauses ließ sie nicht mehr aufbauen. Aus den Felsbrocken, die heruntergestürzt waren, ließ sie einen Hügel aufrichten und auf ihm eine kleine Kapelle erstellen. Die sieben Totenbretter trugen die Namen der Erschlagenen.

Als der Damian dann im vierten Jahr zurückkehrte, erkannte Adelgund ihn zuerst kaum. Auch in sein gebräuntes und nicht mehr vom üppigen Bart umrahmtes Gesicht hatte der Griffel des Lebens die ersten harten Linien gezeichnet.

„Warst lang fort, Damian", sagte Adelgund und sah ihn ruhig an. Er nickte. „Ja, ich bin durch alle Höhen und Tiefen gewandert, damit mein' ich aber nicht die Topographie unserer buckligen Welt. Das Unglück eines anderen, den ich vom Tod erretten konnte, der aber zeitlebens ein Krüppel bleiben wird, hat meinen Geldbeutel gefüllt. Seine Dankbarkeit hat sich nicht in einem Dankeswort erschöpft, sondern war ein fetter Scheck. Mit dem könnt' ich mich bei dir einkaufen, wenn du mich noch willst."

„Einkaufen? Wie meinst denn das jetzt wieder?"

Damian Preuscher lächelte. „Eine Schafzucht könnt' ich damit aufziehen, die fehlt hier noch beim Seehof, und das wär' halt mein großer Wunsch."

Adelgund nickte verwirrt. „Eine gute Idee, das mit der Schafzucht.". Sie wartete, daß er sie jetzt in die Arme nehmen und mit einem Busserl das Siegel auf ihren Vertrag drücken würde. Doch er hatte noch etwas auf der Seele.

„Gunda, frag mich nie aus nach dem, was war, laß mir meine Freiheit, dann will ich dir ein guter Mann sein!"

Eine Sekunde lang erschrak sie. Hatte er etwas auf dem Kerbholz? Doch dann nickte sie und streckte ihm beide Hände hin, die er heftig ergriff.

„Es gilt, Damian, was mich angeht!"

Endlich zog er sie an sich, schlang die Arme um sie und hielt sie fest an seiner breiten Brust.

„Sollst es nicht zu bereuen haben, Dirndl, dein Vertrauen hat mich alleweil schon gerührt, und ich werd's dir lohnen", sagte Damian. „Aber versprich dir nicht den siebten Liebeshimmel auf Erden, den kann ich dir nicht bieten."

Ohne diesen Zusatz wäre der Adelgund Zenegger dieses seltsame Verlöbnis lieber gewesen, aber sie nahm sich vor, niemals an diese Wunde, die dem Damian das Leben geschlagen hatte, zu rühren.

Vierundzwanzig Jahre lang hielt sich Adelgund Preuscher daran. Und jetzt, während sie auf ihren Mann und ihren Sohn Hubertus in der nächtlichen Einsamkeit wartete, ahnte sie nicht, daß der Seehof erneut von einem furchtbaren Schicksalsschlag bedroht war.

★

Am nächsten Morgen fuhr die Seehoferin hoch, als es zeitig an der Schlafkammertür der Eheleute pochte. Mit einem Blick sah sie, daß das Bett neben ihr unberührt war. Angst beschlich sie, es könne Damian und Hubert etwas zugestoßen sein.

„Bäuerin, sollst kommen, sagt der Sepp, die Lämmer sind hin", rief die Vefi und trampelte schon wieder die Stiege hinunter.

Eilig machte sie sich fertig und lief hinunter.

In der Küche rührte die Vefi die Morgensuppe am Herd und heulte.

„Alle sind hin, da ist nix zu machen!"

„Hör auf zu flennen, Vefi! Wo ist der Sepp?"

„Draußen im Pferch beim See, der Bauer wird dreinschlagen, wenn er heimkommt und die Lämmer sind erfroren."

„Laß die Supp'n und pack Decken und Körbe zusammen, soviel du tragen kannst, ich nehm' auch welche mit", entschied die Bäuerin. „Wo ist die Flasche mit dem Enzianschnaps, und ruf mir die Koba, es pressiert!"

Die Vefi holte die Flasche, dann schrie sie nach der alten Hauserin Jakoba.

Erstaunlich schnell kam die Jakoba, von der kein Mensch wußte, wie alt sie schon war, über den Hof und in die Küche.

„Wo brennt's denn schon gar so früh, Bäuerin?"

„Es brennt nicht, es friert, und wir müssen schauen, was noch zu retten ist, Koba. Richt' Kisten mit Heu her, und schür' das Feuer im Herd in der Nebenkuchl für die Einquartierung. Ich muß schleunigst hinaus zum Sepp auf die Seealm."

„Das ist doch nicht deine Sach', Gunda, dazu sind doch die Mannsleut da", grantelte die Alte.

Das hörte die Vefi. „Als ob auf die Verlaß wäre! Kaum ist der Bauer und der Jungbauer fort, da sauft sich der Elias einen an, daß er zwei Tage nimmer stehen kann, und der Sepp soll dann auslöffeln, wenn so eine Schweinerei passiert. Aber der Sepp ist für das Rindvieh verantwortlich und net für den Elias seine Schafe!"

„Halt keine Vorträge, Dirndl, hilf mir aufpacken", sagte die Seehoferin und ging mit der Schnapsflasche und etlichen Decken hinaus. Dort pfiff sie grell wie ein Hütebub.

Wasti kam aus dem Schweinestall geschossen. Er war seit vier Uhr auf den staksigen Bubenbeinen, um die Schweine an ihre Futtertröge zu lassen.

„Den großen Deichselkarren, Wasti, und spann gleich den Julius davor."

Julius war ein in Ehren alt gewordener Esel, der sich für Sonderaufgaben, die ihm noch ab und zu aufgebürdet wurden, gerne eine Zusatzration Hafer verdiente.

Die Seehoferin saß auf und trieb den Julius mit einem Haselstecken leicht an. Sie fuhr den Unterweg, von wo aus sie dann mit leichter Steigung zum Fuß der Seealm gelangte.

Das letzte Stück rannte Adelgund. Bevor sie zum Pferch auf der Weide kam, hörte sie schon das jammervolle Schreien und Blöken der Muttertiere.

Dann sah sie im frühen Schein der Sonne das ganze Elend: Dunkle Schatten lagen auf dem eisverkrusteten Almgras, reglos auch dann, wenn die Muttertiere kamen und sie mit dem Maul berührten. Andere Lämmchen standen unsicher und zitternd an die Flanke des Mutterschafes gepreßt, um ein wenig Wärme abzubekommen. Alle waren dicht zusammengedrängt in einer Ecke des Pferchs.

„Ich hab' sie gezählt, Bäuerin, neunundzwanzig Stück sind tot, das wird nicht so viel ausmachen bei einer so großen Herde, aber sein hätt's net müssen", sagte der Sepp.

Adelgund Preuscher reichte dem Knecht die Schnapsflasche.

„Trink erst einmal einen Schluck, und dann pakken wir auf, so viele wie möglich, die noch einen Atem hergeben."

Die Seehoferin lief zum ersten der starren kleinen Leiber hin, die in der bitterkalten Nacht geboren worden waren. Auf ihrem zarten Fell, das naß aus der mütterlichen Höhlung gekommen war, hatten sich kleine Eisklümpchen gebildet. Adelgund kniete nieder, befühlte die Tiere, und prüfte mit ihren Fingern, die sie zuvor naß gemacht hatte, ob noch der geringste Lebenshauch vorhanden war.

Dann griff sie nach der Schnapsflasche und träufelte sie auf die schlaffen Mäuler, bevor sie zusammen mit dem Sepp eins nach dem anderen zu dem mit Decken ausgelegten Karren brachte und hineinlegte. Darüber breitete sie Sackleinwand und Heu. Es waren sechzehn Lämmer, starr und reglos, die sie fortschaffte.

„Treib die andern mit den Hunden zusammen, ich schick' dir dann den Elias. Der Wasti kümmert sich derweil für dich im Kuhstall, so gut er kann", sagte Adelgund. Dann wandte sie sich noch einmal um, als sie schon auf dem Kutschbrett saß.

„Du, Sepp, grab die toten Lamperln ein, der Bauer weiß ja nicht, wie viele der Muttern doppeltrachtig warn, er soll sich nicht härmen, wenn er es erfahrt. Nur gut, daß die kostbaren Zuchtmuttertiere im oberen Pferch gut aufgehoben sind, die lammen ja noch nicht."

Später am Tag kam ein Anruf aus Klagenfurt, wo

Damian Preuscher bei der Landwirtschaftlichen Genossenschaftszentrale zu tun hatte.

„Hab' gestern so gegen zehn noch bei dir angeläutet, Gunda, aber da ist keiner zum Telefon. Na ja, du hast es ja gemerkt, daß wir noch nicht gekommen sind. Aber spätestens zum Nachtessen sind wir daheim. Ist alles in Ordnung, Gunda?"

„Ja, Damerl, es ist alles, wie's sein soll", sagte sie dann und setzte rasch hinzu: „Und bei euch, hast gut verkauft? Und hat der Hubertl seinen Hengst?"

Damian lachte. „Ja, ich bin mehr als zufrieden, die haben meine Böcke nur so bestaunt und weil sie's gezeigt haben, ist mein Preis gleich geklettert. Was den Hengst betrifft, den haben wir nicht. Der Gestütsmeier hat uns überzeugt, daß so einer nicht paßt zu uns hinauf nach St. Orsin. Aber vielleicht die Anni, die könnt ..."

„Was sagst du? Hallo, Damian, hörst mich?" Adelgund schüttelte den Hörer. „Was für eine Anni?" Es tutete aus dem Hörer, das Gespräch war beendet.

„Was ist?" fragte die Koba und sah sie neugierig an.

„Nix Besonderes. Sie kommen am Abend zurück, bis dahin, hoff ich, sind die Lämmer über den Berg."

„Die Lamperln – vielleicht, aber der Sepp holt sich derweil das Reißen und die Gicht und eine Lungenentzündung da draußen, wo er doch den warmen Stall gewohnt ist", sorgte sich die verliebte Vefi. „Und alles wegen dem Saukerl, dem Elias", setzte sie erbost hinzu.

„Auf denen spuckst du ja die reinste Galle“, sagte Jakoba.

Die Seehoferin kam aus der zweiten Kuchl zurück, in die sie inzwischen gegangen war.

„Palaverts nicht so lang herum. Der Wasti soll die Milch bringen, ich richte die Flaschen her, wir füttern die armen Viecherln, sie sind trocken und rühren sich ein wengerl“, verkündete sie erfreut.

Die ehemalige alte Kuchl, der längst eine größere, hellere vorgebaut worden war, glich einer Krankenstube. Eingewickelt lagen die jungen, gleichsam aufgetauten Lämmer da in ihren großen Körben, zu denen ausgediente Heukraxen umfunktioniert worden waren.

Die Ohren hingen über den Rand des Flechtwerks, die weichen Mäuler suchten instinktiv nach dem Sauger, der Wärme und das Leben brachte.

Hingegeben ließ Adelgund eines nach dem anderen trinken.

Am späten Nachmittag wiederholte sie die Prozedur. Ihre bäuerliche Verbundenheit mit allen Kreaturen und ihre Liebe zu Damian stachelten ihren Ehrgeiz an, alle Lämmer durchzubringen.

Die Bäuerin fütterte das letzte, draußen begann es schon leicht zu dämmern. Plötzlich fuhr Adelgund herum.

„Damian! Bist denn du schon da?“ Sie hatte ihn nicht kommen hören.

Damian Preuscher, der Seehofer, ging zu seiner Bäuerin und legte ihr kurz die Hand auf die Schulter. Dann beugte er sich über die Kraxen, Körbe und großen Schachteln.

„Da haben wir die Bescherung! Ich brauch' bloß einmal vom Hof fort zu sein, und dann passiert so was! Warum hat der Elias nicht die Pechpfannen angezündet und die Herde zusammengetrieben, daß sie's warm hatte?" Ärger, aber noch mehr Trauer stand in seinen dunklen Augen.

„Dem Elias ist nicht wohl", erwiderte Adelgund. „Hätte sich der Sepp nicht gekümmert nach dem Kälteeinbruch, wär' noch mehr passiert."

Sie stand auf und wischte sich müde das Haar aus der Stirn.

„Und du hast dann die Plag, weil der Elias wieder einmal krank spielt und seine Leiden mit Schnaps kurieren muß!" Dann lächelte er Adelgund an. „Dir dank ich jedenfalls recht schön, du hast sie mir erhalten. Wüßt nicht, was ich ohne dich tät, Gunda!"

Der Seehofer aber wandte sich an den Wasti, der aufmerksam die Bauersleute beobachtete.

„Es ist nicht bloß eine Redensart, daß man seine Pflicht gut tun muß. Mir scheint, du kannst zupacken, Wasti. Die Probezeit ist um, du hast sie bestanden, ich stell dich als landwirtschaftlichen Lehrling ein für alles Praktische. Aber ich weiß auch, daß die Berufsschule notwendig ist. Mir hat sie gefehlt. Ich hab' mir später alles sauer selbst erlernen müssen. Jetzt geh dich waschen, es gibt bald was zu futtern."

„Vergelt's Gott, Bauer", sagte der Vierzehnjährige und stürzte davon.

„So kannst das nur du sagen, Damian", meinte Adelgund und lächelte.

„Na ja, ich kann doch versuchen, so einem jungen

Bürscherl was auf den Weg mitzugeben. Beim Hubertl ist es ja nimmer nötig, der weiß, wie alles läuft."

„Und unsere Steffi zögert's Kinderkriegen vor lauter Geschäftigkeit immer wieder hinaus. Aber der Uli hat mir schon anvertraut, daß er sie notfalls demnächst überlisten wird."

Die Tür ging auf, und die alte Jakoba streckte ihren Kopf herein.

„Was macht's denn ihr da so lang und kommt's net zum Essen, ist alles angerichtet!"

„Schon gut, wir sind gleich da", erwiderte Adelgund.

„Ich hab' nicht so lang Zeit, Gunda, ich geh' dann hinauf, nachdem wir heimgekommen sind, um den Sepp abzulösen, der muß ja zum Melken in den Stall."

„Ist recht. Du, Damian, sag, was hast denn für eine Anni gemeint am Telefon, als es grad unterbrochen wurde?"

Damian Preuscher lachte. „Am besten fragst du den Hubertus selber danach."

★

In der Nacht hörte Adelgund, wie Damian aufstand und dann leise die Stiege hinunterging. Er wird nach den Lämmern schauen, dachte sie.

Sie erhob sich gleichfalls, ging zum hangseitig gelegenen Fenster der großen Schlafkammer und öffnete es. Tief atmete sie die klare Nachtluft ein.

Im Hof war alles dunkel. Auf dieser Seite gab es außer ihrem Fenster nur noch den äußeren Eingang zur sogenannten „Kalten Speis" und darüber eine mit Fliegengitter verhangene, kreisrunde Öffnung zur Lüftung. Sie blieb noch beim Fenster stehen und hörte dem Bach zu, der schon Schmelzwasser mit sich führte.

Warum schlägt der Hund an und knurrt, dachte die Bäuerin. Das tut er doch nicht, wenn sein Herr in die Nähe kommt. Einen Augenblick lang war sie versucht, selbst hinunterzugehen und nachzuschauen. Dann stieg sie wieder ins Bett, ließ das Fenster aber offen. Sie wußte, ihr Damian mochte es nicht, wenn man hinterherlief und sich in alles einmischte.

Auf einmal hörte sie eine Tür klappen und dann Männerstimmen. Die Tür war von der äußeren Speisekammer, sie kannte genau das Geräusch und ärgerte sich, daß die Vefi wieder einmal zuzusperren vergessen hatte. Diese Kammer war besser als der modernste Kühlschrank.

Wahrscheinlich der Hubertl oder der Sepp, die von droben zurück sind und sich jetzt eine Brotzeit machen mit dem Damian, dachte die Bäuerin. Die werden schon aufhören, dachte Adelgrund Preuscher und drehte sich zur Seite.

★

Es war anders, als sie gedacht hatte.

Damian, der spät und hundemüde vom Pferch oben heruntergekommen und gleich ins Bett gegangen war, fand keinen Schlaf. Jetzt wußte er, daß außer den sechzehn totgeweihten Lämmern, die

Adelgund gerettet hatte, noch dreizehn weitere in dieser Nacht zur Welt gekommen waren. Dreizehn, für die jede Hilfe zu spät war.

Damian verlor kein Wort darüber. Es würde Adelgund kränken, die ja nur, um ihm Kummer und Zorn zu ersparen, von diesen dreizehn Lämmern nichts gesagt hatte. Sie ist eine gute, tapfere Frau, dachte er mit einer warmen Aufwallung, ich behalte es für mich, daß ich Bescheid weiß.

Aber dem Elias werde ich den Marsch blasen, von dem laß ich mir nicht länger auf der Nase herumtanzen, schwor sich der Seehofer.

Er hatte bald Gelegenheit zum ersten Takt dieses Marsches.

Elias Telfser hatte seinen zweitägigen Rausch endlich ausgeschlafen. Er goß sich in seiner Schlafkammer eine halbe Kanne Wasser über der Schüssel auf den Kopf, danach wurde ihm wohler, doch vor Hunger meinte er schier umzukommen.

Er stopfte sein zerknittertes Hemd in die Hose, nahm einen zerbeulten Henkelnapf und schlich die schmale Stiege hinunter. Er wollte sich drüben aus der Speisekammer etwas zu essen holen. Die zurechtgebogene dünne Stricknadel, die er noch rasch eingesteckt hatte, ersetzte nicht zum erstenmal den Schlüssel der Kammer.

Geduckt schlich er an der Hauswand vorbei. Der Muck bellte einmal kurz auf.

Der Telfser-Elias konnte das Licht, welches von der Kuchl und dem Vorbau auf das satte Grün des Hanges fiel, nicht sehen, er kam von der anderen Seite zur Speisekammer und hantierte vorsichtig mit seiner raffinierten Stricknadel, bis die Tür aufsprang. Dabei machte sie ein Geräusch, und er horchte, ob sich nichts im Haus rührte.

Nein, alles blieb still, und er huschte hinein. Bevor der Knecht über sich griff, um eine der Rauchwürste oder gar einen Schinken vom Strick zu binden, einen kleinen, damit es morgen nicht auffiel, tastete er sich zu dem breiten Deckel im Boden und hob ihn hoch. Und da hatte er schon den dickbauchigen, eiskalten Plutzer zwischen den Fingern.

Der Telfser kniete nieder, zog den Stöpsel heraus und ließ sich das höllenstarke Gebräu aus Wurzeln und Wacholder, versetzt mit wilden Preiselbeeren, in einem Strahl in den Mund rinnen.

Da flog die Tür auf, und fast im gleichen Augenblick wurde dem Überrumpelten das Gefäß aus gebranntem Ton aus der Hand geschlagen. Es zerschellte, süß und stark duftend verbreitete sich eine Lache des Weinbrands. Licht fiel durch die niedrige Innentür, vor der jetzt breit der Seehofer stand. Er hielt den knurrenden Muck am Halsband fest.

„Soll ich ihn auf dich hetzen, du Lump?"

„Geh, reg dich net so auf wegen dem bißl Schnaps da", verteidigte sich der Telfser und rappelte sich auf. Der Bauer ging näher und packte den andern am Hosenträger. „Ein schöner Kamerad bist du mir, läßt mir die Lämmer verrecken, wenn ich einmal nicht da bin und haust dich aufs Bett, um dich vollaufen zu lassen!"

„He, mach langsam, Damian, mit mir kannst net so umspringen wie mit den andern!" Der Telfser, ein Mann mittleren Alters mit rötlich blondem Haar und

Bart und erstaunlich schönen, blauen Augen, grinste. „Schließlich hab' ich eine Sonderstellung hier."

„Die du dir erschlichen hast, du gemeiner Hundsfott", erwiderte der Bauer mit einem bitteren Auflachen. „Das beste wär, ich tät' dich auszahlen und du gingst deiner Wege! Einen, der seine Pflicht dermaßen vernachlässigt und dann noch in der Nacht einbricht, um zu saufen, so einen kann ich nicht brauchen!"

„Das ist der Dank", setzte sich der Knecht zur Wehr. „Keiner schafft so viel wie ich, keiner nimmt die dreckigste Arbeit ohne Murren auf sich wie ich, und wenn ich mir dann einmal ein bißl Pause gönn', ist gleich der Ofen aus!"

„Ausruhen wär' schon recht, aber nicht zur Unzeit. Zugegeben, du hast schon viel getan für den Seehof, mehr als ich hätt' bezahlen können. Aber deine Sauferei wird immer schlimmer, deine Fehler immer größer. Dreizehn Lämmer haben eingegraben werden müssen, nur, weil du versagt hast, Eli! Hätt' die Bäuerin nicht sechzehn Stück gerettet, gingen noch mehr auf dein Konto. Die zieh' ich dir eh von deinem Lohn ab. Vielleicht ist dir das eine Lehre!"

„Was sind denn die paar Stückln Vieh bei deiner großen Herde! Wenn du net vor lauter Raffgier deine Schafzucht darauf angelegt hättest, daß dreimal in zwei Jahren gelammt wird oder zweimal in einem Jahr, dann tätest die Deckzeiten anders legen, so daß deine Lieblinge net in einer Eisnacht auf die Welt kommen müßten. Aber nein, der große Herr Seehofer, der kann ja nie genug kriegen, der möcht' ja am liebsten ganz St. Orsin aufkaufen!"

„Bist jetzt fertig?" fragte Damian Preuscher, der sich um Beherrschung mühte. Er mußte sich eingestehen, daß ein Körnderl Wahrheit an dem war, was Elias gesagt hatte. Doch das durfte er ihm durchgehen lassen.

„Geh jetzt, und morgen bist um halb sechs draußen auf der Seealm." Elias Telfser schlich zum hinteren Eingang hinaus, der Bauer kam ihm nach und schloß die Tür von außen ab.

Jetzt stand Damian mit dem Knecht unter dem Fenster der ehelichen Schlafkammer.

„Wenn noch einmal so etwas passiert, Eli, dann kannst dein Bündel schnüren und gehen."

„So?" höhnte der Knecht. „Du meinst, du wirst mich los? Ja, schon, aber nicht, bevor ich der Bäuerin erzähl', was für einer du bist! Wenn's auch schon über zwanzig Jahre her ist, so was verjährt nicht, so was wirklich nicht!"

Nach den letzten lauten Worten ging er davon.

Der Seehofer stand reglos da, ballte die Fäuste in ohnmächtiger Wut.

Oben aber saß Adelgund kerzengerade in ihrem Bett. Sie hatte die letzten Worte gehört, sie gellten in ihren Ohren, das Herz schlug schwer in ihrer Brust. Sie hatte Angst!

★

Bei der Morgensuppe schaute Adelgund ihren Mann aufmerksam an. Was für ein Rätsel mochte hinter dieser Stirn wohnen, was diese guten, starken Hände womöglich getan haben? grübelte sie.

„War der Elias schon da?" fragte der Bauer die Vefi.

„Ja, dem hat's pressiert, schon um fünf hat er mich herausgesprengt, damit ich ihm Kaffee mach', und er laßt ausrichten, daß er den Tag über droben auf der Schafweide bleibt. Mit Proviant hab' ich ihn versorgen müssen, als wollt' er dort Wurzeln schlagen! Auf einmal spielt er den Fleißigen, aber mein Sepp, der hat das Reißen, weil er in der saukalten Nacht für den Bazi, den Elias, den Deppen hat machen müssen!"

„Reg dich wieder ab, Vefi, es ist halt so auf einem Hof, daß einer für den andern einspringt, wenn Not am Mann ist", sagte die Bäuerin.

Damian Preuscher trat an den Herd und holte sich noch einen Suppenteller voll Mus.

„Ich glaub', der Eli wird sobald nicht wieder schlappmachen", sagte er beschwichtigend. „Er ist nicht mehr jung genug, um einen guten Posten zu finden."

„Wer's glaubt, wird selig", meinte Vefi. Sie wischte die Hände an der Schürze ab und trat zur Seehoferin an den Tisch.

„Kannst du auf das Mus aufpassen, daß es nicht einbrennt, Bäuerin? Ich tät' gern dem Sepp seine Frühmahlzeit in seine Kammer hinübertragen, er soll sich ein bißl auskurieren, der Wasti ist im Kuhstall. Und justament kriegt der Sepp auch einen Bohnenkaffee wie der noblige Herr Telfser-Elias, justament!"

Sie machte sich am Herd zu schaffen, nachdem Adelgund zustimmend genickt hatte.

„Der Hubertus braucht auch einen starken Kaffee, der ist, glaub' ich, in der Nacht gar nicht aus seinem G'wand gekommen – und alles wegen Elias", rief die Vefi. Bevor sie mit ihrem Korb dann die Kuchl verließ, sagte sie noch leichthin: „Es könnt' ein bißl länger dauern, daß ich drüben bleib', ich hab' ja schon gesagt, der Sepp hat das Reißen, ich muß ihn einreiben!"

Der Bauer grinste, als sie draußen war. „Das wird eine schöne Einreibung sein, und sie wird Wunder wirken, Gunda!"

„Ist ein kreuzbraves Ding, die Vefi, bloß ein loses Maul hat sie halt. Aber schaffen tut das Madl, wie man heute kaum mehr eine findet. Magst auch noch einen Kaffee, Damian?"

Sie stand auf, er hielt sie am Handgelenk fest. „Ja, aber net von dem Malz-Gelapper, sondern den echten, wenn ihn schon unsere Herren Knechte trinken." Liebevoll tätschelte er die Hand seines Weibes.

„Landwirtschaftliche Helfer oder Arbeiter sind das heutzutag, das Wort Knecht hat einen Geruch bekommen", sagte Adelgund.

„Egal, wie's heißt, die Arbeit bleibt die gleiche."

Adelgund schenkte den heißen Kaffee ein und lächelte ihrem Mann zu. „Recht hast, Damian, findest immer das richtige Wort. Ich kann schon verstehen, daß sie dir im Gemeinderat gern zuhören."

„Nicht, weil sie mich mögen, sondern weil ich gewählt bin und sie mir zuhören müssen. Mögen tun sie mich noch immer nicht, und daran wird sich auch kaum was ändern."

„Die, auf die's ankommt, die mögen dich schon,

Damian", sagte Adelgund mit seltener Weichheit. „Und die andern neiden dir halt, was du hast und weil du immer deinen Kopf hochgetragen und dich nie von irgendeinem hast ducken lassen. Wir brauchen niemanden und sind auf keinen angewiesen. Meinst, der Elias wird sich noch ändern, sich das Saufen abgewöhnen und net von Zeit zu Zeit seine Arbeit so vernachlässigen?"

Damian Preuschers Gesicht verfinsterte sich. „Das glaub ich net, das hat er so im Blut, wenn's ihn überkommt und zur Flasche zieht. Aber er ist kein Unrechter, und so einen Arbeiter gibt's heutzutag kaum mehr. Sorg dich aber nicht wegen dem Eli, meistens bin ich ja daheim, da passiert schon nichts, Gunda!"

Sie überlegte gerade, ob sie es noch geschickter anstellen könne, da kam der Hofsohn Hubertus herein. Er hängte sein Filzhütl an den Türstock und schlug sich mit den Händen selbst warm. Der Wetterfleck, den er trug, war ganz feucht.

„Trink einen heißen Kaffee. Magst Mus oder ein Schmalzbrot?" Adelgund sah ihren Ältesten fragend an.

„Es ist alles in Ordnung droben auf der Weide, Vater", sagte Hubertus und griff nach der Tasse. „Das heißt, alles eigentlich nicht." Er schwieg und biß in sein dick bestrichenes Schmalzbrot. „Drei Mutterschafe, Zuchtschafe, fehlen. Aber das ist ja kein großer Verlust."

„Und wenn ich tausend Mutterschafe hätt', wär's dennoch ein Verlust", schrie der Seehofer. „Wieder etwas, was auf Elias' Schuldenkonto geht!"

Hubertus schüttelte den Kopf. „Da bin ich nicht

sicher, Vater. Der Sepp meint, die Tiere waren nicht mehr dabei, als er die Weideaufsicht vorgestern übernommen hat. Der Sepp ist gewissenhaft, nach den Brandzeichen und Nummern kennt er die Tiere, und da haben ihm welche gefehlt von den Mutterschafen, sagt er. Sie werden sich halt verstiegen haben."

„Verstiegen? Nie und nimmer! Die Hütehunde sind erste Garnitur, da versteigt sich keins."

Hubert zweifelte. „Bist du sicher, Vater?"

Damian beruhigte sich. „Ja, ganz sicher. Wenn ich mich in etwas auskenne, dann darin. Für was wär' ich sonst so viele Jahr lang Schafhirt gewesen. Und ein guter dazu, das kannst mir glauben."

Ja, das glaubte Hubertus nur zu gern. Er kannte die vielen Erzählungen des Vaters von seinen weiten Wanderungen über so viele Höhen und Almen, und er wußte, warum im Herrgottswinkel nicht nur der geweihte Palmbuschen hing, sondern auch der krumme Hirtenstab des Vaters, der eine Art Hausheiligtum geworden war.

„Die hat einer gestohlen und verkauft, diese Mutterschafe. Einer, der sich auskennt, sonst hätt' er nicht die Zuchtschafe genommen." Schwer fielen die Worte des Bauern in die Stille.

Hubertus sagte nüchtern: „Wenn du es nicht beweisen kannst, Vater, darfst auch niemandem einen Strick draus drehen."

Der Seehofer stand auf und lächelte schmal. „Verlaß dich drauf, daß ich's herauskrieg und wenn's bis Weihnachten dauert."

Vom Herd her roch es brenzlig, das dicke Mus

war angebrannt. Die Bäuerin riß das Fenster auf und stellte den großen Topf mit dem Mus beiseite. Da es genug Holz gab, das zum Hof gehörte, wurde in den kühlen Monaten stets der alte Küchenherd geheizt.

„Wie im Mittelalter", pflegte die Seehofer-Tochter Steffi zu sagen, wenn sie einmal zu Besuch nach St. Orsin hinaufkam. Sie war zwei Jahre jünger als ihr Bruder Hubertus und hatte mit achtzehn einen Villacher Kaufmann geheiratet. Der besaß eines der schönen alten Bürgerhäuser, in dessen gotischem Flur und den Kellergewölben waren sein Delikatessengeschäft und sein Weinhandel untergebracht. Steffi hatte sich ihr Erbteil auszahlen lassen und es zusammen mit ihrer Geschäftigkeit in das Unternehmen eingebracht. Sie hatte viel zuviel zu tun, um sich auch noch mit Kinder zu belasten, wie sie gern freimütig eingestand.

Jetzt kam die Vefi zurück, sie hatte knallrote Backen und schien zu brennen wie vorhin das Herdfeuer. Sie entdeckte den angebrannten Topf und ging mit ihm und dem übrigen Geschirr unter mißbilligendem Kopfschütteln in die Spülkuchl nebenan.

Adelgund rückte zu ihrem Sohn und zupfte ihn am Ärmel.

„Sag, Bua, wie ist es denn nun mit der Stute, von der der Vater geredet hat? Wenn du mich fragst, ich tät' die Finger davon lassen. Ihr habt ja die zwei schönen Warmblüter, den Ali und den Tok, aber für eine Zucht gehört anderes Material her. Aber du möchtest halt diese Stute, die Anni, von der der Vater geredet hat, so gern haben, nicht?"

Hubertus brach in helles Gelächter aus. „Ja, die ist pfundig, eine ganz Rassige! Aber ohne Ehe geht's bei der net, sie hat mir eine geschmiert, wie ich ihr ein Busserl aufgedrückt hab'!"

Entgeistert sah Adelgund den Sohn an. „Ich versteh kein Wort, Hubertl."

Er wurde ernst. „Das ist doch ganz einfach. Die Anni ist kein Pferd, sondern die dritte Tochter vom Gestütsmeister Szabo. Tüchtig, voll Temperament, dazu blitzsauber und obendrein gescheit."

Die Seehoferin schlug die Hände zusammen. „Ja, so was! Bei so vielen Vorzügen, die du von dieser Anni aufzählst, bring sie halt einmal her, dann wirst schon sehen, ob ihr zusammentaugt oder net."

Hubert zuckte die Achseln. „Sie gefallt mir sakrisch gut, aber ich seh' ein, eine Liebschaft anbandeln kann ich da nicht, sie ist zu gut dazu, sie ist etwas Besonderes. Ich hab' schon gespürt, daß auch ich ihr net gleichgültig bin. Aber ich weiß halt nicht, ob ich schon zum Ehestand taug'."

„Um das herauszukriegen, gibt es schließlich die Zeit des Kennenlernens und Prüfens, man muß ja net von heut auf morgen ins Ehebett springen", gab die Mutter zu bedenken.

Hubertus nickte zustimmend. „Mutter, es ist das erstemal, daß ich ans Heiraten denk'. Die Anni ist neunzehn und noch auf der Staatlichen Schule für Land- und Hauswirtschaft. Sie wird eine tüchtige Bäuerin werden, um die Zukunft mit ihr zusammen auf unserm Seehof wär' mir net bang. Der Herr Szabo will im Herbst einmal herkommen, und da wird er die Anni mitbringen. Bis dahin muß ich mit mir ins reine kommen, ich kenn' mich halt selbst noch nicht ganz in mir aus."

Sanft strich Adelgund ihrem Sohn über das lockige Haar, ohne noch etwas dazu zu sagen.

★

„Da kommt das Fräulein Braut, Herr Doktor", sagte der Oberkellner vom Cafe Ludovica in Innsbruck zu einem jungen Mann, der auf dem Marmortischchen Bücher und Aktenhefte ausgebreitet hatte.

„Nur langsam, Herr Scharnitzer, noch ist Fräulein Brugger weder meine Braut, noch habe ich meinen Titel in der Tasche."

Johannes Tyrlach seufzte vernehmbar. Der weißhaarige Ober nickte ihm beruhigend zu. Er wußte, Tyrlach hatte drei Semester in den Staaten an einer Klinik hospitiert und daher noch nicht promoviert.

„Beides laßt nicht lang auf sich warten, Herr Tyrlach. Zwei, die sich so in die Augen schauen wie Sie und das Fräulein Brugger, die werden sich zusammentun, ich versteh' was von den Menschen. Und Sie sind mitten im Staatsexamen, die Promotionsurkunde ist sicher schon in der Schublade. Der Herr Primarius hat gestern abend beim Tarock verlauten lassen, daß er sich schon auf die Pensionierung freut, wenn Sie die Praxis übernehmen."

„Da wird mein Vater nŏch eine Weile warten müssen, bis es soweit ist. Erstens ist er selbst noch bestens beisammen und würde verkümmern, wenn er nicht mindestens zwölf Stunden am Tag tätig ist, und zweitens ..."

Johannes Tyrlach unterbrach sich, durch den winzigen Vorgarten kam die schlanke Gestalt eines blonden, jungen Mädchens in Jeans und Pulli. Er sprang auf und lief ihr entgegen.

„Hallo, Maresi, komm, es weht ein frischer Wind draußen, wärm dich auf", sagte Johannes Tyrlach und küßte das Mädchen auf beide Wangen.

„Macht nichts, Jo, da werden meine Gedanken wenigstens wieder klar, wenn ich so richtig durchgelüftet bin." Sie setzte sich an den kleinen Tisch in der Ecke, wo Johannes Tyrlach rasch seine Sachen wegräumte und in einer Aktentasche verstaute.

„Was heißt, deine Gedanken werden wieder klar, sind sie das nicht immer?" fragte er dann.

Marie-Theres Brugger schüttelte den Kopf.

„Hast du eine Ahnung, Jo! Wer die Wahl hat, hat die Qual!"

„Du sprichst in Rätseln. Sag schon, was los ist", verlangte er.

„So, da wär' ein Kapuziner und ein Nußbeugerl, das ist doch recht, Fräulein Brugger, nicht wahr?" fragte der Ober und stellte den duftenden Kaffee mit der Schlagrahmhaube und das Nußgebäck vor sie hin, noch bevor sie es bestellt hatte.

„Danke, Herr Scharnitzer, freilich ist es recht!" Sie lächelte.

„Also, erzähl endlich", forderte Johannes sie auf, als der Ober sich entfernt hatte.

„Jo, ich kann nicht mit dir und den anderen in den Osterferien an den Gardasee", sagte sie.

Er runzelte die Brauen. „Und deswegen freust du dich so, Maresi?"

„Nein, aber über den Grund. Brigitte ist nämlich krank geworden."

„Auch kein Grund zum Frohlocken", sagte er kopfschüttelnd.

„Nein, aber erstens ist es nicht gefährlich, bloß ansteckend, sie hat Masern, und nun kann sie nicht bei ihrem Onkel Anton das Praktikum machen. In Garsin, du weißt doch."

„Ach ja, dieses Bergnest da in Kärnten."

„Kennst du es?" fragte Marie-Theres und blitzte Johannes an.

„Nein, warum?"

„Dann solltest du auch nicht so abfällig darüber sprechen, Jo!"

„Na schön, du hast recht. Also was ist mit Brigitte, Onkel Anton und diesem Garsin, was hat das mit dir zu tun, Maresi?"

Sie gab keine direkte Antwort darauf, sondern sah nur versonnen vor sich hin.

„Weißt du, Jo, alles ist so vorbestimmt, so schnurgerade, ohne einen Buckel und eine Rille, man weiß alles immer schon genau im voraus. Wir kennen uns von klein auf, es ist alles so selbstverständlich." Ihre Stimme wurde leiser. „Du darfst das nicht persönlich nehmen, wirklich nicht. Aber irgendwie habe ich das Gefühl, ich muß einmal auf mich selbst gestellt sein, mich beweisen, ich muß einfach einmal einen gewissen Grad von Freiheit schnuppern!"

Johannes Tyrlach preßte seine Lippen hart zusammen. Er liebte Marie-Theres Brugger, und es war für ihn seit langem sonnenklar, daß sie seine Frau werden würde. Nun stellte er bestürzt fest, daß sie nicht ganz so dachte. Aber er hütete sich, aufzubrausen.

„Besser du gibst diesem Freiheitsdrang jetzt nach, Maresi, als dann, wenn wir verheiratet sind“, sagte er, aber es klang nicht gerade begeistert. „Ich habe schon kapiert: Du gehst anstelle von Brigitte Mauran nach Garsin und machst dort dein Praktikum.“

Marie-Theres nickte. „So ist es. Du warst ja auch ein paar Semester fort. Man lernt eine ganze Menge in so einer Landpraxis, du wirst sehen, das wird uns später zugute kommen, Jo!“

„Soviel wirst du in der kurzen Zeit kaum mitbekommen, Maresi, in längstens sechs Wochen ist Brigitte wieder fit und löst dich ab.“

Jetzt zerknüllte das schöne blonde Mädchen die Papierserviette und seufzte verhalten auf. „Wir haben getauscht, Brigitte und ich. Sie hat für diese Zeit meinen Studienplatz, und in den Ferien geht sie an meiner Stelle in das Kinderkrankenhaus in Hall, und ich bleibe die Zeit über in Garsin. Sonst lohnt es sich doch nicht.“

Johannes Tyrlach seufzte. „Wann fährst du?“ fragte er.

„In drei Tagen, Jo. Ein ganz guter Zeitpunkt, du bist doch mitten im Endspurt.“

Sein sympathisches Gesicht sah traurig aus. Dann raffte er sich auf. „Hör mal, Maresi, ich fände es gut, wenn wir uns vor deinem Abstecher in die Berge verloben würden.“

„So Hals über Kopf? Und verloben, ist das heutzutage überhaupt noch angebracht?“

„Ob angebracht oder nicht, das ist mir egal“, rief

der junge Arzt beharrlich. „Und damit du es nur weißt, ich gebe dich nie im Leben her, ich liebe dich nämlich, was immer auch kommen mag!"

Marie-Theres fühlte eine warme Woge in sich aufsteigen, doch irgendwie war ihr bang zumute, sie hätte es nicht erklären können.

„Sei nicht bös, Jo, aber damit möchte ich wirklich noch warten."

★

Nach der kalten Aprilnacht, die so viel Unruhe auf dem Seehof gebracht hatte, setzte eine Regenperiode ein, die eine Weile anhielt. Doch schon Anfang Mai meinte es die Sonne mit sommerlichen Temperaturen mehr als gut. In verschwenderischer Pracht blühten bald die Obstbäume, die Buchen tupften zartgrüne Flecken in das Dunkel der Tannen, die ihnen mit ihren vieltausendfach aufgesteckten, hellgrünen Kerzen nacheiferten. Auf den Feldern schoß die Saat empor.

Jetzt war das Vieh schon zu den Almen aufgetrieben worden, und die Jakoba vom Seehof ließ es sich auch in diesem Jahr nicht nehmen, auf der Feller-Alm, die zum Seehof gehörte, als Sennerin zu arbeiten. Der Wasti wurde ihr mitgegeben, und alle Tage kamen der Bauer, sein Sohn oder der Sepp herauf, um zu helfen. Da nicht nur Jungvieh aufgetrieben wurde, sondern auch Kühe, mußte gemolken werden und dann gebuttert. Adelgund, die Bäuerin, bekam um diese Zeit den würzigsten Rahm, sie kam kaum nach mit der Herstellung ihrer handtellergroßen Käse-Laibchen mit dem inzwischen schon bekannten Namen „Seehofer-Gold".

Steffi, ihre Tochter, hatte Adelgund vor kurzem verraten, daß sie diesen Käse zu einem stattlichen Preis verkaufen würde und die Mutter schön dumm wäre, wenn sie ihn billig hergäbe.

„Alsdann rechne ich dir auch gleich mehr, euer schönes Geschäft in Villach tragt's gut und gern", erwiderte die Bäuerin trocken.

„Mei, grad jetzt, wo es schlechter werden wird, weil ich doch nicht mehr ganz so mitarbeiten kann, da darfst du mich nicht um meinen Verdienst bringen", antwortete die Villacher Geschäftsfrau, die äußerlich ihrer Mutter glich. „Wir bekommen nämlich Nachwuchs."

„Steffi, ist's wahr, kriegst du ein Kind?"

Die junge Frau nickte. „Schlau hat er sich das eingeteilt, mein Uli, dieser Falott! Im Oktober kommen sie auf die Welt, da laßt das Geschäft nach, wenn die Fremden fort sind. Und bis zum Frühjahr bin ich wieder auf den Beinen und schaff mit."

Adelgund Preuscher runzelte die Stirn. „Was heißt, sie kommen auf die Welt? Was redest denn in der Mehrzahl?"

„Weil's auf einen Schlag gleich zwei werden, deswegen!"

Die Freude darüber, daß sie nun bald den ersehnten Großmutterfreuden entgegensehen konnte, stand deutlich in Adelgund Preuschers Gesicht. Sie lachte, ihre dunklen Augen blitzten, dann wurde sie ernst.

„Ihr steht euch zwar gut mit eurem Geschäft, aber

du sollst doch wissen, daß deine Kinder auch von unserer Seite was zu erwarten haben. Das wird gerecht eingeteilt, Steffi."

Der Seehofer kam herein, seine Frau flog ihm förmlich entgegen und rief: „Die Steffi hat eine Neuigkeit, wirst nur so staunen!"

Als die Tochter ihm von der in nicht zu langer Zeit bevorstehenden Ankunft ihrer Zwillinge berichtete, strahlte auch der Damian.

★

In aller Frühe kam eines Tages der Wasti von der Alm herunter. „Du möchtest bittschön dem Doktor nach Garsin telefonieren, die Koba hat elendige Schmerzen in ihren wehen Hüft'n, sie hat keine Pulver mehr zum Einnehmen und tät' eine Spritze brauchen."

„Hm, der Hubertus könnt' die Koba ja nach Garsin bringen, wär' für den Doktor einfacher."

„Aber net für die Koba, bei so einer Anstrengung mit der Fahrerei würde ja bloß noch alles schlimmer werden", beharrte Wasti.

„Magst recht haben, Bub. Also gut, ich ruf' den Dr. Mauran an."

Die Bäuerin ging zur Kredenz, holte einen halben Guglhupf und ein Glas heraus und stellte es vor den Wasti hin, der in letzten Wochen merklich in die Höhe geschossen war. „Magst Apfelsaft oder Milch?"

„Milch trink ich den ganzen Tag, da ist mir ein

Apfelsaft schon lieber. Oder wenn du einen Kaffee hättest, einen der wach macht, Bäuerin?"

„Du und Kaffee?" wunderte sie sich.

„Ich hab' die ganze Nacht nicht geschlafen, die Koba hat so gejammert, da hab' ich ihr halt Geschichten erzählt und was zu essen gemacht, damit ihr die Zeit vergeht. In der Früh' hab' ich dann alles allein machen müssen, der Eli ist ja net hinaufgekommen, wie's ausgemacht war."

„Schon wieder nicht?" Die Bauerin schüttelte unwillig den Kopf. Dann nickte sie dem Buben zu. „Du kriegst deinen Kaffee, und ich werde dafür sorgen, daß jetzt jeden Tag einer von den Knechten ganz oben auf der Feller-Alm ist, das schaffst du ja trotz der elektrischen Melkanlage nicht, und die Koba muß sich schonen."

„Wär' mir recht, obwohl ich stärker bin, wie du denkst", rief der Wasti.

Adelgund Preuscher stellte das Kaffeewasser auf, dann ging sie hinaus in den Hausflur, um zu telefonieren .

„Die Koba kriegt ihre Medizin und die Injektion sobald als möglich, Wasti", sagte sie, und sie stellte dem Buben den Kaffee hin. „Das muß ich schon anerkennen, daß du dich so um eine alte Frau sorgst."

Der Junge kaute und sah die Bäuerin ruhig an. „Die war doch immer gut zu mir und hat mir so manches zugesteckt, da und dort einen Leckerbissen und auch schon einmal ein paar Schilling fürs Ringespiel oder ein Kracherl. Ganz anders als meine eigene Großmutter, die nix aus ihrer dürren Hand laßt. Außerdem hab ich's ja auch von dir gelernt, Bäuerin, daß man mit der hilflosen Kreatur ein Erbarmen haben soll."

„Freut mich, wenn du aufmerkst, du bist schon in Ordnung, Wasti! Alsdann richte ich dir was zusammen, bringst der Koba vorläufig ein paar Aspirin, die ich immer zu Hause hab', und die Salbe, die dem Sepp so gut bei seinem Rheuma geholfen hat. Heut muß ich nach Stein hinunter auf den Markt, aber morgen schau ich dann selbst hinauf zu euch, dann werd' ich schon sehen, ob die Koba herunter in Pflege muß oder nicht. Auf jeden Fall sollst du das Wochenende frei haben, dafür werde ich schon sorgen."

Der Bub strahlte. „Vergelt's Gott, Seehoferin!"

★

Die alte Jakoba saß unter dem schattenspendenden, weit heruntergezogenen Legschindeldach der Sennhütte und wartete auf den Doktor. Sie döste müßig vor sich hin, was bei ihr selten vorkam. Das klare Quellwasser lief vom Brunnen über ein Rohr zu den Tränkestellen, ein paar Hühner rauften sich um die Reste des Futters, welches die alte Frau hingestreut hatte, aus der Ferne klang ab und zu der Klang einer Kuhglocke herüber oder der helle Pfiff des Wasti, der die Tiere weiter außen weidete.

Die Jakoba horchte auf, als sich in die gewohnten Geräusche nun das eines Motors mischte.

Der Wagen des Arztes blieb unter der Kuppe stehen, auf der die Sennhütte lag, die Tür wurde zugeschlagen. Doch dann tauchte anstelle des grauhaarigen Dr. Mauran eine weibliche Gestalt in Leinenhosen und einer weißen Bluse auf, die Jakoba noch nie gesehen hatte. Mißtrauisch kniff sie ihre Augen zusammen.

„Grüß Gott, ich bin richtig auf der Feller-Alm, die dem Seehofer gehört?“ fragte Marie-Theres Brugger und ging auf die Frau zu.

„Wohl, wohl“, erwiderte die Jakoba recht mürrisch. „Wo ist denn der Doktor, Fräulein? Ich hab' g'meint, das wär' sein Auto.“

„Ja, freilich, ich habe alles dabei, ich soll Sie recht schön grüßen von Dr. Mauran und Ihnen die Spritze geben. Die Medizin hab' ich auch mitgebracht. Gehen wir hinein?“

„Sind Sie eine Doktorin oder Krankenschwester oder was?“

„Von allem etwas, ich arbeite in der Praxis von Dr. Mauran in Garsin, und ich heiße Marie-Theres Brugger.“

„Soso, da ist der Doktor wohl selber krank, weil er nicht heraufkommt?“ Das Mißtrauen war immer noch nicht gewichen.

„Nein, aber er hat einen Notfall ins Spital nach Villa begleiten müssen und wollte Sie nicht warten lassen, bis er selbst heraufkommen kann.“ Das war glatter Schwindel, Dr. Mauran mußte nachmittags noch weit über Land zu seinem Patienten fahren, und er wußte, daß Marie-Theres diese Injektion ebensogut geben konnte.

„Ah, ein Notfall, wer ist's denn?“ fragte die Jakoba neugierig.

„Das weiß ich leider nicht, Frau Orth. Kommen Sie, gehen wir hinein!“

Marie-Theres nahm die Alte am Arm und zog sie sanft, aber energisch von der Bank hoch.

„Ts, ts, Frau Orth, o mei, so hat mich schon lang keiner mehr angeredet, fast hätt' ich selber drauf vergessen, wie mein Schreibnamen ist", kicherte die alte Hauserin. „Aber kannst ruhig Koba zu mir sagen, Doktorin, wie halt alle tun, gelt?"

Es dauerte dann nicht lange, bis die Jakoba versorgt war. Gewissenhaft untersuchte Marie-Theres, was zu untersuchen war, dann gab sie ihr die Spritze.

„Fertig" rief sie. „Sie können wieder aufstehen, Jakoba."

„Na, net, bevor ich die Spritz'n kriegt hab", protestierte sie.

Marie-Theres lachte. „Die haben Sie schon, schauen Sie, da ist die leere Ampulle!"

Die Jakoba nestelte an ihrem Gewand und drehte sich ungläubig um. „Ehrlich wahr? Ich hab' ja gar nix gemerkt! Da ist aber der Doktor net so zart, der haut sie einem hinein und vorbei ist's!"

„Hauptsache, daß die Wirkung die gleiche ist", erwiderte Marie-Theres und ging an den Brunnen, um sich die Hände zu waschen.

„Du, Doktorin, iß halt mit uns, der Wasti kommt auch gleich, den Teig für die Rahmdalkerln ist schon angerührt und ein Preiselbeermus hätt' ich noch, wenn'st das magst." Die Jakoba war ganz geschäftig, sie vergaß ihre Schmerzen und freute sich über die Gesellschaft.

Marie-Theres nickte. „Ich bleib gern zum Essen, Koba, vielen Dank."

Sie hantierten zusammen, das Licht fiel auf das Gesicht von Marie-Theres, Jakoba hielt plötzlich inne und schaute ihre Besucherin mit zusammengekniffenen Augen an.

„Du warst schon einmal heroben bei uns, ich kann mich dran erinnern, aber genau weiß ich nicht, wann es war."

Marie-Theres schüttelte den Kopf. „Nein, ich war noch nie hier. Ich bin aus Innsbruck."

Die alte Magd murmelte etwas vor sich hin, während sie Butter auf dem Holzfeuerherd in einer Pfanne erhitzte und dann langsam talergroße Portionen des duftenden Teiges hineingleiten ließ.

„Da bin ich, und einen riesigen Hunger hab' ich mitgebracht, Koba", rief der Wasti, bevor er zum Brunnen rannte, um sich zu waschen. Dann begrüßte er höflich die Fremde und fragte, ob er alles hinaus auf den Tisch an der Schattenseite tragen sollte.

„Ja, es weht ein gutes Lüfterl, und da sieht die Doktorin wenigstens was von unserm schönen Land."

Die drei fingen gerade zu essen an, als die Hühner mit lautem Gegacker aus ihrer mittäglichen Ruhe aufflogen, dann schoß der Muck um die Ecke der Hütte. Hinter ihm tauchte Hubertus Preuscher auf.

„Da komm' ich ja grad recht zum Futtern", rief Hubertus, dann bemerkte er, daß die Jakoba und der Wasti nicht allein waren.

Marie-Theres drehte sich um, und Hubertus blieb mit einem Ruck stehen, als er diese wunderschönen tiefblauen Augen auf sich gerichtet fühlte. Ein paar

Sonnenstrahlen spielten mit dem goldenen Haar des Mädchens oder der jungen Frau, die er noch nie gesehen hatte. Und doch war ihm, als würde er sie kennen.

Hubertus schüttelte die seltsame Beklommenheit von sich ab, stellte sich höflich vor und begann dann, mit den anderen zu essen. Aber immer wieder schweifte sein Blick zu Marie-Theres Brugger, die ihrerseits die Augen rasch niederschlug, wenn sie seinen Blick spürte.

Etwas Geheimnisvolles, etwas Fragendes schwang zwischen den beiden jungen Menschen, während sie über allerlei redeten, was sich gerade so anbot. Hubertus erfuhr, wer sie war.

„Sie legen sich jetzt hin, Koba, ich wasch' die paar Teller schnell ab, dann muß ich wieder in die Praxis", sagte Marie-Theres.

„Aber gelt, Sie kommen wieder zu mir herauf, wenn ich wieder was brauch', nicht?"

„Gern, wenn es Herr Dr. Mauran so einteilt", sagte Marie-Theres, über das Vertrauen der alten Frau erfreut.

Hubertus Preuscher begleitete die Besucherin kurz darauf zum Auto hinunter. Er überlegte, was er sagen könnte, aber es fiel ihm nicht das richtige ein, obwohl sich seine Gedanken geradezu überschlugen.

„Also körperlich fehlt mir zwar nichts, was Sie kurieren könnte Fräulein Brugger, aber guttun würde es mir genauso wie der alten Koba, wenn ich Sie wiedersehen könnte", sagte er schließlich.

Marie-Theres sah überrascht auf, auch ihr gefiel

dieser schmucke junge Bursche, mit dem sie rasch warm geworden war.

„Das ließe sich schon einmal machen", ermunterte sie ihn.

Da packte er spontan ihre beiden Hände und drückte sie fest.

„Das freut mich! Momentan hab' ich viel zu tun, aber wenn ich Sie am Samstag im Doktorhaus abholen und Ihnen ein bisserl was von unserer schönen Umgebung zeigen dürfte?"

„Einverstanden, Herr Preuscher."

„Ich bin der Hubertus, wenn's recht ist!"

Sie lächelte ihm lieb zu. „Der Name paßt gut zu Ihnen. Also, bis Samstag, um eins bin ich fertig."

★

Marie-Theres Brugger und Hubertus Preuscher verbrachten einen herrlichen Nachmittag zusammen. Die Vefi und ihr Sepp waren zur Koba hinaufgegangen, um dort zu helfen. Der Wasti war schon in aller Frühe des Samstag mit dem ersten Bus fortgefahren, um das versprochene freie Wochenende bei seiner älteren Schwester in Weißbriach zu verbringen.

Der Seehofer und seine Bäuerin sowie Elias sahen auf dem Hof nach dem Rechten. Um diese Zeit gab es hier weniger zu tun als draußen auf den Feldern und Wiesen. Das Rind und die Jungtiere waren größtenteils auf der Alm, die schwarzköpfigen Fleischschafe hielt Damian Preuscher hinter dem Ostanger auf der Koppel, und seine riesige Merinoherde zog über die weiten Weiden und die Brachflächen der umliegenden Hänge und Hügel. Damian, der geborene Schäfer, war glücklich, daß er durch Vermittlung des Gestütsmeisters Szabo im Burgenland zwei zuverlässige Betreuer für seine Herde gefunden hatte.

Als Hubertus sich nach der Arbeit eine halbe Stunde duschte, von Kopf bis Fuß umzog und ihm erst das dritte weiße Hemd recht war, das die Mutter ihm gab, runzelte Adelgund Preuscher die Stirn. Aber sie stellte keine Frage. Doch sie reimte sich zusammen, daß dies mit seiner seit Tagen spürbaren guten Laune zu tun hatte. Als Hubertus dann fragte, ob er morgen zum Mittagessen unter Umständen jemanden mitbringen dürfe, nickte Adelgund bloß. Dann fuhr er mit dem Auto los.

„Paß gut auf die Maresi auf, sie ist mir anvertraut worden", sagte Dr. Mauran zu Hubertus, als dieser im Doktorhaus in Garsin vorsprach.

„Das tu' ich schon selbst", lachte sie und setzte rasch hinzu: „Außerdem bin ich bald fünfundzwanzig und niemandem Rechenschaft schuldig."

„Machen wir eine Autotour oder wandern wir?" wollte sie von Hubert wissen.

„Beides, nehmen Sie feste Schuh' mit und eine warme Jacke, falls es spät wird."

Dr. Mauran protestierte. „Das wohl auf keinen Fall, um zehn ist Sperrstunde, ihr jungen Leut'!" Er spürte, daß die beiden einander nicht gleichgültig waren, und er besann sich auf die Erzählungen seiner Enkelin Brigitte, die ihm von Johannes Tyrlach berichtet hatte, mit dem Marie-Theres so gut wie verlobt sein sollte.

„Das meinst du doch nicht im Ernst, Doktor, wir

sind aus den Windeln schon heraus, alle beide!" Hubertus lachte, und Marie-Theres stimmte mit ein. Der Arzt verkniff sich weitere Ermahnungen.

Er hätte auch keinen Grund gehabt, sich als Sittenrichter aufzuspielen, was ihm ohnedies nicht lag. Nichts geschah an diesem sonnenüberfluteten prächtigen Tag, an dem die beiden jungen Menschen durch Wälder und Wiesen streiften. Sie sprachen wenig miteinander und verstanden sich trotzdem. Manchesmal erklärte Hubertus mit dem eingewurzelten Stolz des hier Geborenen den Namen eines Berges, den Ruf eines Greifvogels, der mit mächtiger Spannweite über seinem Horst kreiste, oder er wies seine Begleiterin auf eine seltsame Blume und den herrlichen Wasserfall hin.

„Da liegt ein See, er schaut wie ein großes, tiefblaues Auge aus, so wunderschön", staunte Marie-Theres am Fuße der Mallina.

So schön wie ihre Augen, dachte Hubertus, aber er sprach es nicht aus.

„Es ist heiß, ein kurzes Bad könnte uns doch nicht schaden, oder?" Sie klopfte auf ihren Umhängebeutel. „Ich bin für alle Fälle gerüstet!"

Marie-Theres saß dann auf dem Steg und ließ sich trocknen. Hubertus sah ihr schönes, klares Profil. Er rückte ein Stück von ihr ab, einfach aus Angst, sie könne sonst das ungestüme Schlagen seines Herzens hören, das sie begehrte.

Marie-Theres wandte Hubertus ihr Gesicht zu, dann deutete sie hinauf zur weißen Spitz der Mallina.

„Das schaut ganz geheimnisvoll aus, sicher tanzen

da in der Nacht die Elfen und sonstige Fabelwesen", sagte sie andächtig.

„Ja, da könnt' ich dir eine Menge erzählen", erwiderte er und bemerkte gar nicht, daß ihm unversehens das „Du" herausgerutscht war. „Drachen und wilde Jäger und die Nebelfrau hausen hier in den Felsen und Ruinen unter der Erde, und im Hochsommer, wenn ihm dort zuviel Touristen herumrennen, flüchtet sogar der Nöck aus dem Wörthersee in unsern Wald. Nur gut, daß es den heiligen Hubertus gibt, der alle beschützt, besonders die braven Jägersleut'."

Marie-Theres warf ihr Haar nach hinten und lehnte sich an ihn. „Von dem lasse ich mich auch ganz gern beschützen."

„Wenn du mich meinst, Dirndl, dann mußt du das ‚heilig' schon weglassen", scherzte Hubertus, wobei er nach ihrer Hand griff.

Dann wurde er wieder ernst, deutete zur Felswand und erzählte ihr von der Unglücksnacht, als die Spitze des Fellerhorns abgebrochen war und einen Teil des Seehofes mit seinen Menschen unter sich begraben hatte.

„Dort unten liegt unser Hof, von dort bis daher gehört alles dazu", erklärte er dann, als sie aus dem Wald traten. Mit einer weiten Handbewegung umschrieb er alles, was der Seehof war.

„Die Feller-Alm kennst du ja schon. Aber den Hof noch nicht. Ich tät' mich freuen und die Eltern auch, wenn du morgen zum Mittagessen kommen tätest. Es sei denn ...", er wurde plötzlich unsicher und schwieg.

„Was wolltest du denn sagen, Hubertus?" Ruhig sahen ihn ihre Augen an.

„Ja, mein Gott, so jemand wie du, der wird was anderes vorhaben, als mit meiner Gesellschaft vorliebzunehmen."

„Ich möchte das alles hier gern kennenlernen. So richtig auf dem Land, in den Bergen hab' ich noch nie gelebt, es ist mir alles neu. Nur du bist mir nicht fremd, und das ist irgendwie seltsam, weil ich mich sonst nicht so schnell an irgend jemanden anschließe."

„Und sonst? Du bist doch nicht allein in Innsbruck?"

Marie-Theres schüttelte den Kopf. „O nein, ich habe ja meine Familie dort. Und viele Freunde und Kommilitonen von der Universität."

Hubertus hob ihre Hände hoch und besah sich jeden Finger einzeln. „Also jedenfalls ist da kein Ring dran", stellte er dann sachlich fest. „Oder ist der nur bei der Arbeit abgelegt, bei der medizinischen, der bewußte schmale Goldreif, hm?"

„Ab Mittag habe ich heute doch nicht mehr gearbeitet", erwiderte Marie-Theres. Das war eine umschriebene, recht vage Antwort.

Auf dem breiteren Forstweg legte Hubertus seinen Arm um die Schultern des Mädchens. Und ganz unversehens schlang sich der ihre um seine Mitte. Sie gingen im gleichen Schritt, im gleichen Herzschlag.

Am Unter-Kaser, der letzten bewirtschafteten Hütte über Garsin, tranken sie zu dicken Speckbroten roten Südtiroler und merkten erst jetzt, wie hungrig und durstig sie waren. Auf der steingemauerten, später hinzugefügten Terrasse waren sie allein. Im Westen sank der dunkelrote Sonnenball den Bergrücken zu. Hubertus und Marie-Theres blieben sitzen, bis opalfarbene Dämmerung aus den Wiesen stieg und der Himmel im letzten, flüssigen Scharlachrot aufglühte.

★

„Ich geh' unserm Besuch bis zum Steinernen Dachl entgegen, Mutter", sagte Hubertus am Sonntag vormittag.

Adelgund runzelte die Stirn. „So pressiert's dir, deine neue Bekanntschaft wiederzusehen?"

„Akkurat so ist's", lachte Hubertus. „Hast nicht einmal gefragt, wen ich eingeladen habe."

„Du mußt wissen, was du tust, Hubertus. Dreinreden tu' ich dir nur, wenn ich's gar nicht mehr aushalte, schließlich bist du volljährig. Aber begeistert bin ich net, wenn du alle fünf Minuten eine Neue hast." Sie deutete zur Kredenz, an deren Bogenscheibe eine Postkarte und ein Foto prangten. Beides war von Anni Szabo, die für ein paar Tage in Budapest gewesen war und von dort Grüße geschickt hatte. „Ich hätt' nichts dagegen, dieses nette Dirndl da tät' heut zu uns kommen!"

„Die heut kommt, ist auch so nett, aber halt ganz anders, Mutter. Marie-Theres Brugger heißt sie, derzeit beim Dr. Mauran als angehende Ärztin."

Hubertus strahlte, als er von ihr sprach, und Adelgund kombinierte richtig, daß das die Ärztin war, die Koba aufgesucht hatte.

„Bub, du wirst mir doch kein Weiberer werden", sagte sie besorgt.

Hubertus winkte ab. „Dazu fehlt mir das Zeug, Mutter, sonst wär' ich doch schon längst einer, als solcher wird man doch geboren, oder net?"

„Zwei auf einmal gern haben, tut nicht gut", sagte sie leise.

„Kommt aber halt vor", entgegnete der Sohn schnell. „Laß gut sein, ich tu schon nix, was zum Schämen wär'."

„Ist die Doktorin vom Lande?"

„Aus Innsbruck. Sie wird dir gefallen, Mutterl. Die Koba, die doch so grantig zu Fremden ist, die war ganz hin von der Marie-Theres. Na, du wirst dir selbst dein Urteil bilden. Ich geh' jetzt." Aber er stand immer noch da und wirkte unschlüssig.

Adelgund nahm Gläser und Teller aus der gedrechselten, altersdunklen Kredenz und stellte sie auf den Tisch. Was sollen wir mit einer Ärztin auf dem Seehof, dachte sie. Wenn's wenigstens eine Viechdoktorin wär'!

„Mutter, es denkt in dir, du kannst dich net verstellen", lachte der fesche Sohn und drückte ihren Arm. „Wart erst einmal ab!" Dann ging er.

Hubertus wartete auf der Bank am Bildstock, der unter der Steinernen Wand stand, wo sich die von Stein an der Feller heraufführende Fahrstraße nach Garsin und St. Orsin gabelt.

Immerwieder sah der junge Hoferbe auf seine Uhr. Die Minuten schlichen nur so dahin, ungeduldig sprang er auf und lief hin und her. Kein Blick für das sommerlich üppige grünende Hochtal, für seine geliebten Berge, nichts anderes hatte Platz in ihm als die ungeduldige Sehnsucht nach dem Mädchen aus Innsbruck.

„Schon wieder net", murmelte er enttäuscht, als sich ein kleiner roter Wagen die kurvenreiche Straße von Garsin herunterwand, den er zwischen den Bäumen und auf der Brücke immer wieder sehen konnte.

Doch dann sah er das blonde Haar der Fahrerin wehen, und bald erkannte er die Tiroler Autonummer an dem offenen Wagen. Mit einem Satz sprang Hubertus an den Straßenrand und winkte.

Marie-Theres stoppte.

Hubertus riß die Tür auf der Fahrerseite auf und wollte sich zu einem Begrüßungsbusserl hinunterbeugen, doch dann hielt er plötzlich inne – er getraute sich einfach nicht.

„Grüß Gott, Mariedl, Marie-Theres ist mir nämlich zu lang", sagte er verlegen.

„Meine Freunde nennen mich Maresi, das ist kürzer." Sie lachte und stieg aus.

Meiner Seel', sie ist ja noch viel schöner, als ich dachte, stellte Hubertus fest und kam sich plötzlich hölzern und dumm vor.

Er zeigte zu dem massiven Stadel. „Ich fahr' den Wagen da hinein, da ist er gut aufgehoben. Wir gehen zu Fuß zum Seehof, wenn es recht ist." Heute brachte er nicht einmal das Du heraus, das ihm gestern so selbstverständlich war.

„Hast du denn Er-laubnis, mein Auto da drinnen abzustellen?" fragte Marie-Theres.

„Ja, und den Schlüssel. Es ist unser, wir haben da Gerätschaften für den Winter drin."

„Aha", sagte Marie-Theres und ging dem Wagen nach.

Die Vertrautheit des gestrigen Tages wollte sich nicht einstellen, beide gingen befangen nebeneinanderher. Und weil dieses Schweigen der Verlegenheit entsprang, redete Hubertus dann ununterbrochen von allem, was mit dem Bauernhof zusammenhing. Plötzlich schwieg er erschrocken. „Das muß dich ja langweilen", sagte er dann.

„Tut es aber nicht." Sie lachte. Sie ging ein wenig vor und breitete die Arme aus. „Es ist ja auch wunderschön bei euch da heroben, und wenn man dann noch so mit dem Land verwachsen ist wie du, da kann ich mir schon denken, daß es einfach nichts anderes gibt."

Hubertus nickte lebhaft. „Ja, so ist's. Mir wäre es unmöglich, anderswo zu sein. Oder zumindest tät' ich dort verkümmern."

Marie-Theres sah ihn nachdenklich an. „Man spürt, wie du deine Arbeit und deine Lebensform liebst, das ist schön. Weißt du, ich könnte mir auch nichts anderes vorstellen, als Ärztin zu sein. Das hab' ich immer schon gewollt und eisern durchgezogen, obwohl mich meine Eltern lieber im Hotelfach gesehen hätten. Aber das können meine jüngeren Geschwister lernen, die eignen sich viel besser dazu."

„Ja, wenn du Ärztin bist, willst du denn da nie heiraten?"

Sie lachte wieder. „Man kann eines doch mit dem anderen verbinden."

Hubertus runzelte die Stirn. „Bei uns schwerlich", murmelte er.

Dann zeigte er ihr den Seehof. Eingebettet in Wiesen und Felder, mit einer Seite dem Hang zugeschmiegt, die weißgekalkten Gebäude von altersdunklen Holzteilen unterbrochen, die kleine Kapelle auf dem Berg aus Geröll und Steinen, der längst grün bewachsen war, das alles sah wunderschön aus.

„Damit siehst alles noch besser, sogar ganz genau", sagte Hubertus und zog aus seiner Hosentasche ein kleines Fernglas. Er stellte sich hinter Marie-Theres und hielt ihr das Glas vor die Augen, schraubte daran herum und fragte immer wieder, ob sie gut sehen könne.

„Ja, jetzt alles genau, das schaut ja aus wie im Bilderbuch!"

Stumm schauten sie in das Tal hinunter, dann drehte Marie-Theres ein wenig den Kopf, Hubertus blieb aber so stehen, obwohl sie nicht mehr durch das Glas sah. Auf einmal war alles völlig nebensächlich. Wichtig war nur, einander zu spüren, diese drängende, fremde Nähe, diese aufkeimende Forderung, die Frost und Glut zugleich schuf.

Hubertus nahm das schöne Gesicht des Mädchens behutsam zwischen seine beiden Hände, und Marie-Theres schloß die Augen.

Bevor er sie küßte, klangen Schritte auf, und dann stieß eine Stockspitze metallen gegen einen Stein. Hubertus und Marie-Theres drehten sich um und sahen die dunkle Gestalt eines Mannes unter ihnen am Feldrain. Er bückte sich, nahm ein wenig Erde und zerrieb sie zwischen seinen Fingern, und dann hob er den Kopf, während er auf die beiden zuging.

Lichtumflossen stand Marie-Theres in ihrem blauen Dirndlkleid gegen das Dunkel des Tannenwaldes. Der weite Rock bauschte sich.

„Vater!" rief Hubertus, ohne seine Hand aus der des Mädchens zu lösen. „Warum kommst denn du zu Fuß vom Dorf herauf, ist was mit dem Auto?"

Wenige Schritte vor dem Sohn und der Fremden blieb Damian Preuscher stehen. Es zuckte in seinem Gesicht, seine Lippen formten ein Wort, dann verkrampften sie sich, und er konnte ein Stöhnen nicht unterdrücken. Als er sich plötzlich mit einer heftigen Gebärde an das Herz faßte, sprang der Sohn zu ihm hin.

„Vater, was hast denn?"

Der Seehofer starrte immer noch auf das Mädchen in dem lichtblauen Kleid, dann rieb er sich die Augen, als wäre ihm etwas hineingeflogen und straffte sich. „Ist nichts weiter, ich bin halt ein bißl schnell bergauf gegangen. Der Elias hat die Mutter heimgefahren, ich hab' doch noch was mit dem Bürgermeister zu reden gehabt."

Hubertus zog Marie-Theres näher zu seinem Vater hin. „Das ist unser Besuch, Vater, die künftige Ärztin aus Innsbruck."

Lebhaft streckte sie ihm die Hand hin. „Ich heiße Marie-Theres Brugger und dank auch recht schön für die Einladung."

Deutlich bemerkte Hubertus, wie der Vater zögerte, diese Hand zu ergreifen, dann schüttelte er sie mit einer heftigen Bewegung und ließ sie gleich darauf wie eine heiße Kartoffel fallen.

„Soso, Marie-Theres, ein schöner Name. Vor rund

zweihundert Jahren war ja die Kaiserin, nach der man Sie genannt hat, in Ihrer Stadt. Kaiser und Heilige müssen immer für Namen herhalten."

„Ich heiße lieber nach der großen Kaiserin als nach einer Heiligen, welcher Name mich dann womöglich verpflichten würde", lachte Marie-Theres.

Hubertus stimmte mit ein, doch der Vater blieb stumm und ernst. Aus geradezu verwirrt wirkenden Augen, in denen Qual und eine Spur von Entsetzen lag, schaute er Marie-Theres an.

Ihr fiel es nicht weiter auf, sie wußte ja nicht, wie anders er sonst war. Doch Hubertus konnte sich das Verhalten des Vaters nicht erklären.

„Brugger heißen Sie mit Familiennamen?" fragte der Seehofer dann. „Marie-Theres Brugger?"

Wieder fixierte Damian Preuscher das Mädchen. „Und aus Innsbruck?"

„Ja", wiederholte sie.

Hubertus nahm sie am Arm. „Komm, wir müssen weiter, es ist noch eine gute halbe Wegstunde zu Fuß, die Mutter wird warten."

Aber Marie-Theres hörte ihm gar nicht richtig zu. Auch sie betrachtete den drahtigen Mann mit dem schwarzen Lockenhaar, in dem erst wenig Silberfäden waren, eingehend. Das kühne, wettergegerbte Gesicht wirkte entschlossen und noch gar nicht alt, in seinen auffallenden Augen lag das gleiche, jugendliche Feuer wie in denen des Sohnes. Die ganze stattliche Erscheinung im dunklen Sonntagsgewand mit der bunt bestickten Weste und dem über die Schultern gehängten Rock, an dem schöne Silbertaler blitzten, machte ihr Eindruck.

Rasch schlug sie ihre Augen nieder, als ihr bewußt wurde, wie sie ihn musterte, dann beantwortete sie seine Frage.

„Ja, aus Innsbruck bin ich. Kennen Sie meine Stadt, Herr Preuscher?"

Damian schüttelte den Kopf. „Nein. Bevor ich hier eingeheiratet und mich niedergelassen hab', war ich Schäfer. Da kommt man nicht so leicht in Städte."

Das ist ein anständiger, ehrlicher Mensch, er müßte mir doch nicht erzählen, daß er arm und eingeheiratet hat, dachte Marie-Theres, die selbst einen offenen, lauteren Charakter besaß. Wie Johannes, dachte sie im gleichen Atemzug. Sie erschrak bei dem Gedanken an ihn und sah betreten zu Hubertus hinüber, mit dem sie sich so unvermutet rasch und in solch innigem Maße angefreundet hatte.

Zu dritt gingen sie nun zum Seehof weiter. Da und dort blieb der Bauer stehen, dann reichte er Hubertus eine Ähre, und dieser nickte anerkennend.

„Heuer steht alles gut, wir können zufrieden sein", sagte Damian.

Hubertus machte eine umfassende Armbewegung, deutete auf ein unter dem Seehof liegendes weites Stück von Feldern und daran anschließendem Wald. „Das alles hat der Vater erarbeitet und allmählich zugekauft." Stolz und Anerkennung lagen in diesen Worten, Damian hörte es dankbar heraus.

„Aber das Wichtigste für den Vater ist seine Schafzucht", fuhr Hubertus fort. „Die ist weithin berühmt. Sowohl die schwarzköpfige Fleischrasse als auch die Merinos für die Wolle."

Zum erstenmal lächelte Damian. „Red' doch nicht immer von mir, Hubertl, es ist doch genauso deine Arbeit. Übrigens, hast du vorgestern auf der Ober-Koppel bei den Zuchtböcken nachgeschaut?"

Hubertus zögerte mit der Antwort. „Hm, ja" sagte er dann.

„Und? Stimmt was nicht?"

„Kann sein, kann auch nicht sein. Zwei von denen, die du zur rassetypischen Korrektur gekauft hast, schienen mir abgängig. Aber man kann ja nicht alles übersehen."

„Rassetypische Korrektur?" wunderte sich Marie-Theres. „Eure Landwirtschaft scheint mir eine richtige Wissenschaft zu sein. Davon verstehe ich ja nicht das geringste."

„Das lernt sich alles ganz von selbst, wenn man hier lebt und seinen angestammten Platz hat, von Generationen vorbestimmt", sagte Hubertus mit großem Ernst.

Eigentlich wollte er sie fragen, ob sie sich vorstellen könne, für immer hier zu leben. Aber er zögerte. Und daran war nicht nur ihre trotz des Dirndlkleides damenhafte Erscheinung schuld, sondern auch die dunklen, sehnsuchtsvollen Kirschaugen der Anni Szabo aus dem Burgenland, die ihn plötzlich anzusehen schienen.

Die beiden jungen Menschen gingen voraus, Damian folgte ihnen. Seine Blicke ruhten auf ihrer hochgewachsenen und doch zierlichen Gestalt, er konnte sich einfach nicht davon losreißen. Nichts als eine Ähnlichkeit, ein lichter, längst verlöschter Sternenstaub aus der Vergangenheit – wie konnte er sich davon nur so durcheinanderbringen lassen? Und trotzdem – er hätte gewünscht, Hubertus wäre dieser Fremden nie begegnet!

★

In ihrer freundlichen, doch resoluten Art begrüßte Adelgund Preuscher dann die angehende Ärztin. Marie-Theres bedankte sich noch einmal für die Einladung. Sie bewunderte das prächtige, alte Wohnhaus, die gediegenen Möbel, Truhen und Kästen und eine gotische Madonna aus nachgedunkeltem Wildkirschenholz in einer Flurnische.

„Hier gehören diese schönen Sachen her, hier leben sie, nicht in den Andenkengeschäften und in den modernen Wohnungen mit Neonlicht und Kunststoffmöbeln", sagte sie.

Adelgund Preuscher nickte lebhaft. Das schlichte Lob der Medizinerin, die davon etwas zu verstehen schien, freute sie. Immer wieder mußte sie die junge blonde Frau ansehen. Sie glaubte, nie eine schönere gesehen zu haben. Und sie erschien ihr gar nicht so fremd, wie sie doch war. Ja, Adelgund konnte ihren Sohn verstehen, dessen sonst so vernunftgesteuertes Gefühlsleben plötzlich in Flammen stand. Aber eine Bäuerin, nein, die sah die Seehoferin in Marie-Theres Brugger nicht. Aber nicht nur dies verursachte ihre instinktive Ablehnung.

Die Vefi kam gleich neugierig aus der Kuchl, sie wischte ihre Hand an der Schürze ab und streckte sie der Besucherin treuherzig entgegen.

„Ich wär' dann die Vefi und nächstes Mal, Doktorin, gelt, da schaust auch auf meinen Sepp, wenn du wieder zur Koba hinauffahrst, kannst ja vorher hier am Seehof Station machen, oder?"

„Wenn es der Herr Dr. Mauran so einteilt, gerne. Was fehlt denn Ihrem Buberl?" fragte Marie-Theres.

„Das Kind ist dreißig Jahre alt, und die Vefi hat Angst, daß es vorzeitig gebrechlich wird und dann den Weg zum Traualtar nimmer findet", platzte Hubertus heraus, was ihm einen wütenden Blick von Vefi eintrug.

Damian Preuscher schenkte in der Stube den selbstgebrannten, eiskalten Vogelbeerschnaps ein. Dazu gab es ein Stück trockenes Roggenbrot.

„Das schließt den Magen auf, beruhigt und regt zugleich an", sagte Damian und hob sein Stamperl, bevor er es trank, den anderen entgegen.

Sie saßen schon bei Tisch, und Marie-Theres bewunderte die herrliche, mit braunem Blattstich gestickte Tischdecke, die das alte Lebensbaummotiv zeigte. Aber diesmal tat sie es nur still für sich, alles andere wäre ihr aufdringlich vorgekommen.

Die Seehoferin hatte ihr den Platz zwischen dem Bauern und Hubertus angewiesen, da sie selbst immer gern in der Nähe der Türe saß, um rasch etwas holen zu können, falls es nötig war.

„Wo bleibt denn bloß wieder der Elias?" fragte Vefi, die mit der Suppenschüssel kam.

Die Bäuerin schöpfte jedem seinen Suppenteller voll.

Da erschien der Telfser-Elias in einer frischen Leinenjacke, das rötliche Haar ordentlich gekämmt. Er wußte es zu schätzen, wenn er einmal auch in der

Stube mitessen durfte. Heute hatte er Stalldienst, und es wäre den Seehofern nicht im Traum eingefallen, ihre Arbeitskräfte nicht an den Tisch zu laden.

„Grüß Gott beisammen", sagte der Telfser und wollte zu seinem Platz neben der Vefi gehen. Dann blieb er ruckartig stehen, riß die hellen, blauen Augen auf und öffnete den Mund wie ein Karpfen, der nach Luft schnappt.

„Komm schon und hock dich her", sagte der Bauer gereizt.

„Sappradi!" rief der Knecht mit seiner ziemlich hohen Stimme, dabei wiegte er den Kopf etliche Male hin und her. Seine Augen konnten sich nicht von der jungen Frau lösen, die zwischen dem Bauern und dem Hofsohn saß.

Auch Marie-Theres fiel dieses befremdende Angaffen auf. Merkwürdig, wie die Menschen hier heroben auf einen reagieren, den sie nicht kennen, dachte sie. Aber sie schob es darauf, daß man hier meist unter sich war und wenig mit der Außenwelt und anderen Menschen zu tun hatte. Die Koba hatte sie fixiert, der Bauer gestutzt, die Bäuerin sie unverhohlen immer wieder angesehen und nun dieser merkwürdige Mensch mit dem faltigen Gesicht und dem verschlagenen Zug um den Mund.

Damian Preuscher sprach ein kurzes Tischgebet. Die schlichten Worte taten Marie-Theres wohl, und sie lächelte ihm zu, als er nach dem Kreuzeszeichen den Blick hob und ihr sein Gesicht zuwandte.

Nach der Suppe zerteilte der Bauer die beiden knusprig gebratenen Enten, zu denen es eine wunderbare Soße, dickes Apfelkompott und federleichte Sermmelschöberln gab.

„Das Rezept muß ich für unsere Hotelküche haben, die Soße ist ja einmalig", rief Marie-Theres lebhaft. „Wie haben Sie die denn bloß gemacht?" Fragend sah sie die Bäuerin an.

Adelgund Preuscher wies auf Vefi. „Das ist unsere Meisterköchin."

Die Vefi langte ordentlich zu und glühte bei dem Lob auf wie eine Stockrose.

„Aha, da muß ich meinen Vater einmal auf Ihre Spur setzen, Fräulein Vefi, der sucht immer die besten Köchinnen für unser Hotel", sagte Marie-Theres scherzhaft.

„O mei, in a Stadt, da tät' i ja nie neigeh'n", hielt Vefi dagegen. Dann stutzte sie und verbesserte: „In eine Stadt, da täten der Sepp und ich net geh'n, da täten wir kreuzunglücklich werden!"

Elias hatte hin und hergeschaut wie bei einem Tennisspiel, jetzt fragte er Marie-Theres:

„Aus welcher Stadt kommen Sie denn?"

„Aus Innsbruck", antwortete Marie-Theres und fügte den Namen des Hotels hinzu, das ihren Eltern gehörte.

„Sind Sie dort in Arbeit?" wollte der Elias wissen.

Hubertus wies ihn zurecht. „Sei doch net so aufdringlich, Eli! Einen Schmarrn ist das Fräulein Brugger dort angestellt, sie ist eine fertige Doktorin. Sie ist geboren und aufgewachsen in dem Hotel."

Elias kniff die Augen zusammen. „Wirklich?"

„Iß jetzt und red' nicht so viel, wird ja alles kalt", mahnte der Bauer.

„Du auch, hast ja kaum etwas angerührt", setzte die Bäuerin hinzu.

Elias lachte boshaft auf. „Es hat ihm den Appetit verschlagen, so was kommt von Zeit zu Zeit vor, auch wenn man meint, daß man einen gesunden Magen hat und alles verdaut."

„Was nicht gar!" Damian nahm ostentativ ein großes Stück von der Platte, die er dann Marie-Theres weiterreichte. „Da wär' noch ein rösches Haxerl oder ein Stück zarte Brust."

Wieder kicherte der Elias in sich hinein, und es klang ein wenig höhnisch. „Ja ja, zarte Brust, ja ja", murmelte er.

Adelgund suchte den Blick ihres Mannes, der leicht nickte. Der hat wieder zu tief ins Schnapsglas geschaut, heute, wo er doch Stalldienst hat, war ihrer beider Meinung über den geschwätzige Knecht.

Aber darin irrten die Seehofer. Der Telfser-Elias war nüchtern wie selten in seinem Leben. Und nüchtern wollte er bleiben, bis er den phantastischen Trumpf, den ihm der Zufall da in die Hand zu mogeln schien, auch ausspielen konnte.

Während Damian noch die Platte Marie-Theres hinhielt, schaute sie auf die schöne, geschlungene Goldkette, die er über seiner Weste trug. Im Westentäschchen steckte die goldene Uhr, sie und die Kette hatten Adelgunds Vater gehört. Die Anhänger jedoch, die zusammengefaßt daran baumelten, stammten von verschiedenen Orten und Gelegenheiten aus Damians Zeit als Wanderschäfer. Da gab es einen kleinen birnenförmigen und ungeschliffenen Amethysten aus dem Tauernmassiv, schöne Hirschgrandeln von einem Zehnender, eine eigenartige, viereckige Münze mit einem Loch und ein dunkelsilbernes Medaillon.

„Schön sind diese Sache da an Ihrer Kette, Herr Preuscher", sagte Marie-Theres.

„Nicht viel, die Bayern tragen einen ganzen Haufen davon zu ihrer Tracht, das nennt man dann Charivari. Die Hirschgrandeln sind von einem prächtigen Kronenhirschen, dessen Geweih eine Doppelkrone bildete, das war vielleicht ein Kerl! Meine Frau hat mir die Grandeln dann so schön fassen lassen."

Interessiert beugte sich MarieTheres näher zu ihm hin.

„Ah, und das ist wohl eine japanische Münze?"

„Nein, eine alte kanadische, da war ich eineinhalb Jahre als Kolonnenführer bei den Holzfällern, und der Boß hat sie mir geschenkt."

Adelgund nickte. Ja, das war in der Zeit gewesen, als sie, schon verwaist und Alleinbesitzerin des Seehofs, auf ihn gewartet und schon die Hoffnung auf sein Wiederkommen aufgegeben hatte.

„Dem Waldbesitzer dort in Kanada hat mein Mann das Leben gerettet, der schreibt heut' noch zu Weihnachten", setzte sie nun Damians Erzählung stolz hinzu. Von diesem Kanadier stammte auch das Geld, mit dem Damian seinerzeit die Schafzucht auf dem Seehof begonnen hatte.

„Dazu hat halt net jeder Gelegenheit, einem andern das Leben zu retten und dann als Held umeinanderzuspazieren", warf der Elias ein.

„Sei still", rief die Vefi, die mit angespannter Miene zuhörte.

„So ein ähnliches Silbermedaillon hab' ich auch", sagte Marie-Theres noch, bevor sie sich wieder ihrem Essen zuwandte. „Darf ich mal sehen?"

„Nein", sagte der Bauer da mit entschiedener Ablehnung. „Da gibt es nix zu sehen. Davon gibt es Tausende, ist nichts Rares."

„Oder vielleicht doch", murmelte der Elias, dann trank er sein Glas Bier aus.

Adelgund bemerkte, wie die Hand ihres Mannes zitterte, als er den nächsten Bissen zum Mund führte.

Es lag plötzlich ein bedrücktes Schweigen über der Runde, das Hubertus schließlich brach.

„Alsdann, Vefi, ich hab' dir versprochen, daß ich dich auf die Feller-Alm hinauffahr', dann bist du schneller beim Sepp droben."

„Das mach' schon ich", entgegnete sein Vater.

„Aber Damian, wir wollten doch hinunter nach Thal fahren, du bist ..." Adelgund konnte den Satz nicht vollenden, er unterbrach:

„Paßt mir heute nicht, mir ist was dazwischengekommen bei der Besprechung mit dem Bürgermeister, ein andermal. Eil dich, Vefi, mir pressiert's."

Adelgund Preuscher stand auf. „Ich mach' die Kuchl schon fertig, die Vefi kann gleich gehen, wenn es dir so pressiert, Damian."

„Dann darf ich Ihnen wohl ein bißchen helfen, Frau Preuscher?" bot Marie-Theres an. Gleichzeitig stand sie auf und half, den Tisch abzuräumen.

„Das werden wir gleich haben, wenn wir beide helfen", ließ sich Hubertus vernehmen, der ungeduldig darauf wartete, mit Marie-Theres allein zu sein.

„Ist's erlaubt?" fragte der Elias und schenkte sich seelenruhig die noch halbvolle Flasche Bier ein, die neben dem Teller des Bauern stand.

„Damit ist's aber genug, du hast Stalldienst, Elias", sagte der Bauer.

„Kannst mir ja helfen, Bauer, wenn du meinst, daß ich es nicht schaff'", erwiderte dieser mit einem frechen Auflachen.

Marie-Theres Brugger spürte, daß etwas in der Luft lag. Sie zog fröstelnd die Schultern zusammen und fühlte sich einsam. Als Hubertus zu ihr trat und ihr die Hand auf den Arm legte, zuckte sie zusammen. Was tue ich denn hier, alles ist mir doch fremd und auch er, dachte sie. Dann schüttelte sie die leichte Beklemmung ab.

„Alsdann, pfüat Gott, Fräulein Doktor", sagte der Seehofer und nickte ihr zu, ohne ihr die Hand zu geben. „Bleiben Sie noch lang in Garsin heroben?"

„Insgesamt etwa ein halbes Jahr, bis zum Herbst also."

„Und vielleicht noch länger", rief Hubertus dazwischen und sah Marie-Theres verliebt an.

Sie schüttelte den Kopf. „Nein, dann muß ich ins Examen."

„Ja, jeder an seinen Platz, das ist wohl richtig so eingeteilt, und es tut nicht gut, wenn man es mit Gewalt durcheinanderbringen möcht'", sagte Damian mit plötzlich schleppender Stimme.

Dabei sah er Marie-Theres mit einem Blick an, der nun Adelgund, die von einem zum andern sah, in hellen Aufruhr versetzte.

Mein Gott, wie er sie anschaut! Ist es denn möglich, nicht nur der Sohn, auch der Vater hat sich in dieses fremde Dirndl da vergafft, dachte sie bestürzt, aber sie ließ sich nichts anmerken.

★

Der Vorsatz, über alles hinwegzugehen, fiel Adelgund Preuscher in der nächsten Zeit nicht leicht.

Damian war verändert, er schwieg die meiste Zeit, ging seiner Wege und war oft so in Gedanken versunken, daß er aufschrak, wenn sie ihn anredete. Und dann war da wieder häufiger dieser Blick in unbekannte Fernen. Sie war nicht alt genug, um all dem gleichgültig gegenüberzustehen und wenn er nachts im Schlaf manchmal aufstöhnte, da hätte sie ihn gern besänftigt und getröstet. Aber er war so abweisend, wenn auch nicht unfreundlich, daß sie auch von ihrer Seite aus Zurückhaltung übte. Dann und wann war es ihr, als wollte er ihr etwas sagen. Aber nie fand er das Wort, dem die anderen von selbst gefolgt wären, nie begann er das, was ihn bedrückte, sich von der Seele zu wälzen.

Hubertus werkelte in der dem Sonntag folgenden Woche wie ein Besessener, aber immer wieder, wenn er heimkam, fragte er die Mutter, ob denn nicht ein Anruf oder sonst eine Nachricht für ihn gekommen sei. Jedesmal mußte sie verneinen, und sein strahlender Blick verdunkelte sich.

Ganz lose hatte er sich für den kommenden Sonntag wieder mit Marie-Theres verabredet, sie jedoch gebeten, es vielleicht schon vorher einmal einen Abend möglich zu machen.

Aber Marie-Theres ließ nichts von sich hören, und die Koba auf der Feller-Alm hatte Dr. Mauran vorgestern selbst versorgt. Es ging ihr so gut, daß sie schon wieder mit der alten Hingabe als Sennerin arbeitete.

Statt des Anrufs von Marie-Theres kam einer aus dem Burgenland. Der Gestütsmeister Szabo kündigte seinen Besuch an, er hatte in Villach zu tun und wollte einen Abstecher nach St. Orsin hinauf machen.

„Die Anni kommt mit und sein Jüngster, der Luki", berichtete Damian nach dem Gespräch.

Freude malte sich auf dem Gesicht von Hubertus bei dieser Nachricht, die Eltern blinzelten sich verständnisinnig zu. Sie konnten sich denken, warum sich der Szabo hier umsehen wollte.

„Sapperment noch einmal, ausgerechnet jetzt", entfuhr es dann dem Hoferben.

„Warum net jetzt?" fragte der Vater.

Hubertus brauste auf: „Ja mei, ich kann mich ja net gut zerreißen! Soviel Zeit hab' ich neben der Arbeit net, ich hab' doch der Maresi versprochen, ihr unser schönes Hochtal zu zeigen – und jetzt noch Anni ..., aber auslassen möcht' ich die halt auch net gern."

„Das würde ich an deiner Stelle auch nicht tun. Die Doktorin ist schon in Ordnung, aber schau, du mußt ja auch an den Hof denken. Wie oft hast selbst gesagt, daß du auf den Hof gehörst. Und dazu brauchst eine tüchtige Bäuerin und keine Doktorin."

„Aha, so weht der Wind, du gönnst sie mir net!"

Damian winkte ab. „Das hat nix damit zu tun,

verstehst? Sie ist älter als du und dann der Bildungsstand, was glaubst, wie sich so ein Unterschied nach dem ersten Liebesrausch auswirken tät'."

„Ich bin doch kein Dorfdepp", fuhr Hubertus auf.

„Behauptet ja auch keiner. Ich wollt', die Ärztin wär hier nie aufgetaucht."

„Das hat aber net den Anschein, Vater, ich glaub' eher das Gegenteil. Im übrigen mach ich, was ich will, hier im Haus ist immer Freiheit des Denkens und Handelns gepredigt worden, und du selbst laßt dich ja auch net einsperren."

Adelgund besänftigte den Sohn. „Du weißt doch selbst nicht so recht, was du eigentlich willst."

Plötzlich sah er hilflos aus. „Ich steh' halt zwischen zwei Feuer, aber da muß ich selber durch, da kann mir keiner helfen."

„Doch", sagte Damian ruhig. „Dein gesunder Menschenverstand. Der muß dir sagen, daß du net zusammenpaßt mit der Doktorin!"

Gerade der Widerstand des Vaters reizte den Sohn.

„Das sagst du ja nur, weil du sie selbst ...", begann Hubertus zornbebend, doch er sprach nicht zu Ende.

Damian ballte die Faust, weiß traten die Knöchel hervor.

„Jetzt is aber a Ruh'!" verlangte Adelgund heftig. „Habt's ihr keine andere Arbeit und müßt da herumstreiten? Alles wegen der Innsbruckerin?"

Der Damian sieht sie gern, da hat der Hubertus schon recht, grübelte sie wieder. Ihre eigenen Gefühle der schönen jungen Frau gegenüber waren zwiespältig. Sie lehnte sie ab, wollte nichts mit ihr zu tun haben und fühlte sich doch irgendwie von ihr angezogen.

„Brauchst nicht zu warten, Gunda, es wird heut spät, ich hab' was zu erledigen", sagte der Bauer zu seiner Frau. Dann wandte er sich an Hubertus: „Du schau, daß die Arbeit vorangeht, der Sepp soll die Taglöhner beim Mallina-See anführen, der Elias ist fort für zwei Tag."

„Mitten in der Hochsaison? So was kann ich nicht verstehn", rief Adelgund aufgebracht.

„Ist auch net deine Sach'! Jeder braucht einmal eine Zeit für sich."

„Den nimmst du immer in Schutz, möcht bloß wissen, warum! Nicht einmal neulich am Sonntag, wo ich mich zu Tod g'schamt hab' vor der Doktorin, weil er so dahergeredet hat, hast was gesagt!"

Damian brauste auf. „Hör's doch endlich mit der Doktorin auf, die braucht ja nimmer zu kommen, wenn es ihr nicht paßt, wie wir reden!"

„Holla, das bestimm' ich, schließlich ist sie mein Schatz", rief Hubertus.

Damian Preuscher wurde blaß, dann nahm er wortlos sein Filzhütl und ging hinaus.

„Ist sie dein Schatz?" fragte Adelgund ihren Sohn.

Müde winkte er ab. „Was weiß ich, ob sie's jemals werden wird, obwohl es mich danach verlangt." Dann stürzte er aus der Stube.

Hoffentlich bringt ihn die Anni auf den rechten Weg, wenn sie kommt, dachte die Bäuerin und wischte die Tränen fort, die ihr aus Zorn und Eifersucht in die Augen geschossen waren.

Aber die schwarze Anni Szabo aus dem Burgenland kam nicht: Der Gestütsmeister Szabo zog sich eine Verletzung zu, die geplante Reise mußte verschoben werden.

★

Gefühlsmäßig nicht weniger in Aufruhr als die Menschen am Seehof war auch Marie-Theres Brugger im Doktorhaus in Garsin.

Sie war hin und her gerissen von der so stürmisch aufgeblühten Zuneigung zu Hubertus Preuscher und ihrer Liebe zu Johannes Tyrlach. Auf der einen Seite dieser schöne, unverbildete junge Mann aus den Bergen mit seinem flammenden Blick und der kraftvoll geschmeidigen Anmut eines edlen Tieres, auf der anderen Johannes, der blitzgescheite, humorvolle und zärtliche Gefährte, mit dem sie unendlich vieles verband. Erinnerungen, die ihre Wurzeln in der Kindheit hatten und sich allmählich zu einem mächtigen Lebensraum entwickelten, dessen Krone das Dach ihrer künftigen Gemeinsamkeit sein würde.

Wurzeln und Dach also ist für mich Johannes, dachte Marie-Theres, und verbunden wird alles durch die Hingabe an den gemeinsamen Beruf. Wie kann ich da überhaupt noch Platz haben für diesen Hubertus, der mich anrührt und aufbringt, der mich herzklopfend hoffen und doch so seltsam zögern läßt?

Marie-Theres erhob sich von ihrem Bett und ging zum Spiegel. Mit großen Augen sah sie sich an, als könne sie daraus selbst die Antwort auf alle Fragen lesen, die sie so bedrängten. Es ist etwas Unbekanntes in mir, etwas Wildes, vor dem ich mich hüten muß, dachte sie. Oder das in richtige Bahnen gelenkt werden soll, schließlich sagt man mir nicht unbegründet nach, daß ich diszipliniert bin und meinen Willen schon einzusetzen vermag.

Sie starrte sich an, als hätte sie sich noch nie gesehen und plötzlich kam es ihr vor, als vermischten sich ihre Züge mit denen von Hubertus, bis es ein Gesicht war, mit denselben Augen unter lockig blondem Haar, demselben lachenden Mund.

„Jetzt fang ich schon an zu spinnen", murrte sie und schüttelte den Kopf über sich selbst.

Die Stimme von Dr. Mauran riß sie aus ihren verwirrten Gedanken und brachte sie in die Gegenwart zurück.

„Marie-Theres, machen Sie sich fertig, ich muß zum Öder hinauffahren, die haben wieder zu lang gewartet."

Sie lief hinunter, Dr. Mauran stand schon mit seiner Arzttasche da, die Haushälterin jammerte, daß alles verkocht sein würde, bis sie zurückkam.

„Lieber ein verpatztes Essen als ein toter Mensch, noch dazu ein so junger wie der Hiesl. Hoffentlich kommen wir noch zurecht", rief er und ging eilig zum Wagen.

„Wozu denn zurecht, Herr Doktor?" fragte Marie-Theres, die schon neben ihm in dem Kombiwagen saß, der reichlich bestückt mit Apparaturen und technischen Hilfsmitteln war, eine keine, fliegende Ambulanz.

„Zu einem voraussichtlichen Luftröhrenschnitt,

falls der Bub inzwischen noch nicht erstickt ist", gab der Landarzt fast wütend Auskunft. „Da werden die Technik und der Fortschritt, das moderne Zeitalter mit all seinen Maschinen gepriesen, und dann zögern die Leut' immer noch, unsereinen rechtzeitig zu holen! Vom Unter-Hof bin ich grad angerufen worden, daß der Hiesl schon vier Tage hohes Fieber habe – und was es da sonst noch an Symptomen gibt, die mich zu meiner Vermutung bringen."

Dr. Mauran berichtete Marie-Theres alles über den Fall. Sie vergaß alles andere, weggewischt waren Hubertus und Johannes, es gab nur noch ihren Einsatz als Medizinerin.

Nachts, als sie mit Dr. Mauran in dessen Haus bei einer Flasche Wein saß, leuchteten ihre Augen.

„Sie haben sich großartig gehalten, ohne Ihre Hilfe hätte ich diese Notoperation kaum geschafft, Marie-Theres", sagte der alte Kollege anerkennend und hob ihr sein Glas entgegen. „Sie sind die geborene Ärztin, und darauf trinke ich!"

„Ich bin so glücklich, daß alles gut ausgegangen ist, Herr Dr. Mauran. Für mich war das ein ganz großes Erlebnis, das mir unglaublich viele neue Erkenntnisse gebracht hat. Ich ... ich möchte versuchen, auch so ein menschlicher Arzt zu werden wie Sie, der seine eigentliche Aufgabe, nämlich zu helfen, nie vergißt."

Dr. Mauran lächelte mit Wärme, dann legte er seine kräftige Hand kurz auf die ihre. „Das werden Sie ganz bestimmt, Marie-Theres, Sie haben das Zeug dazu!"

Am nächsten Morgen rief Johannes Tyrlach aus

Innsbruck an. Er hatte inzwischen promoviert und wollte mit Marie-Theres sprechen, welche der ihm angebotenen Positionen er annehmen sollte.

„Aber das ist nicht der einzige Grund, daß ich dich sehen und sprechen möchte, Maresi, ich halte es vor Sehnsucht nach dir kaum mehr aus", sagte er. „Kann ich dich am Wochenende besuchen?"

Marie-Theres zögerte. „Jo, ich möchte dich auch sehen, aber wir haben doch ausgemacht, daß mir diese Zeit hier Gelegenheit geben soll, mich auf mich selbst zu besinnen."

„Hoffentlich wirklich nur auf dich selbst", sagte Johannes.

Marie-Theres hielt den Atem an und antwortete nicht. Denn sie war es nicht gewohnt, leichtfertig zu lügen. Sie erzählte ihm von der Notoperation gestern auf dem Einödhof und berichtete glücklich, daß Dr. Mauran seinen kleinen Patienten heute morgen in guter Verfassung angetroffen habe.

„Da Vater die Praxis noch lange führen wird, könnten wir uns überlegen, etwas Gemeinsames auf dem Land aufzubauen", zog der frischgebackene Dr. med. Tyrlach in Betracht.

„Uns stehen so viele Möglichkeiten offen, Jo, wir müssen unbedingt darüber reden."

„Und zwar stundenlang. Also komme ich doch nächstes Wochenende."

„Bitte erst übernächstes", sagte Marie-Theres hastig. „Aber wir telefonieren ja bis dahin noch. Jetzt muß ich die Leitung frei machen für Anrufe, die für die Praxis bestimmt sind."

Der Anruf kam auch prompt, nachdem sie eingehängt hatte. Er galt jedoch ihr persönlich. Hubertus Preuscher war am Apparat und verlangte ebenfalls ungeduldig Marie-Theres zu sehen.

„Du wolltest doch anrufen. Warum laßt du denn nix von dir hören?“ Ungeduld lag in seiner Stimme. „Neulich war es auch nicht ganz so, wie es hätte sein können. Heute abend hätt' ich Zeit. Wir könnten uns an der Steinernen Wand beim Bildstock treffen, so um acht herum?“

„Ja, das geht“, sagte sie. Und war gleichzeitig darüber erschrocken, wie rasch ihr dieses Ja über die Lippen gekommen war.

★

Hubertus küßte ihr die Bedenken von den Lippen, er empfing sie so stürmisch, daß sie sich seiner nicht erwehren konnte.

Doch dann schob sie ihn sanft von sich, richtete ihr Haar und sah ihn nachdenklich an. Ja, er war ihr nahe, er war ihr vertraut, obwohl sie ihn doch eigentlich gar nicht kannte, aber trotz seiner Leidenschaft vermochte er nicht, auch die ihre zu erwekken. Daß sie ihm trotzdem gut war und ihn von Herzen mochte, bestürzte sie. Was war es dann, wenn nicht die alles überbrückende Lockung zwischen einem Mann und einer Frau, das sie bei ihm bleiben hieß?

„Schatzerl, was ist denn, was druckst mich denn fort?“ fragte er und griff nach ihren Oberarmen, um sie fest an sich zu ziehen.

„Hubertus, nein, das geht nicht, bitte", flüsterte sie verwirrt.

Rasch ging sie ihm voran den schmalen Weg durch die Wiesen. Unter ihnen lagen die Dörfer St. Orsin und Garsin. Gelblich blinzelten die Lampen hinter den Stubenfenstern, winzig klein kroch auf der Straße von St. Orsin hinunter nach Stein an der Feller der Postomnibus, in dem die Beleuchtung eingeschaltet war.

„Wie ein Leuchtkäferl schaut der aus, sagt mein Vater immer", meinte Hubertus.

Marie-Theres überließ ihm ihre Hand, mit deren Finger er spielte. Sie hatte sich auf einen Stapel Bretter gesetzt. „Dein Vater scheint mir ein beachtenswerter Mann zu sein."

Hubertus nickte. „Der großartigste, den man sich wünschen kann! Auch meine Mutter ist prima, weißt, mit meinen Eltern hab' ich wahnsinnig Glück. Und bei denen stimmt's. Da ist alles zuverlässig und gut in ihrem Beisammensein, sie sind stark in ihrem Gefühl und in ihrem Handeln. Wie sind denn deine Eltern?"

„Ich habe doch keine rich ... ich meine, meine Eltern, die sind auch richtig", sagte Marie-Theres hastig. „Ja, dein Vater gefällt mir auch, vom ersten Augenblick hab' ich mich irgendwie zu ihm hingezogen gefühlt", setzte sie dann hinzu.

Hart packte sie Hubertus am Handgelenk. „Du, das hör' ich aber net gern!"

„Laß mich los, du tust mir weh. Was hast du denn?"

„Schon gut, es tut mir leid."

Wieder wollte er sie küssen, doch sie verschloß ihre Lippen und drehte den Kopf weg. Es war Zeit, reinen Tisch zu machen. Gleich wollte sie ihm von Johannes und ihrer unlösbaren Bindung an ihn erzählen.

Die Versuchung, die dieser schöne, junge Mensch darstellte, war an ihr endgültig vorübergegangen. Was blieb, war die Wärme einer tiefen Zuneigung, deren Wurzeln sie jedoch vergeblich nachspürte.

Sie drehte ihm ihr Gesicht ganz zu und wollte gerade anfangen, von Johannes zu sprechen, als er einen unterdrückten Schrei ausstieß, zugleich griff er nach ihrem Ausschnitt, an dem ein Kettchen aufblitzte. Daran baumelten ein zierliches Kreuzchen und ein silbernes Amulett. Hubert hatte es bisher noch nie gesehen und nahm es erregt zwischen seine Finger.

„Aber du hast ja so ein Medaillon, so ein Amulett wie der Vater!"

„Das habe ich doch neulich schon gesagt, als ich die Uhrkette von deinem Vater bewundert hab'. Aber er hat eisern behauptet, davon gebe es unendlich viele."

„Wie seltsam, daß grad du so eins hast, Maresi! Zeig einmal, was hat deins für einen Buchstaben?" Er beugte sich ganz nahe über sie und dann sagte er laut: „Aha, das soll scheint's ein D sein, beim Vater steht was anderes drauf, ich muß einmal nachschauen."

Marie-Theres erhob sich und sagte, sie müsse jetzt heimgehen.

„Gut, aber am Sonntag zeig' ich dir unsere Jagdhütt'n, das ist doch ausgemacht. Wirst sehen, es ist der schönste Platz auf der Welt überhaupt! Ist's recht, wenn ich dich zeitig in der Früh abhol'?"

„Einverstanden, Hubertus, ich freu mich", sagte Marie-Theres und nahm sich vor, daß dieser Ausflug zugleich ihr letzter und ihr Abschied voneinander sein sollte.

Plötzlich knackte es hinter ihnen im Wald. Hubertus fuhr auf. Es war ein merkwürdiges Knacken und dann ein vorsichtiges Schleichen, dem ein paar den Steilweg hinunterkollernder Steinchen folgten.

Doch weder der Hoferbe Hubertus Preuscher noch Marie-Theres Brugger ahnten, daß sie vom Telfeser-Elias belauscht worden waren, der nun mit einem tückischen Grinsen durch das Unterholz davonhastete.

★

Das Wetter schlug um, untertags war es brütend heiß und drückend. Gewitter ballten sich über dem Hochtal und senkten, ohne sich zu entladen, eine dumpfe Glocke über die Natur mit Mensch und Tier. Die Nächte waren noch schwül und feucht und stikkig.

Auch auf dem Seehof herrschte eine ungute, knisternde Atmosphäre. Vater und Sohn gingen sich aus dem Weg. Nur die Arbeit betreffende Fragen wurden zwischen ihnen besprochen.

Damian Preuscher grübelte unentwegt über etwas nach, das ihn quälte, und Hubertus war ihm gram, weil er den Verdacht nicht loswerden konnte, daß auch der Vater ein ungebührlich männliches Interesse an Marie-Theres Brugger habe.

Adelgund, die Bäuerin, beobachtete das alles mit großem Kummer, den sie aber still in sich verschloß. Auch sie war der Meinung, daß zwischen Vater und Sohn Rivalität wegen des schönen Innsbrucker Mädchens herrschte.

Die Seehoferin seufzte vernehmlich, während sie mit einer Heftigkeit bügelte, als könne sie mit dem heißen Eisen auch die aufgewühlten Gefühle der beiden Menschen glätten, die ihr am nächsten standen. Wenn doch bloß die Anni Szabo gekommen wäre, dann hätte Hubertus wohl schnell von der Doktorin abgelassen.

Der Damian sah ganz schlecht aus in letzter Zeit, auch der Schlaf brachte ihm keine Erholung. Er wälzte sich von einer Seite auf die andere und stöhnte manchmal furchtbar auf. Dann und wann griff er, wohl im Halbschlaf, nach der Hand seines Weibes, und es war Adelgund, als suche er gleichsam Halt und Trost. Sie hielt seine Hand fest umschlossen, doch in ihrem Innern brannte die Gewißheit, daß er um der andern willen litt, die sein Blut noch einmal lodernd aufflammen ließ. Aber Vorwürfe und Gekeif – das war nicht ihre Art.

Manchmal meinte sie wohl, es nicht ertragen zu können, aber noch hatte sie sich in der Hand. Noch hielt sie ihren Vertrag ein, den sie mit Damian damals geschlossen hatte, als er für immer zu ihr zurückkehrte: „Gunda, frag' mich nie aus nach dem, was war", hatte er damals, vor einem Vierteljahrhundert, zu ihr gesagt. „Laß mir meine Freiheit, dann will ich dir ein guter Mann sein."

Ja, das war er immer gewesen, fest und zuverlässig, treu und voll Wärme, in der sie sich stets geborgen gefühlt hatte. Sollte das jetzt, zu später Stunde, anders werden?

Seine Freiheit, um die er damals gebeten oder die er damals gefordert hatte, das war ja nur die Freiheit seiner Gedanken und dann und wann die Sehnsucht, ein paar Tage bei seiner Schafherde droben auf den Almen zu kampieren oder mit ihr in der unbegangenen Einsamkeit unter den Gipfeln dahinzuziehen. Und es war die Freiheit seiner Entscheidungen, die er immer zum Nutzen des Hofes getroffen hatte.

Bald jedoch standen die Zeichen auf Sturm, und dann überstürzten sich die Ereignisse förmlich.

Um sich abzulenken von seinem Liebesverlangen nach Marie-Theres und gleichzeitig seinem unruhigen Sehnen nach der fernen Anni Szabo, werkelte Hubertus wie ein Besessener. Er war jung, hitzig und in menschlichen Beziehungen noch unerfahren, ein überschäumender, gärender Topf, dem die ausgeglichene, beständige Reife noch fehlte.

Marie-Theres war, wie er von der Haushälterin Dr. Maurans am Telefon erfuhr, verreist. Sie sagte ihm nicht, wohin und warum. Und als Hubertus im Auftrag des Vaters mit Herrn Szabo telefonierte, war die Anni am Apparat und außergewöhnlich kratzbürstig.

Dies Verhalten lenkte seine Aufmerksamkeit jedoch wieder weit mehr zu ihr hin, als es in letzter Zeit der Fall gewesen war. Daß sie dies beabsichtigt hatte – darauf kam er in seiner augenblicklichen Verwirrung nicht.

Als Hubert über der Futtermittelaufstellung im

Büro saß, kam Damian Preuscher herein. Er zog eine Schublade im Schreibtisch auf und suchte etwas. Hubertus sah dabei die Goldkette des Vaters mit den Anhängern und griff danach.

„Gib her, was willst denn damit?" brummte Damian.

„Bloß anschauen, Vater. Wirklich, die Maresi hat recht, ihr silbernes Medaillon ist haargenau wie deins!"

Der Seehofer riß seinem Sohn die Kette aus der Hand und starrte ihn an. „Was sagst da? Woher willst du das wissen?"

„Ja mei, ich komm' ihr halt schon so nah, daß ich das Halsketterl zwischen die Finger krieg'", prahlte er. „Und auf ihrem Anhänger ist genau dieses Symbol und in der Mitte der verschnörkelte Buchstabe.

„Was für ein Buchstabe?" fragte er gepreßt.

„Ein D, nächstesmal schau ich es mir genauer an, wenn ich sie im Arm halte!"

„Du wirst sie net im Arm halten, schwör mir's, daß du sie nimmer siechst, oder ..." Mit einem Keuchen brach er ab und starrte auf seinen Anhänger, in dessen Mitte, dunkelsilbern vom Alter, ein E in einer stilisierten Blütenarabeske prangte.

Ein E, das Damian auf Befragen für Elisa, den Namen seiner Großmutter, ausgegeben hatte. Aber das war eine Lüge.

„Du darfst sie nimmer sehen", sagte er noch einmal.

„Vater, mach' dich doch net lächerlich, nur weil dich der Johannistrieb überkommen hat!"

„Hubert!"schrie Damian, und in diesem Schrei lag

so viel Entsetzen und Zorn, daß der Sohn zurückwich.

„Schaust ja direkt zum Fürchten aus, Vater", sagte Hubertus. „Aber sollst mich halt auch nicht so reizen, daß einem solche Worte über die Lippen kommen."

Damian fragte leise: „Wann siehst die Doktorin denn wieder?"

„Am Sonntag", rutschte es Hubertus heraus.

„Schwör mir, daß du sie net anrührst, bis ..., bis ich noch einmal mit dir geredet hab', Hubertl", verlangte der Vater.

Es war etwas so Flehendes, so unsagbar Schmerzliches in seinen Augen, daß Hubertus wortlos nickte und dem Vater die Rechte hinstreckte.

Mit hängenden Schultern verließ Damian Preuscher das kleine Büro.

★

Als Adelgund am nächsten Morgen aufwachte, war das Bett neben ihr schon leer. Auf dem Nachtkasten fand sie einen Zettel.

Muß dringend zum Bauernverband und vielleicht noch zum Wollmarkt, sorg Dich nicht, kann länger dauern. D.

Als die Seehoferin mit der Vefi beim Frühstück saß, stolperte der Elias herein. Schmutzig und unrasiert stellte er eine leere Schnapsflasche auf den Tisch.

„Her mit dem Stoff, die da ist leer! Jetzt wird's grad lustig!"

„Schleich dich, besoffener Falott", schrie ihn die

Bäuerin an. „Tauch deinen Kopf in den Brunnen, und dann gehst an die Arbeit!"

„Du hast mir nix zu befehlen! Richt' dem Bauern aus, ich bin krank, der Sepp soll die Aufsicht für die oberen Wiesen übernehmen ."

„Immer soll der Sepp herhalten wegen deiner", zeterte die Vefi.

„Halt's Maul", fuhr ihr der Elias dazwischen. „Und der Hubertus soll auf die Alm hinauf, die Milch ist noch droben, verstehst, Bäuerin?"

„Die hättest doch längst zum Sammelplatz an der Steinernen Wand schaffen sollen!"

Er grinste frech. „Hab' was anderes zu tun gehabt, bin grad erst auf meinem Motorrad heimkommen."

Adelgund preßte die Lippen zusammen. Das war mehr als ein Rausch, das war die schiere Bosheit, die sich der Knecht da herausnahm.

„Heut abend laßt dir vom Bauern die restliche Löhnung auszahlen, ich will nix mehr mit dir zu tun haben", sagt sie streng. „Oder morgen abend, falls er heut vom Bauernverband noch nicht zurückkommt."

„Ich hör Bauernverband? Die haben Ferien!" Mit einem bösen Auflachen trollte sich der Telfser.

Adelgund sah, wie der Wasti auf dem Hofplatz erschien. Er sprach mit dem Elias, dieser hob die Faust, dann schüttelte er den Buben an seinem blauen Leinenkittel und wollte ihn offensichtlich schlagen. Wasti duckte sich und rannte zum Hauseingang.

„Was war denn mit dir und dem Elias, Wasti?"

fragte die Bäuerin. Er schluckte und wollte etwas sagen, doch dann schüttelte er den Kopf.

„Bin nur herunter wegen der Milch, die noch net abgeholt ist, die wird ja sauer, ich darf ja noch nicht fahren", sagte er.

„Geh zum Hubertus, Vefi, er soll das machen und dann den Wasti mitnehmen. Erst iß einmal was, Wasti. Komm mit in die Speisekammer. Wie geht's der Koba?"

„Gut, der Doktor Mauran hat noch einmal hereingeschaut und ist zufrieden."

„Nicht die junge Ärztin?" fragte Adelgund.

„Die ist verreist, hat der Herr Mauran gesagt."

Die Bäuerin zuckte zusammen, als ein Gedanke in ihr hochschoß. Aber erst galt es, den recht verstörten Wasti zu beruhigen.

„Also sag schon, was mit dem Elias und dir war!"

„Der bringt mich um, wenn er's erfahrt, damit hat er mir sowieso schon gedroht", jammerte der junge Bursche. „Aber der Bauer müßt' es schon wissen, bevor noch mehr passiert von so einer himmelstinkenden Sauerei!"

„Der Bauer ist nicht da, ich versprech' dir, daß ich's für mich behalte, bis er kommt und du mit ihm reden kannst."

„Ich war doch in Weißbriach bei meiner Schwester. Deren Bräutigam bei den Gebirgsjägern, und der Sohn vom Reißkofel-Bauern auch."

„Ja und?" drängte Adelgund.

„Der Reißkofler hat eine Schafzucht. Kurzum, er hat Zuchtböcke und Mutterschafe gekauft und verkauft und auffallend billig von einem welche bekommen, auf den haarklein die Beschreibung vom Elias paßt!"

„Was du net sagst!" rief Adelgund entgeistert. „Weiter!"

„Ich bin hinauf zum Reißkofler mit meinem künftigen Schwager und hab' drei der Tiere an unserm Zeichen wiedererkannt."

Er schluchzte trocken auf. „Und weil der Elias mich immer schindet, wo er kann, und mich auch schlagt, hab' ich's ihm gesteckt, daß damit jetzt Schluß ist. Da hat er gesagt, wenn ich's Maul auftu', bringt er mich um."

„Ich schick' dir den Roßknecht zum Schutz hinauf auf die Alm, mußt keine Angst haben, Wasti. Wenn der Bauer kommt, bereden wir es, und dann wird dem Elias das Handwerk gelegt."

„Damit hat er sich ja verdächtig gemacht, weil er zu billig war. Außerdem hat er gefälschte Herdbuchblätter mitgeliefert, damit man net dahinterkommt, woher sein Diebesgut stammt. Wenn der Zufall mit mei'm Schwager net gewesen wär', nie wär' einer dahintergekommen."

„Hast großartig kombiniert, Wasti." Bloß dem Elias hätte er nichts von seinem Wissen sagen sollen, dachte die Bäuerin, doch sie wollte den Buben nicht noch mehr verschrecken.

„Ich laß mir dem Elias gegenüber nix anmerken, sei beruhigt. Und wenn der Bauer heut abend kommt, dann kannst sicher sein, daß er für Recht und Ordnung auf unserm Hof sorgen wird!"

Als Hubertus mit dem Wasti auf die Alm hinaufgefahren war, saß die Seehoferin lange grübelnd da.

Sie hätte gewünscht, ihr Damian wäre hier und brächte alles in Ordnung! Was war es nur, das ihn immer wieder seine schützende Hand über den Telfser-Elias halten ließ?

Unsicherheit und Zweifel nagten an Adelgund Preuscher und plötzlich züngelten giftigen Nattern gleich, die Worte des Knechts in ihren Gedanken auf, daß der Bauernverband Ferien habe.

Adelgund ging ins Büro ihres Mannes, zögerte einen Augenblick und wählte dann die Nummer des Verbandes. Es traf sie wie ein Fausthieb, als die automatische Ansage die Bemerkung des Elias in endloser Wiederholung bestätigte.

„O Gott, es stimmt, die haben zu, der Damian hat gelogen", murmelte Adelgund mit erstickter Stimme, als sie den Hörer endlich wieder in die Gabel gelegt hatte.

Warum nur, warum, fragte sie sich, und dann schoß ihr die Erleuchtung wie ein Giftpfeil ins Herz: die junge Doktorin aus Innsbruck ist verreist, hat der Wasti gesagt – und der Damian, der sich ihr und seither auch mir gegenüber so seltsam verhalten hat und so verändert ist, der ist mit dieser Marie-Theres fortgefahren!

Zorn und Rachegelüste flammten in ihr auf, doch dann senkte sie den Kopf und weinte unter der bitteren Scham dieser Demütigung, die er ihr antat.

Dies alles hatte sich am Freitag zugetragen. Am Abend hatte Adelgund vergeblich auf die Rückkehr ihres Mannes gewartet. Stumm und ratlos ging sie durch Haus und Hof. Doch nicht einmal ihre verzweifelten Gebete in der kleinen Gedächtniskapelle brachten ihr Trost und Erhörung.

Der Samstag verging, ohne daß Damian Preuscher auf den Seehof zurückkehrte. Daß er von unterwegs auch nicht anrief wie sonst, war für Adelgund ein weiterer Beweis seiner Schuld. Trotzdem verteidigte sie Damian dem Sohn gegenüber – mit der Auskunft, er wäre in dringenden Geschäften für den Hof unterwegs.

Hubertus war nun zwar seinerseits bei der Kombination angelangt, des Vaters unangekündigte Reise könne mit der von Marie-Theres etwas zu tun haben, doch um die Mutter nicht zu kränken, behielt er seinen Verdacht für sich.

Am Samstag rief er im Doktorhaus in Garsin an und erreichte Marie-Theres. Sie versprach ihm, Sonntag früh pünktlich bei dem vereinbarten Treffpunkt zu sein. Bei diesem Gespräch erfuhr Hubertus auch, daß sie einen Patienten von Dr. Mauran zu Untersuchungen ins Landeskrankenhaus nach Klagenfurt begleitet hatte.

Welch qualvolle Nacht von Samstag auf Sonntag wäre Adelgund Preuscher erspart geblieben, wenn sie das gewußt hätte!

★

Der Sonntag stieg in leuchtender Pracht über den Bergrücken und Wäldern empor.

Adelgund war allein im Haus. Hubertus war zeitig aufgebrochen, wohin, hatte er nicht gesagt. Die Vefi und der Sepp hatten frei, der Jungknecht hielt die Hofwache. Der Telfser war im Sonntagsgewand auf seinem Motorrad weggefahren.

Die Seehoferin sah nach einer durchwachten Nacht blaß und elend aus. Nicht einmal ihr Entschluß, Damian keines Wortes zu würdigen, gab ihr Genugtuung.

Seufzend schlug sie einen Roman auf, aber die Zeilen verschwammen ihr heute vor den Augen, und ihr Kopf war nicht imstande, sich in ein fremdes Schicksal zu vertiefen, wo ihr das eigene so viel Kummer bereitete.

Sie schrak zusammen, als Damian mit dem Wagen nun doch ganz unerwartet auf dem Hof hielt. Mit wenigen Schritten war er bei der Haustür, er riß die Tür zur Küche auf und stürzte dann in die Stube, in der Adelgund unter dem Herrgottswinkel saß.

Bevor Adelgund ein Wort sagen konnte, preßte er ihre beiden Hände und zog sie hoch. „Komm! Ich muß mit dir reden. Allein. Es darf niemand ein Wortl hören!"

Oben, in ihrer Ehekammer, drückte er sie auf das Sofa in der Ecke nieder, dann setzte er sich neben sie und nahm wieder ihre Hände.

Adelgund klopfte das Herz bis zum Hals. Sie brachte kein einziges Wort heraus.

„Gunda", sagte er mit rauher, aber fester Stimme. „Ich hab' gefehlt mit meinem Schweigen dir gegenüber. Und ich hab' dich angelogen, ich war nicht beim Verband, ich war in Innsbruck. Aber bevor ich mir net sicher sein konne, wollt' ich dich nicht aufregen."

„Also doch wegen dieser Marie-Theres da", fuhr sie auf.

„Ja, wegen ihr", sagte er, und in seinem Gesicht

stand ein Ausdruck, den sie nicht deuten konnte. Schmerz und Freude, Liebe und Trauer schienen einander die Waage zu halten. Adelgund schloß die Augen vor seinem seltsamen Blick.

„Sie ist meine Tochter", sagte er schließlich kurz.

Erst verstand Adelgund den Sinn dieser Worte gar nicht, doch allmählich begriff sie, was dies bedeutete.

Noch dachte sie nicht an ihren Sohn Hubertus, wichtig war ihr nur, daß ihr keine andere Damian gestohlen hatte, daß er zurückgekommen war.

„O mein Gott, ich dank' dir", sagte sie leise, schlug die Hände vor das Gesicht und schluchzte auf in der Verwirrung ihrer Gefühle, die sie übermannten.

Dann sah Adelgund Preuscher ihren Mann an. „Mußt mir nichts sagen, nichts erzählen, Damian."

„Doch", entgegnete er. „Das hätt' ich viel früher tun sollen. Aber ... aber ich wollt' dir net unnötig weh tun. Dich nicht mit einer Schuld belasten, die ich mir aufgebürdet hab'."

„Eine Schuld?"

Er nickte. „So dacht ich bis jetzt. Ich will's kurz machen. In den Jahren damals, die ich fort war, ist mir ein blutjunges Madl in Vorarlberg begegnet. Die Tochter eines Spinnereibesitzers, bei dem ich oft wegen Vlies und Wolle zu tun hatte.

Das Feuer ist über uns gekommen, sie wollte mir in mein armseliges Leben folgen. Das hab' ich net verantworten können. Und nicht nur, weil ihr Vater gedroht hat, mich mit den Hunden hetzen zu lassen, wenn ich nicht verschwind'." Er machte eine Pause, seine Lippen zitterten.

„Ich hab' ihren frühen Tod verschuldet, weil ich sie im Stich ließ. Der Elias, der dort auf Arbeit war, hat es mir erzählt, als ich aus Kanada zurückkam, daß die Elma sich von eigener Hand den Tod gegeben hat. Es hat gestimmt, daß sie so jung hat sterben müssen, ich bin heimlich zu ihrem Grab in Rankweil, wo das Werk war. Also hat der Elias net gelogen. Aber von dem Kind, das sie von mir getragen hat, hab' ich nicht gewußt. Ich muß blind gewesen sein. Es hat ihr das Herz gebrochen, daß ich fort bin und daß ihr grausamer Vater ihr das Kind genommen und irgendwohin gegeben hat. Diese Schuld konnte mir keiner nehmen. Der Elias verkörperte mein schlechtes Gewissen, ständig hab' ich gespürt, daß ich ein junges Menschenkind in den Tod gehetzt hab', weil ich zu feig war, Verantwortung zu übernehmen."

„Ja aber ..., jetzt versteh' ich rein gar nichts", sagte Adelgund verwirrt.

„Damit hat er mich in der Hand gehabt, wie er dann auf unsern Hof ist. Aus lauter Angst, du könntest mich für einen solchen Haderlumpen halten, der das verschuldet hat, hab' ich dir nix gesagt. Und weil ich dich ... immer gern gehabt hab' und dich nicht hab' kränken wollen. Meine Schuld ist noch oft aufgetaucht und die quälende Frage nach dem Kind.

Bis jetzt. Bis die Marie-Theres erschienen ist, ein Abbild ihrer Mutter Elma, die damals erst siebzehn war. Blitzschnell hat der Elias kombiniert und seinen Weizen blühen sehn. Ich hab's net wahrhaben wollen, aber dann hat mir der Hubertus von dem Medaillon erzählt – ein Steinderl nach dem andern hat das Bild abgerundet – kurzum, ich bin nach Innsbruck hinauf und hab' mir Gewißheit verschafft. Alles ist ganz anders, Gunda!"

„Wie denn das?" fragte Adelgund aufgeregt.

„Die Elma ist damals zu ihrer älteren Schwester nach Innsbruck, die mit einem Hotelier verheiratet war. In Innsbruck hat sie ihr kleines Mäderl geboren, in aller Heimlichkeit. Die Schwester und deren Mann haben es adoptiert."

Adelgund war erschüttert. „Und bei der Geburt ist die junge Mutter gestorben?"

Damian schüttelte den Kopf. „Ein Jahr danach, bei einem Autounfall auf den Serpentinen zwischen Partenen und dem Silvretta-See", sagte er tonlos.

„Unter einem Vorwand hab' ich mich bei der Frau Brugger in Innsbruck vorgetastet. Und hab' schnell erfahren, was ich wissen wollte: Die Marie-Theres weiß, daß die Bruggers, an denen sie mit aller Liebe hängt, nicht ihre richtigen Eltern sind. Und als diese sympathische Frau, also die eigentliche Tante von Marie-Theres, mir gesagt hat, daß das Mädchen sich immer gewünscht hat, einmal ihren richtigen Vater zu sehen, da hab' ich mich zu erkennen gegeben. Der Beweis ist mein Medaillon, das mir die Elma geschenkt hat und ..."

„... und deine Augen und vieles, mein Gott, auch Hubertus' Augen, Jessas Maria und Josef! Damian, der Hubertus und die Marie-Theres, es darf nicht sein!" Adelgund sprang auf und rannte hin und her, nun doch völlig verstört. Sie ging auf die Altane hinaus und fächelte sich Luft zu. In diesem Moment kam der Telfser in den Hof gefahren.

„Da kommt der Lump, der dich ausgenutzt hat, Damian, und der deine Schafe stiehlt und verkümmelt, da kommt der Falott, der dich in die Gewissensnot gebracht hat", stieß Adelgund hervor, als sie wieder in der Stube war.

Damian lief rot an. „Was sagst? Was ist mit die Schaf'?"

Rasch erzählte sie es ihm, und er stürmte zur Tür. Adelgund hielt ihn zurück.

„Wirf ihn hinaus, Damerl, gib ihm einen Tritt, aber bring ihn nicht um, wenn dein Zorn auch gerecht ist."

Er drückte ihre Hand und zog sie stumm an seine Brust. Dann ging Damian Preuscher langsam hinunter. Adelgund lief ihm nach.

„Wenn ich nur wüßt, wo der Hubertus ist, wenn er jetzt mit der Marie-Theres ... oh, mein Gott, nicht auszudenken", jammerte sie.

„Ich kenn' meinen Sohn", sagte Damian ruhig. „Wenn er auch ein Hitzkopf ist, aber er hat noch nie ein gegebenes Versprechen gebrochen."

Damit konnte Adelgund wenig anfangen. Sie wußte ja nicht, was sich zwischen Vater und Sohn vor Damians Reise im Büro abgespielt hatte.

★

Der Seehofer fand den Telfser-Elias am Hang neben der Feller, wo der Esel Julius weidete.

„Auch wieder da? Hast viel erledigt beim Bauernverband in der Stadt?" fragte Elias und blinzelte Damian vertraulich zu. Als er die drohende Miene des anderen sah, wich der Knecht zurück.

„Hier ist deine restliche Löhnung, in einer Stund' verlaßt du meinen Hof, sonst zeig' ich dich wegen Viehdiebstahls an", sagte der Bauer so ruhig als möglich, obwohl er innerlich nur so zitterte. Er zog seine Brieftasche und warf Elias ein paar Geldscheine hin.

„Du aufgeblasener, blöder Hammel, meinst, damit kriegst mich los? Ja, anzeigen könnt' ich dich wegen allem, was du verbrochen hast. Ein junges Menschenleben hast auf dem Gewissen und einen Bankert hast, das steck' ich der Bäuerin, dann warst die längste Zeit der Herr Seehofer, und ich halt' nimmer für einen Schinderlohn mein Maul wie bis jetzt!" Haßerfüllt wollte er auf Damian losgehen.

Adelgund kam um die Hausecke und warf sich zwischen die beiden. „Dein Spiel ist aus, Telfser, ich weiß längst alles!"

„So, du weißt alles? Dann bring' ich euch beide in den Kotter wegen Begünstigung der Blutschand'! Geht's nur hinauf auf die Jagdhütt'n, da könnt's zuschauen, wie sie sich auf der Lagerstatt wälzen, der Bruder und die Schwester, da ..."

Er konnte sein Gift nicht weiter verspritzen, mit einem Faustschlag streckte ihn Damian nieder.

★

Jeder hätte durch die niedrigen Fenster der schmukken Jagdhütte unter dem Mallina-Spitz schauen können, ohne etwas Besonderes zu entdecken.

Wie verabredet trafen sich Hubert Preuscher und

Marie-Theres Brugger in der Frühe dieses schicksalhaften Sonntags. Sie schritten schweigend, einander nahe und vertraut und doch jedes für sich allein, durch windarme Mulden auf freie Kuppen und Hügel, durch die enge Dichte des stillen Waldes iiber dem Mallina-See. Über dem Joch brannte die Sonne unbarmherzig auf das nackte Gestein und Geröll. Trittfest ging Hubertus voran und reichte Marie-Theres die Hand, schwindelnd ging es auf einer Seite dem Abgrund zu. Dann kamen sie auf ein Plateau und zu einem Hang, der noch über und über mit Alpenrosen bewachsen war. Seitlich ging es wieder etwas bergab, und dort stand, geduckt unter der ansteigenden Bergflanke, die Jagdhütte.

Weiter drüben sah man auf einem Hang weiße Flecken, die sich bewegten. Mit dem bloßen Auge konnte Marie-Theres nicht ausmachen, was es war. Sie deutete hinüber.

„Das ist unsere Bergschafherde, aber es sind noch welche von anderen Bauern dabei, im Winter werden sie wieder in die verschiedenen Ställe und Pferche gebracht. Seit der Vater die Schafzucht hier bei uns heroben eingeführt hat, sind immer mehr Bauern auf den Geschmack gekommen."

„Es ist ein großes Erlebnis für mich, das hier kennengelernt zu haben, das weitet den Horizont und lehrt mich vieles, was ich als Ärztin werde gebrauchen können. Du kannst stolz darauf sein, hier deinen Ursprung zu haben, du gehörst unter diese Bergspitzen, und du strahlst selbst etwas von allem aus, was ich ringsum sehe und spüre." Sie sah ihn sehr ernst und liebevoll an.

Und auch Hubertus war irgendwie feierlich zumute. Er nahm ihre Hände und drückte sie. „Schön hast du das gesagt." Er zog sie an sich, sein Mund berührte flüchtig ihre Stirn, aber es war seltsam, das überströmende Verlangen nach ihr brach nicht so jäh auf wie bisher. War es ihre zurückhaltende Art, waren es die Worte des Vaters und das Versprechen, das er ihm gegeben hatte? Oder die Erinnerung an das Mädchen aus dem Burgenland?

Es wäre Hubertus nicht eingefallen, Marie-Theres jetzt in der abgeschiedenen Einsamkeit der Jagdhütte zu etwas zu zwingen, was ihm sonst bei manch einer selbstverständlich gewesen wäre in seiner überschäumenden Jungmännlichkeit. Aber er hatte eine seltsame Scheu vor dieser wunderhübschen jungen Frau.

Marie-Theres richtete mit Hubertus zusammen das Mittagessen, sie nahmen es vor der Hütte am Holztisch ein, Geräuchertes, Speck, Brot und Butter und einen angemachten „Seehofer-Gold", dazu tranken sie einen kühlen Wein aus dem Burgenland, den Hubertus aus dem kleinen Felsenkeller der Hütte geholt hatte, wo der Vater manches aufbewahrte.

Die Hitze, die Einsamkeit, die Nähe von Marie-Theres, nicht zuletzt die Wirkung des Weins verstärkten das Feuer in seinem Blut und Hubertus begann, seine guten Vorsätze ein wenig über den Haufen zu werfen.

Er legte den Arm um Marie-Theres und spürte ihre warme Haut. Er zog sie an sich, sein Mund suchte den ihren, in Zärtlichkeit bettelten seine Augen um diesen Kuß.

Marie-Theres verweigerte ihn und schob ihn sanft von sich.

„Ich bin die Ältere und muß mehr Vernunft haben als du, Hubertus", sagte sie. „Aber gib mir noch ein Schluckerl, dieser Burgenländer Wein ist köstlich. Voll und reif."

„Wie manches im heißen Burgenland, wo alles wachst und gedeiht", sagte er und hatte dabei unvermittelt die Verheißung vor Augen, die Anni Szabo für ihn bedeutete.

Marie-Theres begann unvermittelt von Johannes Tyrlach zu erzählen. Sie merkte selbst nicht, daß ihre Worte mehr Farbe bekamen, daß Johannes selbst und die gemeinsame Zukunft, die sie andeutete, ganz lebendig wurden.

Der Traum, den sich Hubertus ausgemalt hatte, stieg zu den Kumuluswölkchen hinauf, die sich über der Mallina gebildet hatten, und zergingen wie diese.

Fest nahm er die Hand von Marie-Theres. „Aber ..., aber dann werd' ich dich wohl nie mehr sehen?"

Sie lächelte, doch ihre Augen waren dunkel vor Traurigkeit. „Wahrscheinlich nicht. Vielleicht ist es auch besser, Hubertus. Wenn man Fallstricke schon sieht, soll man ihnen ausweichen." Sie machte eine Pause. Und dann, ganz unvermutet und spontan und von einem jäh aufkeimenden, unbeschreiblichen Gefühl diktiert, schlang sie die Arme um seinen Hals und küßte ihn rasch und heftig. „Dennoch hab' ich dich lieb, ich kann mir nicht helfen!"

Sie stand auf, räumte das Geschirr zusammen und trug es in die kleine Küche.

„Laß nur, das mach ich schon, ruh dich aus draußen im Schatten im Liegestuhl, es war ein anstrengender Weg, und dann sehen wir weiter." Hubertus drängte sie hinaus und hielt Abstand von ihr, als könne ihn jede noch so leise Berührung verbrennen.

Marie-Theres zog sich in den Schatten zurück. Hubertus räumte auf. Dann setzte er sich wieder an den Tisch und stopfte seine Pfeife. Während er rauchte, brütete er schweigend vor sich hin.

Er lehnte den Kopf an die Hauswand und schloß die Augen.

Die Sonne war ein gutes Stück gegen Westen zu gewandert, als er sie wieder öffnete. In ihren schrägeren Strahlen sah er, wie zwei Menschen eilig auf die Hütte zukamen. Es waren seine Mutter und sein Vater.

★

Bevor der Sohn sie sah, den sie bereits entdeckt hatte, zupfte Adelgund ihren Mann noch einmal am Arm.

„Wird sie nicht der Schlag treffen, wenn du es ihr sagst?"

Damian schüttelte den Kopf. Er sah erfrischt aus, trotz des beschwerlichen Aufstiegs.

„Nein! Ihre Adoptivmutter in Innsbruck hat mir ja gesagt, daß Maresi sich brennend wünscht, wenigstens ihren leiblichen Vater kennenzulernen. Sie haben ja nur gewußt, daß es ein ziehender Schäfer war, nicht mehr, nicht weniger. Und wie ich gemeint hab', es könnte sie doch nur enttäuschen, wenn ich mich zu erkennen gäb', da hat sie verneint. Im Gegenteil, ganz im Gegenteil, hat sie gesagt, es wird Maresi viele Zweifel nehmen. Es ändert ja nichts daran, daß sie wie unser herzgeliebtes eigenes Kind ist. Aber sie wird wissen, daß ihre Mutter sich an keinen Unwürdigen verschwendet hat."

„Alsdann viel Glück, Damerl" sagte Adelgund weich. „Und ich werd's dem Hubertl beibringen, so schonend wie möglich."

Beiden fiel ein Stein vom Herzen, als sie die harmlose Situation erkannten und dann die völlige Ungezwungenheit von Marie-Theres und Hubertus.

Freilich verfinsterte sich dessen Blick, als er die Eltern in die Idylle platzen sah. Ausgerechnet hierher mußten sie heute kommen! Er sprach seinen Gedanken auch aus.

„Ja, ausgerechnet hierher, und aus einem ganz bestimmten Grund", sagte der Vater ernst. Dann ging er zu Marie-Theres und nahm sie an die Hand.

Nur Adelgund ahnte, wie ihm wohl dabei zumute war.

„Komm ein Stück mit mir hinüber auf die Lichtung, Maresi", sagte er mit einer ganz brüchigen Stimme. „Ich soll dich von deiner Mutter aus Innsbruck grüßen, und ich will dir was erzählen."

„Darf ich da vielleicht auch zuhören?" Hubertus' Augen blitzten den vermeintlichen Nebenbuhler an.

„Du hilfst mir ein bißl, die Jause herrichten, Hubertl, und wir zwei werden dabei auch was zu reden haben", sagte Adelgund energisch.

Sie sah ihrem Mann nach, wie er mit dem blonden Mädchen über die Lichtung zum Waldstück ging. Er wird es seiner Tochter schon richtig sagen, er wird sie nicht verletzen und erschrecken, er wird behutsam sein und gescheit und die rechten Worte finden, wie er es immer getan hat und tut, Damian, mein Schäfer, mein Liebster, dachte Adelgund und eine große Freude breitete sich in ihr aus.

★

Am dreißigsten Hochzeitstag von Damian und Adelgund Preuscher ging es auf dem Seehof hoch her.

In der Früh hatte der Pfarrer von St. Orsin in der kleinen, geweihten Kapelle auf dem sogenannten Trümmerberg beim Hof eine Messe gelesen und dem Ehepaar noch einmal den Segen gegeben. Es war zugleich der sechzigste Geburtstag von Damian. Mit der alten Kraft und Festigkeit hielt er die Hand seines Weibes. Adelgunds Züge waren weicher geworden, sie gehörte zu den Frauen, die sich im Alter nicht verhärteten. Beiden eignete eine noch immer ungebrochene Schaffenskraft.

Das sonnig milde Herbstwetter erlaubte, daß die festliche Tafel draußen unter den Bäumen gedeckt wurde. Lange Tische waren mit schönem alten Leinen bedeckt, schmale Holzbänke waren zu beiden Seiten aufgestellt, ein Tisch gehörte allein den Kindern, deren Gedecke die junge Bäuerin Anni mit bunten Figuren aus Blumen und Früchten verziert hatte.

Es gab viele Kinder auf dem Seehof, wenngleich nicht alle immer hier waren.

Hubertus und Anni, das schwarzhaarige Mädchen aus dem Burgenland, hatten bereits zwei. Und gerade heute in der Früh, als sie ihr Dirndlkleid anzog, mußte sie ihn bitten, ihr hinten die Knöpfe zu schließen.

„Es spannt nämlich ein bisserl", sagte sie", ich krieg' es allein nicht recht zu."

Da legte Hubertus seine Hände um ihre Taille, und dann riß er sie so heftig an sich, daß sie schwankte.

„Ist es wahr, ist es wahr, Annerl, kriegen wir wieder eins?"

„Ja, Hubertus, Ostern. Aber dann muß Ruh sein, ich muß ausrasten. Und der Hof tragt nicht jedes Jahr ein Kind, wenn das so weitergeht, wird mir bang vor der Zukunft."

Er küßte ihre vollen Lippen, und sie schmiegte sich hingebungsvoll an ihn. Hubertus, männlich gereift, glich immer mehr seinem Vater.

„Alsdann wird danach halt Pause sein. Wie lang, das kann ich nicht versprechen. Aber wir haben ja mehr als ein Jahr verloren, das wir miteinander hätten leben können, das hab' ich halt alles einholen müssen."

Sie sah ihn ernst an. „Das war gut, daß du so lange drüben in Kanada warst. Danach hast du's genau gewußt und ich auch, oder?"

„So ist's Annerl. Jetzt kann uns nix mehr umwerfen, und ich wünsch' mir nur, wir wären an unserm dreißigsten Jubiläumstag der Eheschließung auch noch so zufrieden wie die Eltern."

„An mir soll es nicht liegen", erwiderte sie. „Ich hab' Liebe und Kraft genug in mir, daß es lang reicht."

Wieder zog er sie an sich, dabei dachte er an seinen Zwiespalt, an all seine Zweifel, an seine Verrücktheit nach der blonden Maresi, und wie dann alles so seltsam anders gekommen war. Nein, er hatte nicht seine Liebe von einem Tag auf den andern gewechselt wie ein gebrauchtes Kleidungsstück, er hatte sich aufgemacht in den anderen Erdteil, zu dem Waldbesitzer, dem der Vater früher einmal das Leben gerettet hatte. Bei harter Arbeit, allein in der Fremde, war er über alles hinweggekommen und hatte ganz zu sich – und zu Anni Szabo gefunden. Jetzt drückte er sie mit einer Kraft an sich, als könne sie ihm jemand noch entreißen.

„Bertl, nicht jetzt, hör auf", protestierte sie. „Ich muß hinüber und der Walli ihr neues rotes Kleiderl und dem Josi eine Windelhose anziehen, die sind ja schon alle ganz aufgeregt!"

„Nur gut, daß jedem Tag eine Nacht folgt", sagte Hubertus scherzend, doch dann wurde er ernst. „Und daß jede Nacht eine gesegnete ist, in der ich dich neben mir weiß!"

Anni schenkte ihrem Mann ein liebes Lächeln, und er hakelte endlich ihr Kleid am Rücken zu, das jetzt ihre blühende Figur voll zur Geltung brachte.

Danach hatte sie alle Hände voll zu tun, um mit der Vefi, die längst die Angetraute vom Sepp war, letzte Hand an die Vorbereitungen in der Küche zu legen. Dann zog die Familie mit dem Jubelpaar zur Kapelle hinauf.

Jetzt strömten die Gäste herbei, von Stein an der Feller, Garsin und St. Orsin kamen die Menschen, um den Seehofern zu gratulieren und von Speisen und Getränken zu profitieren.

Die Blaskapelle spielte zuerst ein Ständchen und dann heimatliche Weisen, der Bürgermeister von St. Orsin hielt eine kurze, ein wenig geschwollene Rede. Darin erkannte er mindestens sechsmal Damian Preuscher „als einen unserer Besten" an, und Adelgund neigte sich ihm zu und flüsterte: „Das warst du immer schon, Damerl, bloß haben die's nicht merken wollen."

Neben dem Ehrenpaar saß die Tochter Steffi aus Villach mit ihrem Mann, Dr. Mauran aus Garsin war anwesend, der Wasti hatte eine Freundin mitgebracht, die er auf der Landwirtschaftsschule kennengelernt hatte, und das übrige Gesinde, mehr als damals in jenem Sommer, saß am Tisch der Bauersleute, die heute gefeiert wurden. Nur zwei Plätze blieben leer und Adelgund bemerkte, daß Damian häufig dorthin sah.

Die Koba, unverwüstlich, hütete die Kinder an ihrem Tisch, und das waren eine ganze Menge. Unter ihnen allen voran, die kecke, rosige Walli von Hubertus und Anni, ihr Brüderchen Josi, ein dickes, blondes Pummelchen. Neben ihnen die Kinder von Annis Geschwistern und die drei von Vefi und Sepp. Der Sepp war zum Großknecht aufgestiegen, und die Vefi hatte das gesamte Gesindehaus unter sich, in dem sie ebenso tüchtig wie lautstark regierte.

★

Die Kinder der übrigen Hofangestellten saßen ein wenig verschüchtert da und redeten vorläufig noch kein Wort, aber der fünfjährige Karli, ältester Enkel der Preuschers, stritt sich mit seiner dreijährigen Schwester Fanni, die plärrend zu ihrer Mutter Steffi lief. Steffi hatte nur den Karli bei ihrer Zwillingsgeburt behalten dürfen, der andere Bub war tot zur Welt gekommen. Aber man konnte ihr unschwer anmerken, daß ihr inzwischen noch viel wohlhabender und fetter gewordenener Mann, der Kaufherr aus Villach, für weiteren Nachwuchs sorgte.

Das Bier floß in Strömen, Wurstl dampften und brieten auf dem Rost, ein Spanferkel drehte sich am Spieß, ganze Berge von „Seehofer Gold“ türmten sich auf den Tischen, kalte Schweinsripperln und knusprig gebratene Hendln wurden herumgereicht, die Schüsseln mit Kartoffelsalat und noch mehr die mit köstlichen Spezialitäten aus der burgenländischen Heimat der jungen Bäuerin wurden gestürmt.

Damian sah glücklich aus und ein Widerschein davon lag auf dem Gesicht von Adelgund, die in all dem Trubel nicht ihre Dankbarkeit vergaß. Wie gnädig hatten sich damals alle Knoten entwirrt, als ihr Damian die Wahrheit gestanden und sie Hubertus und Marie-Theres mitgeteilt hatte. Als sie von der Jagdhütte heruntergekommen waren, war der Unruhestifter Elias Telfser mit seiner kärglichen Habe und leider auch einigen Dingen, die ihm nicht gehörten, auf und davon. Sie hatten nie mehr etwas von ihm gehört.

Wenige Tage danach hatte Hubertus den Hof verlassen, er war über ein Jahr fort gewesen. Danach hatte es dann im Burgenland ein drei Tage lang anhaltendes, rauschendes Hochzeitsfest auf dem Besitz der Szabos gegeben, die heute auch anwesend waren.

Gerade hob der Gestütsmeister Adelgund seinen Bierkrug entgegen und prostete ihr zu.

Als Adelgunds Gedanken bei Marie-Theres Brugger angelangt waren, die nach Hubertus' Abreise noch ein paarmal auf den Seehof gekommen war, fuhr eben ein Wagen auf den Hofplatz. Und dann kam Marie-Theres, die längst eine echte Doktorin war, am Arm ihres Mannes Dr. Tyrlach auf sie zu.

Sie hatten ausgemacht, das Geheimnis des Schäfers Damian für sich zu behalten. Und so mancher mochte sich über das innige Busserl wundern, das die schöne, blonde Ärztin mit offensichtlicher Bewegung dem Bauern vom Seehof gab. Als Adelgund Feuchtigkeit in den Augen Damians aufsteigen sah, verstand sie es. Natürlich wußte Johannes Tyrlach Bescheid und ebenso Anni Preuscher. Wenn auch nicht, wie sehr Hubertus damals gegen sich hatte ankämpfen müssen im Zwiespalt des Gefühls seiner Liebe für sie und Marie-Theres. Jetzt küßte Hubertus die blonde Ärztin auf beide Wangen, und Dr. Tyrlach schüttelte ihm fest die Hand. Nun wurden die beiden leeren Plätze besetzt, und der Jubilar atmete auf. Immer wieder trafen seine Augen die der spät gefundenen Tochter, gleichzeitig hielt er die Hand seines getreuen Weibes fest mit der seinen umschlossen.

Es war schon nach dem Kaffee mit ganzen Brettern voll Apfelstrudel und würzigem Kärtner Reinling, als plötzlich Stille eintrat. Nur die Kinder tobten noch hinter den Bäumen über den Obstanger.

Den Hang herunter schritten zwei Schäfer, sie

führten ein Paar Schafe mit sich und traten vor den Bauern hin.

Johannes Tyrlach hatte den Arm um Marie-Theres gelegt, die sich an ihn schmiegte, nicht weit von ihnen entfernt standen Hubertus und Anni Preuscher in ähnlicher Haltung.

Seine Schäfer traten auf Damian zu, Adelgund kam an seine Seite. Sie spielten eine alte Hirtenmelodie auf ihren Flöten, dann überreichten sie dem Seehofer eine Urkunde. Danach eine schöne, selbstgefertigte Brandmalerei auf einem Schaffel, in das sie blaue und silberne Disteln, Eisenhut und späte, wilde Berberitzen in leuchtendem Rot schön gesteckt hatten.

„Dir zu Ehren, Schäfer Damian, in deine Hände, zur Vermehrung und Fortpflanzung dieser Tiere", sagte der Ältere und überreichte Damian einen Hirtenstab.

Damian machte über dem Stab und über die schwarzmaskigen Rhönschafe, die er noch nicht züchtete, ein Zeichen. Manche mochten es für ein Kreuz halten. Es war im natürlichen Sinn fromm, wenn auch heidnischen Ursprungs und seit undenklichen Zeiten Teil des Rituals der Hirten in allen Gegenden.

Hoch aufgerichtet stand Damian Preuscher da. Er breitete seine Arme aus und ließ seinen Blick über alle schweifen, die zu ihm gehörten.

„Dank euch, den Schäfern, meinen Brüdern. Und dem Himmel, der es mit mir und den meinen, meinem Weib, meinen drei Kindern und den Kindeskindern gut gemeint hat, der den Seehof wachsen und gedeihen laßt. Dank in alle Ewigkeit!"

Laut und fest stieg seine Stimme hinauf zur weißen Mallina, und in seinen Augen war ein Leuchten.

Die Musik setzte mit einem Tusch ein, die atemlose Stille wich lautem Lachen und Fröhlichkeit, jauchzend trugen die Burschen ihre Mädchen zum Tanz auf die Tenne, und auch Damian nahm Adelgund in den Arm und führte sie hinüber.

Kein Fremder wußte, daß es kein Versprecher war, als Damian Preuscher in seiner kurzen Dankesansprache seine drei Kinder erwähnt hatte. Und niemand brauchte es jemals zu erfahren!